華山論劍

——名人名家讀金庸（上）

王敬三◎主編

（編序）走近金庸．走進金庸

王敬三

在中國文學史上，有兩位作家的作品，眞正做到家喻戶曉，眞正做到寫盡了中國人的人生：一位是曹雪芹的《紅樓夢》；另一位便是金庸的武俠小說——《金庸作品集》。

飛雪連天射白鹿
笑書神俠倚碧鴛

金庸將他十四部書名取首字組成詩句所代表的武俠小說，給近代中國文學史增添了燦爛的光輝。

著名學者馮其庸先生說：金庸是當代第一流的大小說家，他的出現是中國小說史上的奇峰突起，他的作品，將永遠是我們民族的一分精神財富！

爲使讀者了解金庸，讓我們一起走近金庸：

金庸，原名查良鏞，一九二四年二月六日生於浙江省海寧縣（今海寧市）袁花鎮查氏赫山房故居。他半生顚沛苦學於動盪多難的中國時局，小學就讀村口巷裡十七學堂，高小轉入袁花龍山學堂，以優異的成績考入浙江省立嘉興中學。次年，日寇侵華，戰亂飄泊，隨校流亡，輾轉千里，在生活極其艱苦的條件下，矢志求學，高中畢業於衢州中學，至後，又逢太平洋戰爭爆發，處境困窘，爲了生計，奔赴湘西，一邊工作，一邊自學。爲追求知識和學業，行程萬里，歷盡艱辛，考入了重慶中央政治學校外交系。一九四六年起，先後在杭州《東南日報》、上海《大公報》任職，並在上海東吳法學院法律系攻讀。四〇年代末移居香港後，在香港《大公報》、《新晚報》和長城電影公司任職。後創辦香港《明報》、新加坡《新明日報》和馬來西亞《新明日報》，現任香港明河集團公司、明河出版公司董事長。

金庸是英國牛津大學漢學研究所研究員，長期從事中國通史（先秦史、秦漢史）的學術研究，先後在英國牛津大學聖安東尼學院和牛津大學漢學研究所研究英國文學、英國歷史、唐史及中國小說。其文學素養功底之深厚、學術研究水平之傑出、作品內涵之博大精深早已享譽海內外。

金庸從一九五五年到一九七二年的十七年裡，推出《天龍八部》、《射鵰英雄傳》等中、長篇小說十五部三十六卷（計一千一百萬字），贏得文壇巨匠的聲譽。不僅如此，金庸在長城電影公司任編劇、導演時，兩年間編寫了《絕代佳人》、《蘭花花》、《午夜琴聲》等十餘部劇本，並執導了《有女懷春》、《王老虎搶親》，其中《絕代佳人》獲中華人民共和國文化部「金章」獎。他在歷史及考據、佛學評述、莎士比亞戲劇研究等方面的造詣更爲世人矚目。他先後發表《袁崇煥評述》、《成吉思汗及其家族》、《宋金之際全眞教事略》、《法句經》全篇及《色蘊論》部分譯文及注解和《莎士比亞悲劇論》、《中國民間藝術》及《探求一個燦爛的世紀》（與池田大作的對話）等著作，並著有 *The Future of Hong Kong* 等英文著作二部，同時還翻譯出版了英文、日文、韓文、泰文等譯本小說多部，其學識之淵博令人折服。

由於他對世界文學藝術的傑出貢獻，從一九八一年起先後獲得英國政府頒發的「英帝國官佐勳位」、法國政府頒發的「法國榮譽軍團騎士勳位」、日本創價學會頒發的「維護世界和平重大貢獻獎」、香港政府頒發的「文學終身成就獎」。一九九七年他與巴金先生、冰心女士共同獲得香港海外文學藝術協會授予的「當代文豪」稱號。金庸在國內外文學界享有崇高的聲望。他被英國牛津大學聖安東尼學院、慕蓮學院、英國劍橋大學羅賓森學院和李約瑟學院聘爲榮譽院士，還被加拿大、新加坡、日本、香港和內地許多大學聘爲名譽教授或名譽博士，一九九九年金庸受聘爲浙江大學人文學院院長。

金庸熱愛祖國，熱愛香港，一九五七年至一九八三年，任港府廉政公署諮詢委員會委員；一九八一年至一九八七年任港府法律改革委員會委員；一九八五年至一九八九年任中華人民共和國香港特別行政區基本法起草委員會委員、政治體制小組召集人；同時是中華人民共和國香港特別行政區基本法諮詢委員會委員、執委會委員；一九九六年至一九九七年任全國人大常委（會）香港特別行政區籌委會委員。一九八一年至一九九三年金庸應邀回內地觀光，先後受到鄧小平、胡耀邦、江澤民等黨和國家領導人親切接見。

金庸是中國當代傑出的文學家，他是華人世界擁有讀者最多的一位作家。其作品以無與倫比的創造性想像爲線索，以豐富的人文精神爲底蘊，構成二十世紀下半葉中國文學的一大奇觀。金庸小說在世界漢語文化圈內產生巨大的迴響，他的作品深受各個階層的讀者喜愛。許多小說已被出版商譯成英文、法文、泰文、日文、韓文、越南文和馬來文等多種文字，風靡全球；他的多部小說還被改編爲電影、電視連續劇、動畫片、廣播劇和舞台劇等，先後在世界各地上演。

四十多年來，無論在中國內地、香港特區、寶島台灣，或是東亞、西歐、南洋、北美，都有人知道金庸這個名字，都有金庸小說在流傳，都有無數的金庸迷——他們中間不僅僅是海外讀者，不僅僅是青少年和中老年，不僅僅是俗世中的男女，而且有各個階層的人士——從販夫走卒、文人雅士、農夫工友、儒商富豪、兵士長官、教師學生、教授學者到軍政要員和政治家。據一項不完全統計，金庸小說暢銷不衰，讀者超過億萬，古今中外小說還無第二人。像世界聞名的科學家楊振寧、李政道、陳省身、華羅庚，像國際著名的中國文學專家陳世驤、夏濟安、程千帆，他們都喜歡閱讀和談論金庸小說。又如中外政要鄧小平、聶榮臻、王震，台灣蔣經國、馬英九、劉兆玄，印尼蘇哈托，越南吳廷琰，柬埔寨龍諾將軍等，都喜歡讀金庸小說。

也許讀者要問：何以金庸有如此多的讀者？何以金庸封筆退隱二十六年，金庸文學方興未艾？那麼讓我們一起走進金庸：

金庸小說，所創作的武俠故事，是浸透了金庸自己的世界觀、人生觀和藝術思想。他的作品，主題鮮明，思想內容非常豐富，作品主旨非常明顯——就是愛國主義、民族精神和民族團結。金庸以他在文學、藝術、地理、歷史的淵博知識，用現代意識批判儒家文化中狹隘的民族主義和打破種種錯誤觀念的束縛，表達了漢族和各少數民族彼此平等友愛、和睦相處的美好願望。

金庸小說，堪稱中國傳統文化的「百科全書」。他不僅有講述驚險曲折的武俠故事的卓越才能，而且有豐富的祖國傳統文化的修養，將歷史學、地理學、民族學、民俗學、宗教學以及詩詞歌賦、琴棋書畫、經典樂舞、醫學數理等等，寫入各書、各章之中，分別引述中國源遠流長的傳統文化知識，精心地用整體藝術效果容納在洋洋大觀的小說之中，撥動中國人民族文化精神世界的隱秘心弦，使中華民族古老文學形式在當代奇蹟般地大放異彩！

金庸小說，「俗極而雅、奇而致眞」。開卷寓情於娛樂之中，寓理於消遣之中，耐人品味，催人感悟，使人難以忘懷。他寫的《書劍恩仇錄》是一部「江山」誰主的歷史情仇與英雄史詩；《碧血劍》是一幕危邦亂世中明、清、闖有關歷史江山與人生江湖的悲劇；《射鵰英雄傳》是一部憂國憂民、俠之大者的頌歌；《雪山飛狐》是一部描述歷史英雄在大敵當前「窩裡鬥」的傑作；《神鵰俠侶》是一部「情愛」的浪漫曲；《倚天屠龍記》則是一部「人倫之愛」的詠嘆調；而《白馬嘯西風》卻是一部愛情的憂傷畫卷；《天龍八部》是一部世界與社會、歷史與人生的悲歌集錦；《笑傲江湖》是一部對中國封建政治中權力鬥爭的模擬；《鹿鼎記》則是一部對中國古代封建文化的揭露與批判的寓言。由此可見，金庸小說對中國歷史與文化領悟之深刻，是當代作家所罕見的。

文學是人學。

金庸小說的故事，是以人生經歷及人生發展爲依據和核心的嘗試。他在刻畫人物性格，揭示人性內容；反映人世悲苦，創造人生境界；表現人心的隱秘，挖掘人類感情世界的奧妙；展示人才成長的某種規律，思索人文世界的具體環境對人種及其個性人格的影響和作用等方面，都作出了突出的貢獻，取得

了卓越的成就。

金庸小說的藝術，是對民族文學邁向現代化的探索。他繼承和發揚了中國武俠小說的傳統，開創了武俠小說「從觀念之俠」到「理想人性」，進而深化到「現實的人生」的新模式、新格局；又汲取包括東西方的現代藝術新觀念、新思想、新風格、新技法與新形式，使作品敘事藝術、形象塑造、審美境界、人生境界——俠人與小人的人格、善人與惡人的人性、奇人與眞人的人生、男人與女人的情愛、超人與凡人的人才、漢人與夷人的人種等有獨特的「深層結構」，達到一種高妙的藝術境界，從而衝破了前人的規範和傳統的局限，探索和創造出自己的藝術天地。爲中國文學藝術的民族化與現代化的統一、繼承、借鑒、革新，創造了成功的經驗。正如北京大學教授、著名學者嚴家炎先生所說：「如果說『五四』文學革命使小說由受輕視的『閒書』而登上文學的神聖殿堂，那麼，金庸的藝術實踐又使近代武俠小說第一次進入文學的宮殿。這是另一場革命，是一場靜悄悄地進行著的文學革命，金庸小說作爲二十世紀中華文化的一個奇蹟，自當成爲文學史上的光彩篇章。」

「金庸小說、風行天下。」

金庸小說是道道地地的中國文化與藝術的繼承者和開拓者。可喜的是，在中國當代文壇上產生一種文化現象——掀起了「金學」研究的熱潮。所謂「金學」就是「金庸之學」，研究金庸及小說的學術與學問。在港台和大陸產生了諸如「金庸愛好者協會」、「金庸學術研究會」、「金庸通俗文學研究會」、「金

學研究會」、「金庸研究工作室」等等，並出版了數十種的金庸論著、叢刊和金庸研究專欄。令人更欣喜的是，國內外學者、專家對金庸小說及其「金學」研究，有了廣泛的共識，發表了高質量的論文和專著，並已有近二十所院校開設了「金庸研究」這一門課程，有的院校還創辦了「金學研究所」和「研究室」，不少大學的文科研究生、博士生還以金庸小說爲題材撰寫畢業論文。所有這些，證明了一個以金庸小說爲研究對象的「金學」在邁步走向二十一世紀，一個類似「紅學」研究興盛的「金學」研究，必然會在中國這塊土地上蔚然成風。

爲繁榮我國文化，推出「金庸研究」叢書，將著名學者、金學專家、評論家、知名作家和教授：馮其庸、嚴家炎、錢理群、陳平原、陳墨、林興宅、林崗、曹正文、徐岱、吳秀明、楊春時、周錫山、湯哲聲、龍彼德……等先後出席金庸故鄉舉辦的「一九九六金庸學術研討會」、「一九九七金庸小說研討會」和「一九九八金學論壇」的三屆會議發言，書面交流的眞知灼見；及旅居美國、英國、香港的著名學者、專家：田曉菲、趙毅衡、彥火、楊興安、鄺健行等研精探微的心血之作，加以輯錄成書。她可謂：名家薈萃、高論迭出，新見紛呈、頗耐思尋，不少尚屬首次發表，彌足珍貴；她猶如錢江之濱的天下奇觀海寧潮：「海面雷霆聚、江心瀑布横」，浪花飛雪、五彩斑斕，足使讀者開卷一新、啓迪胸扉。

休閒開卷讀金庸，金庸妙筆探無窮。

己卯年初夏於北京東城

作者簡介（依文章順序）

蘇振元　浙江大學外語學院副教授。

嚴家炎　北京大學中文系教授，國務院學術委員會學科評議員，中國現代文學研究會會長，海寧市金庸學術研究會名譽會長。

王　立　文學博士，遼寧師範大學教授。

吳秀明　浙江大學教授，浙大（西溪校區）中文系副主任。

馮其庸　教授、著名學者，曾任中國藝術研究院副院長，現爲中國紅樓夢學會會長、中國戲曲學會副會長、中國漢畫學會會長、中華炎黃文化研究會副會長兼海寧市金庸學術研究會名譽會長。

林興宅　廈門大學中文系教授、福建省社科研究系高級職務評審委員會委員，兼任中國當代文學研究會理事、中國中外文藝理論學會常務理事。

龍彼德　評論家、詩人，現任浙江省文聯文藝研究室主任、編審。

徐　岱　浙江大學教授，浙大（玉泉校區）人文學院中文系主任。

田曉菲　美國哈佛大學文學博士，現任美國康乃爾大學東亞語言文學系客座教授。

趙毅衡　英國倫敦大學東亞學院資深教授。

楊興安　曾任金庸先生秘書。著有《漫談金庸筆下世界》、《金庸小說十談》等書，香港評論家以〈金庸小說迷楊興安〉、〈研究金著成就傲人〉等專文稱頌其學術造詣。

呂啓祥　中國藝術研究院研究員，中國紅樓夢學會常務理事。

鄺健行　希臘雅典大學博士，香港浸會大學中文系教授。

陳平原　文學博士，北京大學中文系教授，海寧市金庸學術研究會顧問。

湯哲聲　文學博士，蘇州大學教授，蘇州大學文學院新聞傳播系主任。

楊春時　吉林大學文藝學碩士，現任廈門大學中文系教授、中國中外美學學會常務理事。

陳　墨　文學碩士，中國電影藝術研究中心研究員，大陸「金學」研究者第一人。

周錫山　華東師大文學碩士，現任上海藝術研究院研究員。

林　崗　文學博士，深圳大學教授、中文系主任。

曹正文　上海《新民晚報》、《讀書樂》專版主編，於一九八九年列入英國《世界名人錄1989-1990》。

錢理群　北京大學中文系教授。

彦　火　香港明報出版社／《明報月刊》總編輯兼總經理。

目錄

第一篇／華山論劍——寫作技巧分析

第二篇／玲瓏棋局——內容透視

第三篇／倚天既出，誰與爭鋒——作品地位論述

第四篇／澆心頭塊壘——讀後漫談

第一篇

華山論劍——寫作技巧分析

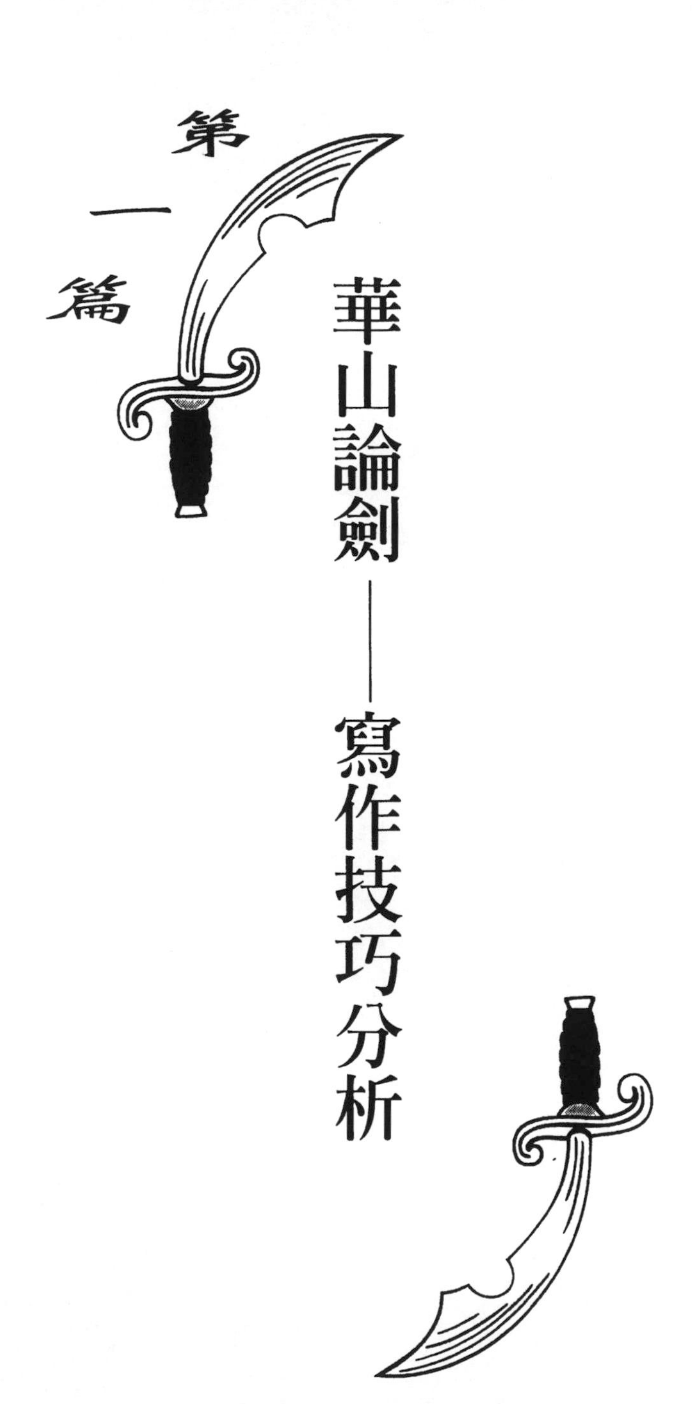

論金庸小說的成語運用

蘇振元

史達林在《馬克思主義和語言學問題》裡，具體地把詞彙比作「語言的建築材料」，認爲沒有「材料」，「建築」就不可能存在；沒有詞彙，語言則是不可想像的。人們公認，世界級文學大師莎士比亞、雨果、巴爾扎克、托爾斯泰、魯迅等等，詞彙掌握異常豐富。有人曾經作過統計，說拜倫、雪萊的詞彙各有八九千個，普希金有一萬二千餘，莎士比亞最豐，竟達一萬六七千之多。據我的閱讀理解，被譽爲「中國武俠小說之王」的金庸，其知識之廣博，詞彙之豐富，也是異常突出的。有人稱讚金庸的小說是「百科全書式的作品」哩，其人是一部「活辭海」呀，實在並不過譽。

在豐富多采的漢語詞彙中，有一種結構特殊、爲群衆喜聞樂見的語言材料，那就是成語。所謂成語就是「現成話」，是熟語的一種。它是在長期的語言實踐過程中逐漸形成的，一般由四個字組成，較爲固定；言簡意賅，最爲形象、精闢、簡潔，有很強的表現力和獨特的色彩。金庸十分注重成語的運用，在積極弘揚中國文化傳統的同時，運用中國新文學和西方近代文學的表現手法，將很多成語裕如地融入筆端，寫人敘事，繪景狀物，恰當地創造出許多簡潔、生動的形象，故讀其作品，無不使人陶醉於藝術和美的享受裡。

金庸在其小說裡，運用了很多成語，這在當代武俠小說作家中是很突出的。按用成語的文字比例而言，其長篇小說要比中短篇多，又以《鹿鼎記》爲最。而且不僅成語用得多，更主要是具有獨特的豐富性和藝術性。

一、回目用成語，使之簡明、醒目

翻開金庸十幾部小說巨著，迎面而來的就是擬製精鍊雋美、豐富多采的章回目錄。回目有聯語，《書劍恩仇錄》的回目是七字聯，《碧血劍》爲五字聯；有詩，《倚天屠龍記》的回目，每回一句七字，全書四十回，合起來是一首七言古體詩，是學柏梁台體（每句押韻）；有詞，《天龍八部》每回一句，長短不一，每卷十回組成一首詞，全書五卷回目組成五首詞；也有集句，《鹿鼎記》五十回，作家專門在其先祖清代著名詩人查愼行的詩集中遴選五十聯作爲全書回目。還有至今尙未有人談及的，回目裡運用了不少成語。

回目用成語，使之簡明、醒目。這類成語的運用，歸納一下，主要有三個用法：首先，直接用作回目。諸如《射鵰英雄傳》中的「各顯神通」、「冤家聚頭」、「新盟舊約」、「從天而降」等，《神鵰俠侶》裡的「內憂外患」、「洞房花燭」、「排難解紛」、「生死茫茫」等均是，既切題，又簡潔。其次，有機融入回目。不僅用得貼切，而且能夠概括出章回內容或營造故事氛圍，像《倚天屠龍記》第十五回目「奇謀秘計夢一場」的「奇謀秘計」、第十九回目「禍起蕭牆破金湯」的「禍起蕭牆」，《天龍八部》第四十三回目「王霸雄圖，血海深仇，盡歸塵土」的「血海深仇」、第三十三回日「奈天昏地暗，斗轉星移」的「天昏地暗」、「斗轉星移」等等。有的回目，因爲融進成語，致使聯語更道地。比如《書劍恩仇錄》第十七回目「爲民除害方稱俠，抗暴蒙污不愧貞」裡的成語「爲民除害」對「抗暴蒙污」，第六回目「有情有義憐難侶，無法無天賑飢民」中的成語「無法無天」對「有情有義」等，都是很好的例子，使回目文字整齊，讀起來鏗鏘有力，增強了回目的韻律美。再次，活用巧變。金庸是善變的，具體的，有語素更換。《射鵰英雄傳》二十三回目「大鬧禁宮」，是由《西遊記》第五回裡「孫悟空大鬧天宮」的成語故事「大鬧天宮」翻造而成；《飛狐外傳》第四回目「鐵廳烈火」，是成語「鐵窗烈火」的翻製。有語序易位。像《書劍恩仇錄》的第十三、十四回目，爲使聯語對仗工整，將原成語的詞序變換，前者「吐氣揚眉雷掌疾，驚才絕艷雪蓮馨」，爲與「驚才絕艷」對，把成語「揚眉吐氣」倒用成「吐氣揚眉」；後者「蜜意柔情錦帶舞，長槍大戟鐵弓鳴」，同樣原因，將成語「柔情蜜意」換位爲「蜜意柔情」。這兩個成語的結構形式雖然有了變化，但它們的整體意義沒有改變，而且用得確切、別致，令人有面目一新之感。還有語意翻新。金庸出於表情達意的需要，在《書劍恩仇錄》第八回日裡，把成語「千軍萬馬」拆開擬成「千軍嶽峙圍千頃，萬馬潮湧動萬乘」的聯語。《鹿鼎記》的第四十回目，選用得極好，「待兔只疑株可守，求魚方悔木難緣」，是對成語「守株待兔」、「緣木求魚」的翻新巧用。既豐富了語義，含蓄雋永，又是對這一回內容、情思的形象揭示和生動描述。其他用法還有，恕不再一一贅述。

二、武功用成語，使之精奇、奧妙

金庸是描摹武功的聖手。在其小說中描寫了千種以上的武功，幾百場大大小小的技擊，從不俗套，更不重複，而且新招迭出，萬姿千態，令人目不暇給，擊節稱奇。其中作家發揮了成語的奇妙作用。最明顯的是把許多武功、技擊的一招一式直接用成語命名，這似乎每部小說裡都有，好多部還用得非常多。如《碧血劍》裡的「降龍伏虎」、「穿針引線」、「孔雀開屏」、「行雲流水」、「拋磚引玉」、「排山倒海」……，《神鵰俠侶》中的「無孔不入」、「無所不至」、「前恭後倨」、「浪跡天涯」、「花前月下」、「舉案齊眉」……，又像《笑傲江湖》裡的「霧裡看花」、「天衣無縫」、「白虹貫日」、「天紳倒懸」、「有鳳來儀」、「無邊落木」……，眞是舉不勝舉。

金庸還將成語融入武功之中，使之別開生面，神奇精奧。最有代表性的是《書劍恩仇錄》裡的「庖丁解牛功」，其理可尋，有道可循。「庖丁解牛」出自《莊子·養生主》一文，原是一則寓言故事，小說主人翁、紅花會總舵主陳家洛曾這樣解釋：「說一個屠夫殺牛的本事很好，他肩和手的伸縮，腳與膝的進退，刀割的聲音，無不因便施巧，合於音樂節拍，舉動就如跳舞一般。」❸由於回疆伊斯蘭少女的無意一點，陳家洛「茅塞頓開」，從中獲得啓迪，於是悟出、練就了一套「庖丁解牛功」，並憑此奇功威力，終將罪大惡極的奸賊張召重打敗，致使其武功進入了超一流武林高手的境界。相比較，《神鵰俠侶》

中大俠楊過自創的一套十七路「黯然銷魂掌」更是精妙絕倫。武功取於南朝梁代江淹《別賦》裡那一句「黯然銷魂者，唯別而已矣」之意。小說第三十四回〈排難解紛〉裡寫到楊過自與小龍女分手後，孤苦無依，後來帶著少女郭襄與老頑童周伯通比武。兩人可謂棋逢敵手，大顯神通。楊過連打出四招：「心驚肉跳」、「杞人憂天」、「無中生有」、「拖泥帶水」等，眞是精彩紛呈，令人大開眼界。作家接著寫道：

> 楊過坐在大樹下的一塊石上，說道：「周兄你請聽了，那黯然銷魂掌餘下的一十三招是：徘徊空谷，力不從心，行屍走肉，庸人自擾，倒行逆施……」說到這裡，郭襄已笑彎了腰，周伯通卻一本正經的喃喃記誦，只聽楊過續道：「廢寢忘食，孤形隻影，飲恨吞聲，六神不安，窮途末路，面無人色，想入非非，呆若木雞。」郭襄心下淒惻，再也笑不出來了。

這一套掌功，確實寓有「黯然銷魂」之情意，然而與「庖丁解牛功」不同，既不著其相，又無跡可尋。無疑這招數非常深奧，其名目也十分新奇，其中絕大多數都以成語爲名。在武俠小說家中，能將成語運用得如此獨特、奇妙是不多見的。

三、小說敘事用成語，使之簡潔、生動

衆所周知，小說是講究敘事的藝術。由於金庸發揮了成語的功能，致使其作品敘事非常清晰活潑，

曲折多姿，具有很高的可讀性。

敘事有約敘與詳敘之分❹。約敘就是簡敘、略敘。《碧血劍》第三回裡有段文字，記述袁崇煥之子袁承志，爲報父仇家恨，拜華山派神劍仙猿穆人清爲師，長居深山，刻苦練功。作家寫道：

這十年之間，袁承志所練華山本門的拳劍內功，與日俱深，天下事卻已千變萬化，眼下更是如沸如羹，百姓正遭逢無窮無盡的劫難。

這裡僅僅一句話，就把十年間袁承志發憤練功，日益長進和明末人民慘遭天災人禍，農民起義此起彼伏的大變動時代概述出來了。儘管時間跨度大，然而四個成語：「與日俱深」（是成語「與日俱增」的翻造）、「如沸如羹」（是成語「如沸如湯」翻造）、「千變萬化」、「無窮無盡」等，簡潔、明快，有很強的概括力。同一小說第六回，敘寫袁承志與青青、小慧等人要向石梁派溫氏五兄弟討回二千兩金條，不料龍游幫榮彩請來方巖呂七先生半路殺出，想來爭分好處。袁承志與呂七對陣，呂七輕視這個看似文弱的少年。結果沒幾下手法，呂七就被打得措手不及，煙管脫落，鬍子燒焦了一半。金庸運用成語描述：衆人只覺一陣「眼花撩亂」，袁承志已取到三塊金條在手。青青「笑靨如花」，師兄黃眞「驚喜交集」，小慧等人無不「拍手喝采」。文字乾脆俐落，儘管各人反映的神貌不同，但都笑態畢現，動感突出，讓讀者猶如身臨其境。

金庸擅長於詳敘，往往把事件的發展、鬥爭的場面，寫得曲折多變，引人入勝。《笑傲江湖》第六回有個很好的例子，群雄揭露衡山派掌門人劉正風「金盆洗手」的不義之舉，先後用了很多成語，使這場鬥爭波浪起伏，跌宕多姿。僅岳不群與群雄對話的一小段文字描寫，就用了十多個成語。岳不群說：「……我輩武林中人，就爲朋友兩肋插刀，也不會皺一皺眉頭。但魔教中那姓曲的，顯然是笑裡藏刀，口蜜腹劍，……他旨在害得劉賢弟身敗名裂，家破人亡，包藏禍心之毒，不可言喻。……古人大義滅親，親尚可滅，何況這種算不得朋友的大魔頭、大奸賊？」群雄聽他「侃侃而談」，都喝起采來，紛紛說道：「對朋友自然要講義氣，對敵人卻是誅惡務盡」（是成語「除惡務盡」的翻造），「斬草除根，絕不容情」。這些成語用得恰當、鮮明，表現群雄愛憎分明，同仇敵愾，認爲大魔頭曲洋非除不可，對劉正風進行規勸，但軟中有硬，劍拔弩張的情勢，似乎一觸即發。

如果上述舉的是稱讚群雄的例子，那麼下面就是一個無情撻伐邪派群醜的事例。《天龍八部》介紹西域星宿派掌門人丁春秋，原是逍遙派的弟子，他心懷不軌，妄圖當上逍遙派的掌門人，竟幹出欺師滅祖、大逆不道的勾當。他滅師殺師兄，卻要弟子尊師、頌師、吹師、捧師，上仿下效，整個同門的馬屁功夫自成一家，一派烏煙瘴氣。小說第四十二回敘述，當丁春秋被靈鷲宮主人虛竹打敗之時，星宿派門人中頓時有數百人「爭先恐後」地奔出，跪在虛竹面前，懇請收錄。有的說：「靈鷲宮主人英雄無敵，小人忠誠歸附，死心塌地，願爲主人效犬馬之勞。」有的說：「這天下武林盟主一席，非主人莫屬。只須主人下令動手，小人赴湯蹈火，萬死不辭。」更有許多人顯得「赤膽忠心」，指著丁春秋痛罵不已，說他「心懷叵測，邪惡不堪」，又有人要求迅速處死丁春秋，爲世間除此醜類。緊接著，絲竹鑼鼓響起，衆門人大聲唱了起來。除了將「星宿老仙」四字改為「靈鷲主人」之外，其餘曲調詞句，和〈星宿老仙頌〉一模一樣。蘭劍喝道：「你們這些卑鄙小人，怎麼將吹拍星宿老妖的陳腔濫調（成語「陳詞濫調」的翻造）、無恥言語，轉而稱頌我主人？當眞無禮之極。」星宿門人登時大為惶恐，有的道：「是，是！小人立即另出機杼，花樣翻新，包管讓仙姑滿意便是。」……星宿衆門人向虛竹叩拜之後，一個個「得意洋洋」，自覺光彩體面，登時又將別的幫派衆人不放眼裡了。這段描述用了十個成語，感情色彩十分濃烈，筆調富於諷刺性和誇張性，一方面細緻地寫出了星宿派樹倒猢猻散的可悲境遇，一方面又生動地勾畫出這派門人見風使舵、阿諛奉迎、無綱無常、無情無義的醜惡靈魂。這段文字眞如一幅絕妙的群醜圖。由此表明，前例與此例，群雄與群醜，一正一反，對比何等鮮明、強烈，顯示了成語在敘事中的妙用，引人隨故事情節而驚嘆、而振奮、而悲喜，更表現了金庸運用成語的高超水準。

四、刻畫人物用成語，使之逼眞、鮮活

文學是人學，對於「人學」的專注，是金庸小說的最大特點。從陳家洛、袁承志、郭靖、張無忌到韋小寶，從英雄到凡人到無賴，從俠到非俠到反俠，金庸描繪了大量的人物形象。正像作家自己說的：「小說的主要任務之一是創造人物：好人、壞人、有缺點的好人、有優點的壞人等等，都可以寫。」❺而且人物形象鮮明，個性突出，充滿了「人性」、「人味」。在刻畫人物中，作家也重視成語的微妙作用。

不妨先看一例，是《射鵰英雄傳》第二十六回中的一段文字，寫郭靖與黃蓉在臨安牛家村的密室裡療傷七日七夜期滿，適逢郭靖的師父「江南六怪」和黃蓉的父親黃藥師先後到來，二人與之相見的情景：

這邊郭靖向師父敘說別來情形。那邊黃藥師牽著愛女黃蓉之手，聽她嘰嘰咯咯，又說又笑的講述。六怪初聽郭靖說話，但郭靖說話遲鈍，詞不達意，黃蓉不唯語音清脆，言辭華贍，而描繪到驚險之處，更是有聲有色，精彩百出，六怪情不自禁一個個都過去傾聽。郭靖也就住口，從說話人變成了聽話人。這一席話黃蓉足足說了大半個時辰，她神采飛揚，妙語連珠，人人聽得悠然神往，如飲醇醪。

這裡金庸根本沒有寫出人物說什麼，而只寫他們怎麼說，主要通過精選幾個成語來簡潔描摹：郭靖說話「詞不達意」，黃蓉則說的「有聲有色」、「神采飛揚，妙語連珠」，於是郭靖言辭之拙與黃蓉的口齒伶俐形成了鮮明對照，這也是兩個人性格的對比。同時聽者寫得也十分逼眞，「江南六怪」光是「情不自禁」地被吸引了過去，繼而人人都聽得「悠然神往，如飲醇醪」。描繪得多麼眞切、自然，給人有強烈的眞實性和現場感。如果作家不用成語而採取別的文字來表達，其藝術效果就會大打折扣。

金庸運用成語描寫人物，相比較而言，對富於喜劇性人物形象用得較多，給人印象也深刻。就拿《碧血劍》中並不顯眼的袁承志的大師兄黃眞來說，他的一言一語、一舉一動，都顯得幽默風趣，這跟作家善於用成語來刻畫是分不開的。在該小說的第七回裡，寫他與榮彩交手之前，榮彩請教其尊姓大名，他自我介紹說：「賤姓黃，便是『黃金萬兩』之黃，彩頭甚好。草字單名一個『眞』字，取其眞不二價，貨眞價實的意思。一兩銀子的東西，小號絕不敢要一兩零一文，那眞是老幼咸宜，童叟無欺……」說話詼諧，很有個性。因爲黃眞商賈出身，生性滑稽，臨敵時往往會說番不倫不類的生意經。這裡用了「眞不二價，貨眞價實」、「老幼咸宜，童叟無欺」四個成語，都是有關生意場上的常用語。然而這些成語爲情境增添了喜劇氣氛，從而突出了黃眞滑稽突梯的性格。

這方面，成語用得最多、描寫最成功的人物形象首推《鹿鼎記》裡的韋小寶。他一身俗氣，不學無術，偏又聰明伶俐，機智善變：不僅可以做康熙皇帝的「陪打」，而且更可以做皇帝的「陪樂」。小丑弄臣的脾性比之皇帝身側的文學侍講、武學跟班及朝中大臣、宮裡嬪妃，更有其獨一無二的魅力。小說裡有關韋小寶說成語、用成語的描寫，簡直俯拾皆是。一次韋小寶磕頭請罪，康熙道：「這顆腦袋留不留，那得瞧你今後忠心不忠心，是不是還敢違旨。」韋小寶立即說：「奴才忠字當頭，忠心耿耿，赤膽忠心，盡忠報國。」康熙笑道：「你這忠字的成語，心裡記得倒多，還有沒有？」他馬上回答：「還有……，還有忠君愛國，忠臣不怕死，怕死不忠臣，還有忠厚老實……」❻韋小寶像唱戲一樣，似乎把漢語裡有關忠字的成語都背了出來。插科打諢，情趣盎然。當然，正如康熙嘲諷地指出，「你如果忠厚老實，天下就沒一個刁頑狡猾之徒了。」至此，不禁令人想起歷史上的一個眞實人物。武則天成爲皇太后之後，竟把一個名叫馮小寶的市井流氓請入宮中，當面首、當和尙、當大將軍、當情人、當朝廷中的無冕之王。儘管馮小寶也精於馬屁功，但如果見到韋小寶，他一定會心感愧意，自嘆不如。

作家成功刻畫韋小寶，其中採取了一個獨特的幽默手法，讓他用錯成語，以博龍顏，這也是他「陪樂」的一個秘訣。韋小寶用錯成語有兩種情況，一種是無意識的，因爲他「不學」、文盲。正像他一向分不清「堯舜禹湯」與「鳥生魚湯」的區別，罵人把「遺臭萬年」錯爲「臭氣萬年」❼，將別人的謙稱「略窺門徑」錯解成「略跪門閂」❽，表忠把「革面洗心」講爲「洗面割心」❾，等等，不知鬧了多少笑話，出了多少洋相。另一種是有意識的，故意裝傻，博得康熙一樂，這種情況也不少。一次，韋小寶吹捧康熙年紀雖小，可英明遠見，故意將成語「前無古人，後無來者」錯位爲「前無來者，後無古人」，皇帝聽了「哈哈大笑」❿。這些生動的語言細節描寫，起到了多側面、立體化刻畫韋小寶形象的作用。順便再舉一例：

……韋小寶道：「……吳三桂他奶奶的，有什麼了不起？皇上伸個小指頭兒，就殺他一個橫掃千軍，高山流水。」

康熙微笑道：「這兩句成語用得不好，該說伸個小指頭兒，就橫掃千軍，殺他一個落花流水。」

韋小寶道：「是，是，是。奴才做了好幾個月和尚，學習半點也沒長進，以後常常服侍皇上，用起成語來就橫掃千軍，讓人家聽個落花流水。」

康熙忍不住哈哈一笑，鬱抑稍減……⓫，這裡韋小寶先是無意用錯成語的，這類弄臣當然分不清「高山流水」與「落花流水」是什麼意思、有什麼區別。後來經康熙指點後是故意亂用的。他信口開河，胡說八道，倒確是「前無古人，後無來者」的。這樣既吹捧了皇上聖明，滿腹錦繡，又顯示了他特有的應變與機智。難怪康熙「忍不住哈哈一笑」。然而，一個奴性十足又要點小滑頭的超級奴才形象便躍然紙上。

金庸無愧為一個文學語言大師。他運用成語的方方面面，具有獨特的豐富性和藝術創造性，很有技巧，很有成就。在其小說裡如此注重成語的運用，其實，不是偶然的。金庸一直鍾情於我國民族文化語言，刻意為之。五〇年代中期，他開始創作武俠小說，同時也寫了不少散文隨筆。在精心撰寫散文隨筆中，他就有意識地注意運用成語。比如，在〈馬援見漢光武〉、〈馬援與二徵王〉⑫二文裡，結合歷史事實，採取簡述或加括號注明的方法，有機點出「老當益壯」、「守財奴」（或「守錢虜」）、「井底之蛙」（或「井中之蛙」）、「恢廓大度」、「得隴望蜀」、「馬革裹屍」、「畫虎不成反類犬」等成語的歷史出處或典故，寫得十分通俗、生動，因而增加了文章的知識性和趣味性。

成語主要屬於「四字格」的語音段落，在漢語的表達方式上，這種「四字格」有著深遠悠久的傳統，從先秦開始，一直都是漢語使用者十分愛好的語言表達方式，從《詩經》、《楚辭》、漢賦，到唐詩、宋詞、元曲，從明清小說《水滸傳》、《三國演義》、《西遊記》、《紅樓夢》以及《隋唐演義》、《說岳全傳》，到近代小說《兒女英雄傳》、《三俠五義》等等，都繼承了這個民族文化傳統的語言形式。「四字格」運用得精當，尤其是成語，實際上是熔漢語在語音、語法、詞彙、修辭手法上的傳統特點為一爐，起到「一箭數鵰」的作用。

列寧曾經說過：「常常有這樣的成語，它能以出人意料的恰當，表現出相當複雜現象的本質。」⓭因爲金庸喜用成語和善用成語，使其作品內涵量大，文字「詞約意博」，使被描述的事物更加形神兼備，情趣盎然，從而民族特色顯豁，增強了作品的藝術感染力。上述所談的四個方面，僅是我初研金庸小說的一些管窺蠡測而已。不過我敢說：讀金庸小說的語言，實是人生讀書的一大樂事。

注釋：

❶費勇、鍾曉毅：《金庸傳奇》第一〇七頁，廣東人民出版社，一九九六年一月版。
❷冷夏：《文壇俠聖》第一五二頁，廣東人民出版社，一九九五年十一月版。
❸金庸：《書劍恩仇錄》第十七回。
❹〔清〕劉熙載：《藝概．文概》。
❺金庸：《鹿鼎記．後記》。
❻金庸：《鹿鼎記》第四十七回。
❼金庸：《鹿鼎記》第四十一回。
❽金庸：《鹿鼎記》第二十二回。
❾金庸：《鹿鼎記》第四十九回。

❿金庸：《鹿鼎記》第二十九回。

⓫金庸：《鹿鼎記》第二十四回。

⓬金庸、梁羽生等：《三劍樓隨筆》，學林出版社，一九九七年一月版。

⓭轉引自吳籃鈐《小說言語美學》第二〇九頁，警官教育出版社，一九九七年四月版。

論金庸小說的影劇式技巧

嚴家炎

一

金庸小說藝術上的成功，是多方面地借鑒融會了中西文學藝術的結果，其中得力於戲劇、電影者尤多。在金庸看來，中國古典小說藝術表現上的有些特點，也是和戲劇、電影相通的。他曾說《三國演義》等古典小說「寫人物不直接敘述其內心，單憑言語運作，人物精神自出，這是戲劇的手法。戲劇和電影只表現角色的言語及動作，但內心生活自然而然的顯露出來」❶。五〇年代的一個時期，金庸非常關心戲劇和電影藝術，專門鑽研戲劇理論和戲劇技巧。他在《射鵰英雄傳．後記》中曾經說過：「寫《射鵰》時，我正在電影公司做編劇和導演，在這段時期中，所讀的書主要是西洋的戲劇和戲劇理論，所以小說中有些情節的處理，不知不覺間是戲劇體的。」我們也可以找到其他許多材料證明這一點。例如，在《袁崇煥評傳》一條注釋中，金庸對戲劇理論所說「反高潮」這個詞語的使用，提出過不同意見。他說：「戲劇結構上高潮過後的餘波（anti-climax），通常譯作『反高潮』，似不甚貼切。」❷在〈韋小寶這小傢伙〉一文中，金庸說過一段話：「西洋戲劇的研究者分析，戲劇與小說的情節，基本上只有三十六種。也可以說，人生的戲劇很難越得出這三十六種變型。然而過去已有千千萬萬種戲劇與小說寫了出來，今後仍會有千千萬萬種新的戲劇上演，有千千萬萬種小說發表。人們並不會因情節的重複而感到厭倦。因爲戲劇與小說中人物的個性並不相同。當然，作者表現的方式和手法也各有不同。」可見金庸很了解戲劇藝術。那時他進了香港長城電影公司工作，寫過一批劇本，像《絕代佳人》、《蘭花花》、《不要離開我》、《三戀》、《小鴿子姑娘》、《午夜琴聲》等。《絕代佳人》是根據郭沫若的《虎符》改編的，曾得過中國文化部的獎。這些戲劇和電影方面的實踐，對他的小說創作很有影響。細心的讀者會看出金庸小說裡有許多戲劇和電影的成分。如果說小說場面和人物調度的舞台化來源於戲劇的話，那麼筆墨描寫的視覺化、場景組接的蒙太奇化等等，就得力於電影。金庸對戲劇、電影技巧的吸取和借鑑，大大豐富了小說的表現手法，將武俠小說的藝術表現力提高到一個前所未有的水平。

二

戲劇和小說雖然都要表現人物並有一定的情節內容，但二者很不一樣。小說最便於自由揮灑，它的描寫簡直可以說無所不能。但長處同時也是短處。太自由了就容易散漫，缺少規範（尤其那種每天寫一段在報紙上連載的小說更易流於散漫），而藝術有時要「戴著鐐銬跳舞」——需要一點規矩準則的。在這方面，戲劇就可以彌補小說的不足，因為戲劇是一種時間和空間都有很多限制的藝術。當金庸用戲劇的方式去組織和結構小說內容，使某些場面獲得舞台的效果時，那就無疑增進了小說情節的戲劇性，並且促使小說結構趨於緊湊和嚴謹，使讀者耳目為之一新。

在金庸筆下，許多小說場面都轉化成了舞台，大如玉筆峰上的前廳，小如飯鋪、茶館、破廟，乃至於篷車、床底，都成為各類角色集中演出好戲的所在。具體來說，金庸在小說中運用戲劇技巧，也許可以歸結為四種形態：

第一種，小說場面固定猶如舞台，每個登場人物都有戲可作，他們各自以動作和對話引發著性格衝突，逐步推動小說情節走向戲劇性的高潮。讀者都不會忘記《天龍八部》所寫杏子林中發生的一切：從丐幫幫衆騷亂，到幫主喬峯以巨大的魄力、出衆的才能快刀斬亂麻地迅速穩住局面，又到馬副幫主夫人、智光大師等陸續出場，局面重新動盪，出現極富戲劇性的場面，眞可以說情節波譎雲詭，風潮迭起。作者利用杏子林這個大舞台，用整整兩章的篇幅，讓許多重要人物一一登場，各自發揮作用，這是道地的戲劇寫法，而且寫得極為出色。不過我們在這裡願意舉同一部小說中另一個例子來討論，那就是《天龍八部》臨近末尾時發生在王夫人莊院中的場面，這是更富戲劇性的場面，是小說中繼蕭峯之死後的又一個高潮。此刻冤家路窄，幾組情敵和幾組政敵都碰到了一起：像王妃刀白鳳和段正淳其他四個相互仇恨的情婦——阮星竹、秦紅棉、甘寶寶、王夫人，像大理國前太子段延慶（四大惡人之首）和現居鎮南王之位的段正淳父子，像野心勃勃爭奪帝位、妄圖恢復後燕國的慕容復和被他恨之入骨的段譽等等，

眞是仇人見面，分外眼紅。而且段譽、段正淳一夥是被王夫人俘獲，作爲階下囚出現的，他們與成爲勝利者的對手們，同台演出一場精彩的戲。被俘者之間固然矛盾重重，而所謂勝利者的王夫人、慕容復、段延慶三方，他們又各懷鬼胎。加上段譽和南海鱷神的師徒關係，慕容復和幾個比較正直的家將包不同、風波惡等的主從關係，段延慶與刀白鳳二十年前的孽緣，段譽和王夫人女兒王語嫣的愛戀，種種複雜因素的制約和不同性格間的衝突，終於導致一個出人意料的結局：慕容復爲逼迫段正淳同意傳位給義父延慶太子以實現自己的野心，先後殺了段的情婦阮星竹、秦紅棉、甘寶寶，進而造成段正淳以及另一情婦王夫人、妃子刀白鳳的痛苦殉情，段譽的身世也因之大白於天下，然而慕容復想奪大理國王位的狼子野心卻也徹底暴露，連幾員家將也唾棄了他。這個舞台可以說好戲連場：既有王夫人主演的別出心裁的掃除情敵戲，也有段正淳夫婦連同王夫人自己上演的淒艷浪漫的相繼殉情戲，還有慕容復演出的尚未登基先殺忠良的認賊作父戲，段譽蒙在鼓裡卻又不得不參與的生父仇人戲。讀完金庸彷彿一口氣寫下的這四、五十頁文字，一些大出意料的事紛至沓來，讀者的感受也如段譽一樣，感到「霹靂一個接著一個，只……驚得目瞪口呆」❸。即使眞是舞台劇，也不大容易像金庸小說這樣寫得戲劇矛盾如此集中，悲劇性又如此強烈的。

第二種，小說場面像舞台那樣固定不變的，然而作爲演員的那些人物自己的表演很少，他們主要在講述別人的故事。這就是《雪山飛狐》中玉筆峰前廳的那個場面。小說從三十三頁起，尤其從六十三頁（均據香港明河社版）起，就讓書中人物作爲見證人共同來說故事，你說一陣，我說一陣，合起來就成爲胡一刀、苗人鳳兩位豪傑相互交往、相互傾心，最後卻落個悲劇結局的完整情節。這是將說故事與戲劇的方式結合起來，借「一天」表現一百多年（小說交代，這一天是乾隆四十五年三月十五日，距離李自成兵敗九宫山已一百幾十年），寫得相當別致。作者不是讓英雄人物自己去行動，而是一切借助於旁觀者之口。用這種方法寫人物很容易平面化，可以說是吃力不討好的，但金庸卻運用得很成功。小說全是粗筆勾勒，猶如刀劈斧削，對胡一刀與苗人鳳兩個人物的刻畫十分有力。也有人說這是金庸學日本電影《羅生門》（由芥川龍之介原作小說改編），因爲那個電影裡三個人講故事，講同一件事，不過講法不同。我曾就此請教過金庸，金庸說他不是從《羅生門》學，而是從《天方夜譚》那種講故事的方法受到啓發，加上了一些戲劇的成分。

第三種，更爲別開生面的是，作者將小說場面變成的舞台分隔成兩半，大半在明處，小半在暗處。舞台明處展現的多種人物、多條線索、多重矛盾，不但能呈現在讀者面前，而且也呈現在舞台暗處的特定人物面前，甚至作者就透過這特定人物的眼睛和耳朵，來描繪舞台明處所發生的一切。《射鵰英雄傳》第二十四回郭靖和黃蓉在牛家村「密室療傷」的幾天，黃蓉藉隱蔽的小窗口觀察外面的動靜，就是這樣寫成的。這種寫法的好處，是可以虛寫一部分情節，使小說結構顯得更爲集中，故事容量也能大爲增加。像黃蓉、郭靖兩人通過小孔向外張望，就看到了各色人物你來我往到店裡活動的種種戲劇性場面：先是完顏洪烈、歐陽峰、楊康、彭連虎、侯通海等從南宋皇宮盜到石匣，以爲《武穆遺書》已經到手時的得意洋洋，後來發現石匣竟空空如也時的目瞪口呆；接著，已經明白自己身世的楊康，有機會刺殺完顏洪烈，卻反而脫下自己衣服爲他披蓋禦寒，對他關懷備至；當夜重進皇宮盜寶的人狼狽逃回，侯通海竟被戴著臉譜的人割了耳朵，沙通天的衣服被人撕得粉碎，靈智上人雙手給鐵鏈反縛在背後，梁子翁滿頭白髮給人拔個精光——讀者透過黃蓉的眼睛，知道了皇宮裡打鬥的結果；這就節省下許多筆墨。再下面，歐陽克企圖污辱程瑤迦、穆念慈，被楊康進來瞧見，就鑽到桌下趁歐陽克不備之時，從下腹部刺殺了他。以後，楊康又和丐幫八袋弟子拉上關係，爲此後故事發展準備了伏線。這些都被郭靖、黃蓉看在眼裡，避免了作者再另作交代。就這樣，傻姑的小店成了一個熱鬧的戲劇舞台，一場場悲喜劇、一場場文武鬥都在這裡演出。類似的手法，還有《笑傲江湖》第二章林平之化裝成駝背，坐在衡山一家茶館裡看各色客人進進出出的場面，他在那裡偷聽各幫派人物海闊天空地談話，掌握了許多訊息。舞台雖未劃成兩半，性質卻是相同的。還可以舉《射鵰英雄傳》裡鐵槍廟那個特定場面❹，黃蓉透過與傻姑、歐陽峰、楊康的對話，揭發江南六怪在桃花島被害之謎（頗有推理影片的味道），還點出歐陽克之死與楊康的關係，這也是戲劇式的，而且是把舞台劃分爲明與暗兩部分：暗的部分藏著瞎子柯鎮惡，黃蓉很多話實際上是說給柯鎮惡聽的，目的在消除柯心中的誤解。小說這部分寫得非常巧妙，這同樣得力於戲劇的功夫。

第四種，作者將有些人和事放到後台作暗場處理。像《書劍恩仇錄》中，文泰來負傷躺在車上，他的妻子將她看到的外面打鬥的景象介紹給文泰來聽。這是透過一個在場人物的眼睛和嘴巴來作暗場處理，避免了有些人物正式出場，既節省了筆墨，小說的結構手法也多樣化了、不單調了。《碧血劍》

裡，少年袁承志等人和老虎搏鬥，也是透過室內楊鵬的聽覺來寫的。書中有這樣一段描述：

只聽得門外那姓倪的吆喝聲、虎嘯聲，鋼叉上鐵環的嗆啷聲、疾風聲、樹枝墜地聲，響成一片，偶然還夾著小牧童清脆的呼叫聲，兩人一虎，顯是在門外惡鬥。過了一會，聲音漸遠，似乎那虎受創逃走，兩人追了下去。

這也是虛寫，性質和《書劍恩仇錄》中文泰來妻子轉述的例子相同，不過一個是用眼睛，一個是用耳朵罷了。《碧血劍》第十七回寫袁承志與焦宛兒兩人躲藏到床底下，聽夏青青、何鐵手、何紅藥三人談話；《連城訣》第十一章寫戚芳躲進公公床下，聽萬震山父子商量採用當年對付戚長發的方法殺害吳坎；也都很有戲劇性。這是把床底下當作啞劇的舞台，對進房的幾個人的活動作了暗場處理。運用這種手法最妙的，是在《倚天屠龍記》第三十二回：正當武當四俠——宋遠橋、俞蓮舟、張松溪、殷梨亭懷疑張無忌勾結趙敏殺害莫聲谷，而張無忌自己因爲在放有莫聲谷屍體的山洞裡待過，已經有冤難辯的時候，大路上響起一陣馬蹄聲，來了宋青書、陳友諒等人。張無忌和武當四俠躲在路邊岩石後面，聽到了宋青書、陳友諒的對話，得知莫聲谷原來是宋青書爲遮掩自己的醜行才殺的。武當四俠和張無忌之間的誤會，一下子得到了消除。暗場處理的方法，在這裡收到了最好的效果。

引入戲劇因素將小說場面舞台化，其後果是十分積極的：不僅滿足了特定環境下情節發展的需要，而且促使小說結構趨於嚴整，人物對話趨於精緻，表現手法趨於多樣，從而大大豐富了小說自身的技巧，推動了小說藝術的革新。這是小說家金庸引人注目的貢獻。

三

至於將電影技巧引進小說，我認爲更構成了金庸作品藝術上一個根本的長處和特色。

電影雖是一種綜合藝術，但主要還是視覺的藝術。電影語言的最大特點，首先在它充分的具象性，直接訴之於觀衆的感覺——尤其是視覺。金庸由於在電影公司工作所養成的職業習慣，下筆時特別注意運用視覺鮮明突出的具象性語言。他用這種電影語言來刻畫人物，烘托氣氛，表現心理，營造意境，自《射鵰英雄傳》以後的那些小說更爲明顯。

不妨隨手舉一點例子。先看《連城訣》第六章描寫的汪嘯風等十七騎追到後與血刀老祖對陣的景象：

> 斜眼向血刀老祖瞧去，只見他微微冷笑，渾不以敵方人多勢衆爲忌，雙手各提一人，一柄血刀咬在嘴裡，更顯得猙獰凶惡。待得群衆奔到二十餘丈之外，他緩緩將狄雲放下，小心不碰動他的傷腿，等群豪奔到十餘丈外，他又將水笙放在狄雲身旁，一柄刀仍是咬在嘴裡，雙手叉腰，夜風獵獵，鼓動寬大的袍袖。

這裡所寫的血刀老祖，全用地道的充分視覺化而又洗練、傳神的電影語言。作者沒有採用「驃悍」、「潑辣」、「強橫」、「鎮定自若」、「豪氣逼人」之類抽象的形容詞，只寫血刀僧面對人多勢眾的敵手「微微冷笑」，「一柄血刀咬在嘴裡」，「雙手叉腰，夜風獵獵，鼓動寬大的袍袖」，寥寥數語，就在讀者眼中爲他立起了一尊鮮活的雕像。

運用電影語言以烘托氣氛，直接關係到人物形象的塑造。《神鵰俠侶》中女魔頭李莫愁之所以給讀者留下深刻印象，除她本身凶殘變態的行爲外，很大程度上也得力於作者在她最初出場和最後毀滅時所用的烘雲托月手法。李莫愁在採蓮越女口唱歐陽修〈蝶戀花〉詞的一派歡悅、和平、寧靜的氣氛中登場。其時嘉興南湖景色如畫：「一陣輕柔婉轉的歌聲，飄在煙水濛濛的湖面上。歌聲發自一艘小船之中，船裡五個少女和歌嬉笑，盪舟採蓮。」「一陣風吹來，隱隱送來兩句：『風月無情人暗換，舊遊如夢空腸斷……』歌聲甫歇，便是一陣格格嬌笑。」正當讀者爲配有音響的這般美好畫面感到沉醉時，一位左手掌「染滿了鮮血」的道姑卻在岸邊不滿地喃喃自語：「那又有什麼好笑？小妮子只是瞎唱，渾不解詞中相思之苦、惆悵之意。」這就自然地構成一種反襯：以平和愉悅的氛圍烘托乖戾變態的性格。但令人更加難以忘懷的，則是李莫愁甘於在烈火中自焚的最終結局：

李莫愁撞了個空，一個筋斗，骨碌碌的便從山坡上滾下，直跌入烈火之中。眾人齊聲驚叫，從山坡上望下去，只見她霎時間衣衫著火，紅焰火舌，飛舞身周，但她站直了身子，竟是動也不動。

眾人無不駭然。

小龍女想起師門之情，叫道：「師姐，快出來！」但李莫愁挺立在熊熊大火之中，竟是絕不理會。瞬息之間，火焰已將她全身裹住。突然火中傳出一陣淒厲的歌聲：「問世間，情是何物，直教生死相許？天南地北……」唱到這裡，聲若游絲，悄然而絕。❺

一代魔頭，終於在熊熊烈焰和淒厲歌聲中灰飛煙滅。令人驚駭，令人稱快，也令人惻然生憫！這一氣氛烘托頗有象徵意味，蘊蓄著電影式具象語言所特有的感人力量！

金庸也用電影畫面式的敘事方法，來表現人物的心理。如《飛狐外傳》第一章中田歸農與苗人鳳妻子南蘭私奔剛要離開商家堡而被苗人鳳截住的那一段：

猛聽得一人嗓子低沉，嘿嘿嘿三下冷笑。這三聲冷笑傳進廳來，田歸農和那美婦登時便如聽見了世界上最可怕的聲音一般，二人面如白紙，身子發顫。田歸農用力一推，將那美婦推入車中，飛身而起，跨上了騾背，雙腿急夾，揮鞭催騾快走。……但大漢拉著車轅，大車竟似釘牢在地上一般，動也不動。此人神力，實足驚人。……車中的美婦卻已跨出車來，向那大漢瞧也不瞧，昂然走進廳去。田歸農……全身被雨淋得濕透，卻似絲毫不覺，目光呆滯，失魂落魄一般。❻

整段沒有一句對白，三個當事人各自的心態卻已躍然紙上，使讀者清楚地意識到他們之間的矛盾和關係，極有電影的特點。

再看《神鵰俠侶》寫楊過先是要求與陸無雙、程英結拜成爲兄妹，後來又留言和她們告別的情景：

> 一日早晨，陸無雙與程英煮了早餐，等了良久，不見楊過到來，二人到他歇宿的山洞去看時，只見地下泥沙上劃著幾個大字：「暫且作別，當圖後會。兄妹之情，皎如日月。」
>
> 陸無雙一怔：「他……他終於去了。」發足奔到山巔，四下遙望，程英隨後跟至。兩人極目遠眺，唯見雲山茫茫，哪有楊過的人影？陸無雙心中大痛，哽咽道：「你說他……他到哪裡去啦？咱們日後……日後還能再見到他麼？」
>
> 程英道：「三妹，你瞧這些白雲聚了又散，散了又聚，人生離合，亦復如斯。你又何必煩惱？」她話雖如此說，卻也忍不住流下淚來。[7]

這裡幾個電影式畫面（人去洞空，茫茫遠山，白雲聚散），就營造出了意境，啓人深思。一般作家寫臨別留言，一封短信足矣，金庸卻別致地讓楊過在地下劃出大字，用鏡頭顯示給觀衆，這就見出電影編劇家的功力，於主人翁性格又甚切合。

金庸不僅用具象性很強的電影語言來刻畫人物、烘托氣氛、表現心理、營造意境，而且經常用組合得極好的成套鏡頭（包括遠景、中景、近景、特寫以及長短鏡頭的搭配）來描寫相當宏大、複雜的場面。金庸的一支筆，就是一部甚至多部攝影機，對準著各種不同的場景，調整著各種不同的距離和角

度，變換著各種不同的拍攝手法，使小說中複雜場面的描寫顯得層次井然，而又毫不單調。

例如，《倚天屠龍記》第十章寫武當七俠爲對付少林派和其他各路群豪，在紫霄宮內堂商量擺設「眞武七截陣」，決定讓張翠山妻子殷素素代替癱瘓在床的俞岱岩。這時小說作者通過不同人物的言語動作，將鏡頭分別給了宋遠橋、莫聲谷、俞蓮舟、殷梨亭、張翠山諸人。隨後，由於要請俞岱岩向殷素素傳授方位、步法，鏡頭移向了俞岱岩的臥室，談話間便出現殷素素和俞岱岩的幾個特寫。當殷素素開口說話時，俞岱岩一下子從聲音上辨認出她很像十年前發針暗算自己的人，「臉上肌肉猛地抽筋，雙目直視，凝神思索」，「眼色中透出異樣光芒，又是痛苦，又是怨恨，顯是記起了一件畢生的恨事。」而殷素素，「她也是神色大變，臉上盡是恐懼和憂慮之色」。事情眞相攤開以後，原先蒙在鼓裡的張翠山深受刺激，痛苦之極，「目光中如要噴出火來」（亦爲臉部表情的特寫），卻又不忍動手殺妻，「突然大叫一聲，奔出房去」。這時小說作者實際將鏡頭搖前，跟著張翠山來到大廳，讓讀者看到他「向張三丰跪倒在地」，交代後事，壯烈地謝罪自殺。隨即又是童年張無忌發出的「爹爹，爹爹」的畫外音，以及張三丰到窗外接進無忌的動作。後來，殷素素叮囑張無忌要記住廳上群豪、爲父報仇時，既有對他們母子二人的近鏡頭，又有透過張無忌目光而對廳上衆人神情的掃描。小說這一長段精彩的文字描寫，其實也是一大節分鏡頭腳本。

再如《連城訣》第七章寫血刀老祖與南四奇「落花流水」的一系列廝殺，正面呈現的第一個鏡頭是透過狄雲眼睛看到的遠景：

凝目向峭壁上望去，只見血刀僧和劉乘風已鬥上了一座懸崖。崖石從山壁上凸了出來，憑虛臨空，離地少說也有七八十丈，遙見飛冰濺雪，從崖上飄落，足見兩人劇鬥之烈，料想只要誰腳下一滑，摔將下來，任你武功再高，也非粉身碎骨不可。狄雲抬頭上望，覺得那二人的身子也小了許多。兩人衣袖飄舞，便如兩位神仙在雲霧中飛騰一般。

天空中兩頭兀鷹在盤旋飛舞，相較之下，下面相鬥的兩人身法可快得多了。

藉崖下狄雲仰視角度來寫，又信筆拈來「天空中兩頭兀鷹」，襯出崖上拼鬥者武功之高妙和處境之凶險。看他輕飄飄寫來，實乃極高明之筆法。接著第二個鏡頭，又透過花鐵幹眼睛來寫，角度稍有變換：

花鐵幹正要去殺狄雲，忽聽得錚錚錚錚四聲，懸崖上傳來金鐵交鳴之聲，抬頭一望，但見血刀僧和劉乘風刀劍相交，兩人動也不動，便如突然被冰雪凍僵了一般。知道兩人鬥到酣處，已迫得以內力相拼，尋思：「這血刀惡僧如此凶猛，劉賢弟未必能占上風，我不上前夾擊，更待何時？……」當即轉身，逕向峭壁背後飛奔而去。

再下面，鏡頭向前推移，逐漸由遠景轉成近景：

花鐵幹見兩人頭頂白氣蒸騰，內力已發揮到了極致。他悄悄走到了血刀僧身後，舉起鋼槍，力貫雙臂，槍尖上寒光閃動，勢挾勁風，向他背心疾刺。

在血刀老祖突然驚覺而跳崖的情況下，花鐵幹誤刺劉乘風便不可避免，它成爲意外地驚險而又可悲的特寫鏡頭：

> 花鐵幹這一槍決意置血刀僧於死地，一招中平槍「中夷賓服」，勁力威猛已極，哪想得到血刀僧竟會在這千鈞一髮之際墜崖。只聽得波的一聲輕響，槍尖刺入了劉乘風胸口，從前胸透入，後背穿出。他固收勢不及，劉乘風也渾沒料到有此一著。

而血刀僧從崖上跳落：「一砍一掌十八翻」的一段描寫，恰像是一組慢鏡頭：

> 血刀僧從半空中摔下，地面飛快地迎向眼前。他大喝一聲，舉刀直斬下去，正好斬在一塊大岩石上。噹的一聲響，血刀微微一彈，卻不斷折。他藉著這一砍之勢，身子向上急提，左手揮掌擊向地面，蓬的一聲響，冰雪迸散，跟著在雪地中滾了十幾轉，一砍一掌十八翻，終於消解了下墜之力，哈哈大笑聲中，已穩穩的站在地上。

這些場景描寫，同樣可以說就是現成的分鏡頭腳本，導演幾乎不作什麼調整就能拍成電影。足見金庸小說運用電影化語言以描寫複雜的場面和事件之成功。

金庸在小說中還有意無意地借用了電影的某些特技，以突破小說的敘事模式，並豐富小說的表現手法。

電影中的蒙太奇，或靈活地用來銜接過去和現在，或交替穿插多線索展開的故事情節。三〇年代起，這種技巧就開始在林徽音、穆時英等中國作家的小說中得到運用（如林的《九十九度中》，穆的《上海的狐步舞》、《夜總會裡的五個人》）。它也是金庸小說中經常出現的一種手法。如《笑傲江湖》第四章寫女童曲非煙正在嘲弄青城派並和其掌門人余滄海發生爭執時，作者筆頭一轉，又接回到儀琳身上：「儀琳淚眼模糊之中，看到了這小姑娘苗條的背影，心念一動：『這個小妹妹我曾經見過的，是在哪裡見過的呢？』側頭一想，登時記起：『是了，昨日回雁樓頭，她也在那裡。』腦海之中，昨天的情景逐步自朦朧而清晰起來。」接著，因對女童回憶，「眼前似乎又出現了令狐沖的笑臉……」銜接得相當巧妙自然。第三十三章寫嵩山大會上岳靈珊與令狐沖比劍，兩人不約而同地用上了當年自創的「沖靈劍法」，在使出「同生共死」一招、雙劍劍尖相抵時，令狐沖不禁回想起當初此招取名的過程：

當他二人在華山上練成這一招時，岳靈珊曾問，這一招該當叫什麼。令狐沖道：「你說叫什麼好？」岳靈珊笑道：「雙劍疾刺，簡直是不顧性命，叫作『同歸於盡』罷？」令狐沖道：「同歸於盡，倒似你我有不共戴天之仇似的，還不如叫做『你死我活』！」岳靈珊啐道：「爲什麼你死我活？我死你活才對。」令狐沖道：「我本來說是『你死我活』。」岳靈珊道：「你啊我啊的，纏夾不清，這一招誰都沒死，便叫作『同生共死』好了。」令狐沖拍手叫好。岳靈珊一想「同生共死」這四字太過親熱，一撤劍，掉頭便跑了。

由於這一組接，令狐沖喚起往日戀情就顯得合情合理。而在聽到林平之一聲冷笑之後，令狐沖「胸口一酸，種種往事，霎時間都湧向心頭，想起自己被師父罰去思過崖面壁思過，小師妹每日給自己送飯，一日大雪，二人竟在山洞共處一宵；又想起那日小師妹生病，二人相別日久，各懷相思之苦，但便在此時，不知如何，林平之竟討得了她的歡心，自此之後，兩人之間隔膜日深一日；又想起那日小師妹學得師娘所授的『玉女劍十九式』後，來崖上與自己試招，自己心中酸苦，出手竟不容讓……」，這種將過去與眼前交錯起來的組接方法，其功效等同於電影中的蒙太奇。

電影中還有「定格」：當觀衆以爲影片情節未完，銀幕上卻出現了一個長久不易的固定畫面，它使觀衆浮想聯翩，反覆咀嚼。金庸小說的有些結尾，亦頗收「定格」的功效。如《雪山飛狐》止於胡斐舉刀這個動作；《笑傲江湖》結束於盈盈幸福、頑皮的笑臉；《倚天屠龍記》則以張無忌「百感交集，也不知是喜是憂，手一顫，一支筆掉在桌上」終結。這些也可看作金庸筆下的「定格」，使小說餘味無窮，啓人遐想。

金庸還常常把小說中十分快速的打鬥，在描述時分解成許多慢動作，給予讀者細緻精彩的解說。這或許也受到電影中「慢鏡頭」的啓示。

至於《鹿鼎記》第三十二回，一邊寫陳圓圓追憶往事，滿懷滄桑，一邊寫李自成與吳三桂拼死相搏，持續惡鬥，猶如銀幕上兩個系列的畫面交替出現，一會「淡入」，一會「淡出」。這也明顯地運用了電影的手法，同樣是金庸小說中的創新。

總之，金庸借鑒電影技巧對敘事藝術所作的試驗和革新，不僅強化了小說的畫面與具象性，大大豐富了小說的表現手法，最大好處還在於調動了讀者的想像力，透過一系列電影語言幫助讀者參與形象的塑造，自行創造感覺，使小說閱讀超越單純的書面形態，而進入無比活躍、寬廣、栩栩如生的藝術天地。

注釋：

❶金庸與池田大作《對談錄》之十一，載香港《明報月刊》一九九八年二月號。

❷《碧血劍》第八六二頁，香港明河社，一九八二年九月第十版。

❸《天龍八部》第二〇三九頁，香港明河社，一九九二年四月第十二版。

❹《射鵰英雄傳》第三十五回。

❺《神鵰俠侶》第一三一一至一三一二頁，香港明河社，一九九二年十一月第十六版。

❻《飛狐外傳》第二九至三〇頁，香港明河社，一九九二年九月第十一版。

❼《神鵰俠侶》第一三三一頁，版本同注❺。

論金庸小說的復仇描寫與現代觀念

王立

從古至今，恩恩怨怨的情感激流，鼓動著多少人的熱血情腸。武俠小說中的復仇描寫更是翻空出奇，驚心動魄，令人動情而神往。蕭逸曾指出：「一般的武俠小說常常流入一個俗套，就是：『仇殺——孤雛餘生——練成絕藝——復仇——壞人授首』這樣一個公式。」（此語出自張國楨〈俠是偉大的同情——走訪蕭逸〉，台灣《出版與讀書》一九八八年十二月二十日。）而更早些歐陽瑩之〈邊城浪子——天涯．明月．刀評介〉一文則已指出：「武俠小說體裁特別適宜於寫快意恩仇一類的題材。」（此語見古龍《長生劍》附錄二，台北漢麟出版社一九七八年版。）可見復仇之於武俠小說慣套，已形成共識。然而，武俠小說中的復仇描寫雖說承繼了傳統復仇觀念對正義實現的強調，實際上卻有了很大的不同。這些不同，恰恰表明了現代文明的觀念介入、更新了舊有的復仇思想，無形中達到一種「舊瓶裝新酒」的藝術效果，使古老的復仇故事，在今天的時代裡也得到了人們的青睞，而不僅僅是人類嗜血本能的重溫。可以說，金庸小說在這一文化窗口的展示上，突出地體現了現代觀念對於傳統復仇觀的深刻反思。

一

從血親復仇這一最基本的類型說來，傳統意義上的故事總是強調「兒子長大後復仇」，尤其是有不少向那些繼父——實際上是這孩子的殺父仇人雪怨。《西遊記》中的唐僧、《說岳全傳》中的陸文龍都是這樣的少年英雄。血緣的力量發揮了決定性的作用。而金庸《射鵰英雄傳》卻寫出了楊康明知繼父完顏洪烈是殺父仇人，仍出手援救，畢竟多年的恩養之情在：「兩人十八年來父慈子孝，親愛無比，這時同處斗室之中，忽然想到相互間卻有血海深仇……」，何況還不只恩養之情：「媽媽平時待父王也很不錯，我若此時殺他，媽媽在九泉之下，也不會喜歡。再說，難道我真的就此不作王子，和郭靖一般的流落草寇嗎？」文化的作用並沒有絕對化和誇大化，人物的矛盾複雜的心理活動，使得其血肉豐滿，真實可信，不像傳統文學如《說岳全傳》寫雙槍陸文龍一旦得悉生父是抗金名將陸登，義父金兀朮是家國大仇之首，就斷然地、毫不猶豫地投宋反金。金庸作品卻形象地在昭告著善良的人們，千萬不要忘記：較之復仇，其實還有更爲重要的東西。正是這些東西，常常阻止了主人翁們的熱血衝動，不要因爲復仇的口標正義就喪失了理智。這種描寫，打破了血緣、倫理義務決定論的文化情結。對於復仇的消解，體現了人物的理性、人性的勝利，也是現代文明觀念對於野蠻心理遺存的勝利。

二

關於復仇與愛情的關係，金庸小說也有了較大的開拓。傳統故事裡的復仇女性，在醒悟自己錯嫁仇凶後，總是當機立斷地斬斷情絲、捐棄母愛，向騙娶自己的傢伙舉起復仇的利刃，有的還殺子洩憤。金庸武俠小說中的這類人物卻沒有這麼果決。《連城訣》（三聯書店一九九四年版）寫出了作爲懷有情仇的俠，卻也不是無情無義。萬門弟子艷羨師伯之女戚芳，遂設計陷害其情人狄雲，關入死牢，由萬圭娶了戚芳。多年後戚芳雖明瞭眞相，深恨丈夫手段陰毒，她卻不能斷然反目爲仇。畢竟數年的恩愛不能不起作用：「究竟，三哥（萬圭）是爲了愛我，這才陷害師哥，他使的手段固然陰險毒辣，叫師哥吃足了苦，但究竟是爲了愛我。」顯然，這裡的藝術展示較爲接近生活眞實。原本並無感情基礎的青年男女，朝夕耳鬢廝混日久生情，縱使難於取代舊情，也至少可以部分地消減復仇意念。儘管從明辨善惡是非的角度看，戚芳算不上一個合格的復仇女俠，但她的善良無辜卻更顯得眞實而感人。而在狄雲，見到了舊情人，爲了舊日的愛，他竟然給奪妻的仇人療傷。於是，在仇與愛的激烈衝突中，復仇的超越性皎然可見。這類極有文化意蘊的情節，在復仇高於一切的傳統文本敘述中，同樣是不可想像的。

傳統故事在處理友情與仇怨關係時，總是寫友情如何服務於復仇，復仇成功得益於友情。武俠小說卻對上述兩者關係進行了獨到的思考。《雪山飛狐》中胡一刀和苗人鳳這兩個大英雄，惺惺相惜的情誼

就超越了仇怨。胡苗兩人雖仇實友，仇是外在的、與生俱來不可選擇的，友情卻發自由衷，出於俠的本性。不然，何以在比武的關鍵時刻，胡一刀要一夜裡累死五匹馬，跑出三百里外代苗人鳳報仇，苗又慨然允諾照顧胡的兒子？俠義友情在英雄眼中明顯地大於清理世仇。「友情大於仇怨」，從本質意義上昇華了俠的知己渴慕、人格自尊於俠義互感的價值，有力的否定了兩極對立的思維模式。

在傳統復仇故事中，「仇人子女相愛」可以說算作一個「缺項」。武俠小說卻填補了這一空白。顧明道《荒江女俠》寫了兩個有宿仇村子的一對青年男女相愛：王度廬《鶴驚崑崙》也以此結撰他的悲劇俠情。金庸《倚天屠龍記》中的天鷹教教主之女殷素素，與武當弟子張翠山結爲夫婦，代價是慘重的，但他們卻是無怨無悔。《碧血劍》更寫出了仇爲愛遷，中止復仇不可得的遺恨。金蛇郎君夏雪宜報家仇時不期然地與仇家女溫儀雙雙墜入愛河，可是他已殺了溫家的人，勢不容止，溫家兄弟終究以詭計毀了夏溫二人。看來，難於以個體的願望和努力制止復仇之輪的瘋狂運轉。於是，這一文明對野蠻的突破，就提出了如此深刻警醒的問題：恩怨分明、正義實現固然應該，可是若爲此而犧牲青年男女一生的幸福，那麼這種復仇規則還要不要堅持？

三

錯認仇人、因誤會而導致復仇的表現模式，就與上述疑問不爲無關。傳統故事由於復仇的正義性總

是無可爭辯，不存在將仇人搞錯的事。武俠小說中的仇殺對象卻偏偏老是出錯，由於對象誤置，復仇變得荒謬無理，正義根本無法成立。金庸《天龍八部》裡，蕭峯被誤認為是江湖多起血案的禍首；《雪山飛狐》裡苗、田的上輩原本就不是胡一刀害的；《射鵰英雄傳》還注意到壞人的栽贓，故意陷仇設怨。第二十五回中，歐陽鋒謊稱譚處端死於黃藥師之手，導致全眞五子中計；第二十七回寫楊康在丐幫大會上造謠，說幫主洪七公被黃藥師打死；第三十五回亦寫歐陽鋒故意放走目盲的柯鎭惡，讓他帶著嫁禍黃藥師的假消息到處傳播……。復仇的火焰總免不了被居心叵測的壞人煽惑；另一方面，似乎，受害苦主們急於樹起討伐仇敵的旗幟，卻老是不及細察事理，而讓壞人利用。而對於仇人的誤會、誤認，又每每纏繞著主人翁的身世之謎，有助於擴展復仇動機的結構與懸念作用。復仇而易於出錯，往往與不正常的、特殊的身世有關。如此結撰情節，將復仇事件的新聞性渲染到了極致，易於滿足觀賞者的獵奇心理。而一次次的誤誤誤，是否在暗示著：引發這種種層出不窮現象的根源——復仇，能都說是合理的、應該的嗎？

在金庸筆下，眞正的大俠，在復仇方面幾乎都不是草率從事的，似乎嚴守正義復仇的「質」與「度」，乃是大俠之所以成其為大俠的重要尺度之一。《雪山飛狐》中，當年李自成三個侍衛的子女，在其父自刎後，他們武功愈強，報仇心愈切。誤解引起的苗、范、田三家，與胡家「從此四家後人輾轉報復，百餘年來，沒一家的子孫能得善終」。為了斬斷世仇的血腥延續，苗人鳳居然要以斷絕苗門武功的巨大代價來換取，因而他索性立下了這樣的家訓：苗門子孫不許學武，他也絕不收一個弟子，意在：「縱然他將來給仇人殺了，苗家子弟不會武藝，自然無法爲他報仇。那麼這百餘年來愈積愈重的血債，愈來愈是糾纏不清的冤孽，或許就可以一筆勾消了。」而無獨有偶，胡斐這裡也是不約而略同。當賽總管欲謀害苗人鳳時，胡斐在帳中聽得明白，心想：「苗人鳳雖是我殺父仇人，但他乃當世大俠，豈能命喪鼠輩之手？」於是慨然出手相救。俠的英雄惺惺相惜，顯得較之復仇有著更高一層的倫理價值關懷。復仇的後果及其副作用也是大俠們不能不考慮的，《射鵰英雄傳》第三十九回中郭靖就有這樣的反思：「……歐陽鋒害死恩師和黃蓉，原該去找他報仇，但一想到『報仇』二字，花剌子模屠城的慘狀立即湧上心頭，自忖父仇雖復，卻害死了這許多無辜百姓，心下如何能安？看來這報仇之事，未必就是對了。」

復仇文學是現實的反映和生活的提煉。私自復仇主要活躍在古代「人治」社會，尤其是吏治黑暗、執法效率差的時代。儘管新派武俠小說也是以古代時空、冷兵器作戰時代作爲人物活動背景，但國外尤其是西方文學對復仇的批判與反思，以及現代文明的觀念，卻不約而同地爲作者們有意識地編織進藝術世界中。可見，武俠小說中有文化的脈搏在跳動，有文明的光影在閃爍。金庸的武俠小說至少給人以這樣的啓示：如果只把武俠小說看成是描寫恩恩怨怨構成的打打殺殺，那豈不是太簡單化了？

論金庸小說的武俠敘事與現代社會文化語境

吳秀明
陳擇綱

我們堅持這樣的看法，金庸在當代文壇的地位與意義，必須要納入到整個變動中的現代文化語境細加考察，才能看得清楚。有關他的武俠敘事策略的研究也是如此。「消遣」與「娛樂」，乃是任何一種文化語境中武俠文類存在的前提條件，此點自無需贅言。金庸對此也絕不含糊。但作爲橫空出世的一代武俠小說創作的天才人物，他的卓絕之處在於他早就清醒的意識到，武俠文類的此種不變個性又是變中的不變。「消遣」與「娛樂」敘事效果的產生，必須扎根在不斷變遷的時代文化語境之中。

就武俠小說而言，中國二十世紀後半葉，工業文明所帶來的物質條件（主要是現代傳媒業的高度發展）和各種文化觀念的變化，已經客觀上影響並改變了它的接受群的消費心態與消費方式。不言而喻，作家理當積極地作出敘事策略相應的變更。因爲從最基本的文類要求來說，「新」、「奇」、「變」、「怪」等本來就是「消遣娛樂」的本質要求。而當金庸聰明地把握住了這種潮流變更，更以積極的主體熱情對此種變更潮流作出了一系列價值評判的時候，他便有意無意間傳達了一種高尚的藝術旨趣。

時處世紀交接的今天，連聾子都聽得見現代工業文明呼嘯迫來的腳步聲。然而，回顧金庸「退出武林」，「金盆洗手」近三十年的時間，仍無一人能夠在通俗文類的創作上，做到類如金庸這般亦俗亦雅，俗中有雅，由大俗而大雅的瀟灑境界。因此，明瞭金庸武俠敘事「俗雅」提放轉折的奧妙，對武俠文類的未來發展乃至整個當代通俗文學的創作，都將有著積極的典範意義。我們這篇文章，對金庸小說的敘事功力——即其別具慧眼的生存關懷，以及其遵循的基本敘事美學法則，作了一些初步的討論，期望能夠對金庸小說整體敘事策略的研究起到拋磚引玉的作用。

一、生存關懷：對禮儀敬仰和自由期盼的激情演繹

儘管長久以來被人們有意無意地給忽略了，但實際上，作爲小說文類的一種，武俠小說必定而且必然傳達著某種理想的人生模式，或表現作家對於普遍人類生存問題特殊角度的總結和思考。離開了這分必要的生存關懷，主要是依據想像，虛構而產生的俠客世界，就將在根脈上與作家最充沛也是最有力的現實關注熱情離斷。這是不可思議的。不過由於表面上「速食消費文化」的機械複製特點，武俠小說此種內在文類特性，長久以來只是被作家近乎本能地利用著它的最低限度的功能效應而已，只有金庸，才以一種較爲明晰的主體意識，借助武俠小說，透射出了其獨特的型位生存關懷意識。所謂「獨特型位」，是指武俠文類藉以展現生存關懷的主題，由「禮儀敬仰」和「自由期盼」這兩個固定的命題展開。

1. 禮儀敬仰

從本質上說，武俠小說是一種宣揚復古主義，念舊情懷的小說。作家們透過一種理想江湖世界的塑造，來表達他們對過去美好時光的追憶之情。那麼，這過去的美好時光較諸現實而言，到底又「好」在何處呢？好像是心有靈犀一點通，作家們懷古傷舊的情緒彷彿總是對那傳統理想世界的「彬彬有禮」、「煦煦如也」道德、社會風尚而發。此種透過理想江湖世界描寫來傳達出作家對傳統理想社會重禮法、重原則、重規範有序特性的強烈敬仰情緒，就是「禮儀敬仰」。

不過，如果沒有金庸，武俠小說這方面的特性，也許就將永遠引不起人們的重視，因爲一般作家大都是泛泛地觸及這個問題而已，而金庸，卻在小說中全面、深刻、透徹、明晰地構建出了理想江湖社會所應遵循的禮儀法則。

透過長短十五部作品，金庸有力地表明：勇敢、守信、公正、急人所急、見義勇爲、助弱抑強等乃是俠客爲獲得「俠客」身分先天應遵循的道德規範。而且，在這些小說裡，禮儀敬仰必要性的展現與俠客性格的成長歷史描寫通常是密結在一起的，也就是說，構成金庸小說審美內涵最基本的人性關注，一開始就與禮儀敬仰問題密切地結合在一起。《神鵰俠侶》中的楊過形象塑造是一個極好的正面例子。楊過懷疑大俠郭靖是他的殺父仇人，因此，從小便對郭靖教育的如何成爲「俠者」乃至「俠之大者」的道理，愛聽不聽，甚至有意違反。然而小說寫出，隨著年智的增長、閱歷的豐富以及誤會的消除，楊過終於認識到，即使個性可以不同，行動手段可以有所別異，但俠者內心的精神世界是相通的，先輩們有關此類事情之訓誨終究是無可抗違的。而隨著這一層認識境地的超越，楊過最後終於成了與義叔「北俠」郭靖並肩齊名的一代大俠「西狂」。而透過楊過這性格發展史的描繪，一種激情的人文信仰也就清晰地構設在我們面前了。金庸筆下的俠客世界的禮儀規範，如此深沉崇高，如此威嚴有力，這是歷代以來仁人志士們用鮮血智慧澆灌而成的最高生存價值尺度，因而對於它進行一種生命實踐意義便尤其重大，即便特立獨行之士如楊過等人，在它的面前，亦必須低下高傲的頭顱。

俠客規範對俠客們的意義如此巨大，以致一旦有人違反，他就自動失去了俠客身分。金庸在小說創作中很用心地強調了這點。《射鵰英雄傳》中的楊康、《神鵰俠侶》中的金輪法王、《書劍恩仇錄》中的張召重等等，說來也沒有什麼太大的罪過，但因爲他們所作所爲全不以俠界禮儀爲規範，讀者看起來便覺得十分可惡了。其中最有警示意義的也許是《連城訣》中花鐵幹形象的塑造。花氏原來也是一位大俠，人品武功俱佳，但在一場激烈的打鬥中爲一武林巨魔淫威所懾，成了怕死的軟骨頭，後來便甘心入魔，無所不爲了，透過花鐵幹、金輪法王這類的反面形象塑造，金庸寫出那一分禮儀敬仰，對一位習武之人來說，就像空氣一樣重要，當人們擁著它的時候，不會感到多麼彌足珍貴，一旦失去了它，卻就從根本上失去了生命的支柱，半點挽救不得。從這意義上來說，這一系列反面形象的塑造，或更深一步地闡明了「禮儀敬仰」的價值意義。

說到「禮儀敬仰」在金庸作品的功能作用，我們還不能泛泛地停留在一般的技巧形式的理解層面。金庸事實是把握住了這種「禮儀敬仰」本身所包孕的文化人類學意義上的巨大價值。作爲宣揚復古情懷的一種小說樣式，武俠小說某種性質上與西歐宣揚騎士風範禮儀的史詩與抒情詩有著相類似之處。赫伊律哈說：「中世紀基督王國的騎士制度，在人爲地維護、甚至是特意重視那種從遙遠的過去流傳下來的文化因素的同時，也耗盡了自己，它對各種規範，包括榮譽、高尚行爲、勳章、騎士等級以及比武等極力進行的渲染，直到中世紀結束時仍沒有完全喪失意義。」❶看待金庸小說有關描寫也可以作如是觀。金庸其實也很清楚自己鼓吹、宣揚的一套江湖規範及禮儀大抵是出於虛構的，至少，是過去的時代產物；然而他又堅信，所有這一切均不表示這些規範禮儀在現時代條件下已無積極意義，而且在現代化功利社會裡，也不意味著人爲了生存、活命就可以做包括出賣人格在內的一切事情。這種複雜的心緒在他的最後一部小說《鹿鼎記》表達得顯著而深有意味。《鹿》書中的主人翁韋小寶堪稱是一個見風使舵的滑頭，但他終生敬奉的唯一道德律令就是俠客世界的義氣法則。而我們看到，也就正因爲時時守住了「義氣」這一條最後的精神防線，韋小寶雖然有那麼多的毛病，比如貪財好色、貪生怕死、愛說謊、懶惰等等，但總的看起來，大節居然還是無妨的，至少，在撫遠大將軍、一等鹿鼎公的官位與江湖朋友之間，他毫不猶豫選擇的是朋友；在最危急關頭，他有時也有捨身救友的豪情，比如在五台山捨身擋下了九難刺康熙的一劍……。凡此種種，肯定都不是功利小人能信手爲之的。因此，金庸雖然有意在韋小寶鼻尖上塗抹了白塊，使他像個小丑，但內在宣揚的生存底蘊還是一如既往地那麼羅曼蒂克。透過韋小寶這個形象的塑造，與其說，金庸解構了關於武俠的神話，還不如說，他更深層地將俠客世界的許多規範法則內化成了人類精神世界的道德律令，並將它們富有現實生活氣息地表達了出來。韋小寶在現實中的一舉一動愈油滑、愈無英雄氣息，愈像一個平常人，那義氣法則的重要及不可僭越性就顯得愈強大，人類精神世界與現實功利誘惑的抗爭主題便就突出地愈明顯。

2. 自由期盼

研究者們已經指出，從社會學的觀點看，現代武俠文類的興起，與中國現代化進程中西方自由主義思潮的傳入有密切關係。中國人對於現代人文思潮的核心——個體自由意識的接受，除了在五四以來的新文藝中多有表現外，也在武俠小說這樣的文藝形式中曲折地表現出來。因爲，傳統文化語境中，俠客便是公衆們承認的天然擁有較大個體自由精神的一群人。

然而，在武俠文類中，怎樣將俠客的這種自由意志作爲一個正面的關乎人的生存本質的藝術問題，深沉、嚴肅地表現出來，長期以來，廣大作家卻又缺乏自覺的主體意識。在他們的筆下，有關自由精神的描寫通常只是炫人耳目的刺激性精神調料。說實在的，迄今爲止，恐怕也只有金庸一個人比較成功地處理好了這方面的問題。他根據自己對中國傳統文化的深切批判意識，多層次地闡發了傳統宗法社會對於自由人性束縛所造成的罪孽與惡果，同時，借助這種批判，他傳達出對傳統文化眞正走向現代的熱切渴望。而基於此，武俠文類這方面的藝術屬性才算眞正得到了張揚。

中早期，金庸關於「自由期盼」命題表現，主要是借助俠客們自由不拘性格，對傳統宗法社會所謂的禮教大防、陳規陋習的衝擊而展開。《神鵰俠侶》較早體現了金庸這方面的努力。楊過愛上了師父小龍女，既然發乎眞心，雙方心心相印，他便愛得一往直前，無怨無悔。社會上所謂「禮教大防」的竊竊私語，他是充耳不聞，置個人毀譽於不計。透過這兩人之間「問情為何物，直教人生死相許」自由愛情的描寫，小說中黃蓉等人所津津樂道強調的「禮教大防」的空洞、無聊、虛偽，則便是一目了然的了。在金庸中早期的作品裡，金庸總是利用俠客們先天所帶來的獨來獨往、少社會約束的身分，描寫這種自由精神對既有社會規範的衝擊力量，以及衝破那個性枷鎖所帶來的隨心所欲境界的瀟灑漂亮——或者，為衝破這層枷鎖，俠客們也要付出許多代價，像《飛狐外傳》中胡斐與袁紫衣的感情誠然無疾而終，《白馬嘯西風》的李秀眉何嘗又有美滿歸宿，但是對於真實的人生而言，就這分落寞的美麗，又豈是規行矩步、「裝在套子裡的人」所能窺看一二的？寫出了這點，俠客形象之精神底蘊對我們日常人生、平凡生活的意義，也就自然凸顯出來了。

不過到了後期，金庸對「自由期盼」命題展現的重心，明顯有了較大的位移。如果說，中早期他主要是著眼於個體的幸福追求，描寫衝破禮教枷鎖後所能得到的美麗與自由，那到後期，他主要就是從整個傳統文化機制思辨的角度、考察它近代以來畫地為牢的惡劣傾向，以及自由創新精神注入之的必要性與艱難性。這時，自由自在的俠客精神，就超越了追求個人幸福的小我層面，昇華而成為整個傳統文化社會自我甦生的一種活力因子。有不少研究者習慣將金庸後期小說看成是文化隱喻小說，這是不無道理的。在《倚天屠龍記》中，金庸對這問題的關心已頗露端倪。他描寫出，所謂正派武林（金庸將那些德高望重、倚老賣老的高僧、高道、高尼的神情描寫得如此維妙維肖，使人們很容易就聯想到社會中常見的以道德說教見長的衛道人士們）自高自大，視一切不合自己口味的全為旁門左道，而事實上，他們功夫既不見得高過「魔教中人」，人品道德更不見佳。藉張無忌這樣一個形象塑造，他曲折地表明了自己的心曲：凡事休分旁門、正道，只要於事有所助益，擇善而從就罷了。自然，《倚》書在一些問題上還是有所保留的，即張無忌的武功底子畢竟還是來源於正派武功《九陽眞經》，以此爲基礎，思想自由、兼容並包，方才無敵於天下。但到《笑傲江湖》、《鹿鼎記》，金庸的批判鋒芒就更爲尖銳。在令狐沖的「獨孤九劍」前面，任何只要有套路可尋的劍法，不管正派邪法，全是有破綻的，能夠擋得住「獨孤九劍」自由創意的，也唯有隨意應變自由無拘束的劍師；韋小寶，既無文化又無武功，可他深知機變之妙，於是一群表面上比他厲害得多的人，只有傻乎乎地被他使喚來，使喚去。看到這兒，人們明顯可以感到，金庸不啻是在大聲疾呼：中國文化迫切需要的是以自由的精神，來一個大的改造，打破陳規舊習，人變我變，這才談得上圖生存、圖發展。

那麼，到底要什麼樣的自由精神才能使中國傳統文化重新恢復蓬勃活力呢？金庸對此也是有著全面詳細思考的。他藉各種不同類型的人物形象的塑造，把個人旨趣表達了出來：令狐沖、楊過身上，較多體現的是道家式無拘無束的創新精神，而在胡斐、喬峯、段譽身上體現則好像更多的是早期儒家開拓進取、積極樂觀之精神；虛竹、張無忌、石破天等形象中，又包孕了些許佛家靜觀宇宙、直指人心、見佛見性的機智；韋小寶身上機變素質成因複雜一些，是不同於傳統主流文化的民間變體，但與道家或許有著較密切的血緣關係。在金庸作品中，其關於自由期盼的命題展現與人物形象精神氣的塑造結合得如此完美，以至於人們完全感覺不到他關於文化問題的思考有著說教意味，一切都在自然的藝術感動中品味到、領略到。這兒值得提上一筆的是，關於自由精神的追求與構建，本質上是隨著西方啓蒙文化的發育而產生的，與西方式的個人主義精神是密切相關的。但金庸表現的態度卻甚有意味。他一方面熱切地肯定這種自由精神對我們傳統文化的意義，一方面，卻有意無意地抵拒著西方個人主義精神對中國傳統的侵入。因此，他寧可以現代自由人文意識爲媒，點亮發掘傳統文化構成中的自由因子，卻不肯正面描寫西方式的個體自由精神。也正因爲如此，他小說中表現出自由意志所反抗、鬥爭的對象，都是面目含混的社會群像。像西方同類主題故事中喜歡表現的母女、父子衝突，他是完全避而不談的——本來，從邏輯上，一個自由個體爲尋求自由，首先進行抗爭的對象便是自己的父母。這對於金庸來說是太刺激了，爲了爭取自由，要徹底地連中國傳統文化的最後內核「孝」也給破除掉嗎？金庸對之是猶豫不決的，因此在他十五部小說、在主人翁成長歷程中，所有的父親形象都很有意味地缺席了（段譽是唯一的例外，但那還是養父）。這樣，金庸也就迴避了俠客自由個性成長過程中第一關就要遭遇到的矛盾——而有關此的價值評判對中國人來說則是最棘手的。

最後要解釋的是，上文說的「禮儀敬仰」與「自由期盼」之間是全無矛盾的。「禮儀敬仰」談的是俠客們要成爲俠客基本要遵循的道德規範。它們制約著俠客們的自由意志的發展道路，但又不致太過嚴苛，抹殺了俠客的自由個性。只要對現代法律的精神有所理解，理解此點應不會困難。

談到金庸小說的生存關懷主題，好像有必要說上幾句關於人物形象塑造的題外之言。因爲他的題旨表現與人物的性格、性情描寫關係密切。通常一個人物的性格建立起來了，他的生存關懷也表述清楚了。這兒我們要討論一個頗有意味的現象，金庸筆下的人物形象，雖然個性鮮明，活潑醒目，但如用前一陣子大陸頗流行的「性格組合」觀念來分析，則他們幾乎無一例外都可稱爲簡單人物。因爲就連狡猾多變、刁鑽古怪的韋小寶，他的性格大致也可用一個「滑」字概括。只不過他的滑不讓人感覺討厭就是了。但是否可以就此運用「圓形人物」的批評觀念，來說金庸筆下的人物的審美價值不高呢？或者說，假如他將筆下人物性格設計得更加複雜一些，對立衝突的性格元素再突出一些，那人物形象的審美價值就更可以提高？顯然不能這樣來看問題。只要我們拋開傳統的機械反映論，就可以看到，人物形象活力的眞正源泉是作家意欲表達的生存關懷的內涵，和他對一系列生存現象的洞察、把握能力。其特殊性格無非是表達此種生存關懷一種較有力、較容易爲大衆接受、理解的方式。因此，生存關懷本身的存在形態決定了性格元素的構成方式。如果作家關於某一個生存問題的思考充滿了矛盾、猶豫，那他筆下人物的性格肯定就是較爲複雜、多元、曲折的（當然他不寫人物性格而用其他方法來表達也可以，在此不論），而如果他的生存關懷的意向指向清晰而明確，尤其帶著強烈的肯定情緒的時候，簡單人物的性格就是比較合適的載體了。金庸筆下的人物顯然是比較符合這後一種情況的：鮮明性格的簡單人物明確地傳達出了他的生存關懷旨趣。假如郭靖每做上一件事情，比如爲國爲民、赴湯蹈火、忠實友愛等等，都要「複雜」上半天，金庸苦心經營的「江湖禮儀」又哪裡會有最高道德指令的威嚴感呢？當然他的簡單人物塑造也不完全同於傳統，他筆下的頭號英雄漢子蕭峯，曾對人坦言「我也怕死」。但金庸正面寫來的可全是這「怕死」的漢子一到義之所趨的場合，就全然「不怕死」，記掛的全是「有重於生死者也」的事了。

結果他的形象愈見高大。不能說，金庸沒有受到過現代形態小說技法的影響，傳統的簡單人物塑造技法，在現代條件下是可以改進而且應當改進的。但從審美形態上看，郭靖、蕭峯則是無可爭議的「簡單人物」。對金庸作品要硬套「圓形」、「扁形」人物理論是行不通的。金庸以其創作實績給予了此種機械理論的沉重打擊。

爲什麼要討論這個問題呢？因爲近年來，不少後進的作家尤其是大陸作家，觀念中頗有些以性格元素多寡而論人物形象優劣的，寫起武俠小說來，也喜歡將筆下人物性格構成弄得支離破碎。表面看起來，是夠複雜的了，但讀起來卻很使人倒胃口。因爲一來他們筆下人物這些多元對立的性格元素缺少深沉的生存思考作支撐，二來，更重要的是，像武俠小說這類通俗文學作品，其生存關注的命意，本來就傾向於簡單、明確、純淨而強烈的，用不著這麼複雜分裂。武俠作家們實在是用不著到理論家的空頭理論中去討生活，多多揣摩金庸的經驗或將更有助益吧。

二、文體形式：傳統寫意敘事在現代條件下的複合改造

恰當的內容要由恰當的形式來表達，武俠文類對於作家故事的構成有著特殊的要求。新、奇、動人大約可說是基本的要素吧。這些要求乍看似乎並不難做到，但眞正在實踐中操作起來，難度還是不小的。比如說，一些作家專以故事之「奇」吸引人，但當他的「奇幻」本身就成了一種模式之後，「奇」

也就成了平凡乃至平庸。在速食文學批量生產、機械複製的時代裡，此種循環怪圈似乎成了不少武俠作家無奈的宿命。也許可以這樣說，只有金庸一個人（現在有一位青年作家黃易這方面做得還不錯，但還要看將來）跳出了這怪圈。他的每一部小說的故事框架、情節流程，眞正都做到了別出機杼，奇譎莫測，令讀者絕不能以常理、常識度測之。應該說，這分成就的獲得，首先是取決於他整體的藝術思考、把握能力和天才的想像能力，但平心而論，在具體的敘事技巧上他亦花費了不少心血的。他有意識地以某些現代的技巧注入到武俠敘事中，或是將某些中國傳統敘事的技巧加以現代的點化運用，根據他的需要（也是武俠文類的需要），大膽將各類中、西小說文體的有關敘事技巧熔於一爐。這便使得他的小說敘事在總體吻合武俠文類的要求的同時，又時見突破與創新。而且需要指出的是，他的突破創新不但某種程度上改變了一般讀者的欣賞口味，突破了武俠文類的表現領域，其某些技巧形式對整個小說文類的敘事表達，都是一種有意味的補充與豐饒。

金庸的小說敘事概括起來主要也可以從兩個方面來考察，即：散點敘事與線性敘事有機結合運用和中國式「梅尼普體」的創化運用。

1. 散點敘事與線性敘事的有機結合

散點敘事是中國傳統寫意敘事的一種基本技法，作家運用一種意向性的結構，將一個個鬆散的、相互間似乎關聯不大，甚至可以彼此獨立成篇的事件，納入到大的敘事框架中，從而傳達出敘事指向。傳統的武俠小說尤其長篇小說，多用此種敘事技法。在評書盛行的時代，散點敘事方法的優越性是明顯的：關節分明，聽書人偶然漏聽了幾段妨礙也不大。但隨著印刷業特別是報刊業的發展，小說作爲印刷品可以向一般民衆普及的時候，完全按照散點敘事手法來寫故事顯然太過陳舊了。散點敘事在情節結構上的弱點是非常明顯的：一、故事銜接不連串，缺少必要的懸念；二、情節發展較少波瀾曲折；三、作家的意向性時時容易表現得太過明顯，以致小說底蘊被人一覽無餘。以上三點，對任何一部情節小說來說都會是致命的（當然，從理論上講，眞正的散點小說大師，如能做到「形散神不散」，那上述的缺陷不是不可以避免的，《三國演義》、《水滸傳》便是光輝的範本）。因此，到了現代，這散點敘事法被廣大新文藝小說家逐出了文壇。但說也奇怪，到鴛鴦蝴蝶派的作家也紛紛改弦易轍後，廣大武俠小說作家們卻仍堅持冰心一片。號稱「新派武俠」開山之作的《龍虎鬥京華》，在這一點就是恪守傳統的。

金庸的處女作《書劍恩仇錄》，這方面上還看不出有太多的新意，但到《射鵰英雄傳》，情況卻爲之一變。很有可能是他直覺到了散點敘事的缺陷，因此，多年來對西方文藝和中國現代新文藝浸淫的深厚學養，這時便產生了巨大作用，幾乎是完全出乎自然的，他便完成了小說敘事的轉向，變散點敘事爲線性敘事，並且在他後期的幾部小說《笑傲江湖》、《鹿鼎記》中，更把這種敘事方法在情節建構上的優勢發揮得淋漓盡致，令人嘆爲觀止。

所謂線性敘事，是西方傳統最重要的敘事技法之一，極盛於十八、十九世紀，它是用一條或幾條明確的故事情節線索將事件貫串，因此，事件與事件之間銜接嚴謹，因果分明。用現代敘事學的種種眼光批評挑剔起來，線性敘事當然還不無粗糙之嫌，不過，本世紀初當它被新文藝工作者引入之時，它無疑是非常現代和先進的（雖然也有新文藝工作者展開了對西方眞正的「現代派文藝」的學習，但對那時的廣大中國讀者來說，這是太過陽春白雪了，無法接受），而且金庸有意無意將它移用入武俠小說後，便令人感覺到：它與武俠小說的文藝特性眞是太吻合了。線性敘事用嚴謹因果關係構成的情節鏈鎖，製造扣人心弦的懸念，用事件與事件之間巧妙卻又邏輯嚴密的組合關係刺激讀者的閱讀快感，是其所長，有著散點敘事所不可比擬的優越性，也符合武俠文類的消費文化特性。而且從武俠敘事的寫意特性來說（武俠小說的創作直接起源於作者的意向、願望，故說其敘事本質是寫意的），線性敘事的指向不像散點敘事那麼環形封閉，它有著射線性質的開放性格，只有作家的個人意向才能決定這線性發展的轉折與終結。而這樣，就使得在創作中作家的意向可以根據合邏輯的想像作任意的飛躍與跳動，把武俠文藝縱橫自由不羈的性質盡情發揮出來。《射鵰》一破常規的創意就在這裡。小說的開端，是始於郭靖在「江南七怪」帶領下，苦練武藝，爲父報仇（當然還有別的故事穿插）。人們讀到這兒，也許會輕輕一笑：這是一個復仇故事的老套子。然而接著讀下去，卻會發現想錯了：郭靖出道不久，便手刃了仇人，好像故事已無可再講。但讀者這時卻又發現，情節鎖鏈中的另一道開關卻在這時打開：黃藥師不但拒絕將女兒嫁給郭靖，而且還讓郭靖到桃花島上去「領死」。於是，讀者興趣自然又轉到了「求婚」這件事上，好不容易求婚告了一個段落，郭靖的庇護人洪七公突然被西毒歐陽鋒黑手打傷，一下子，郭靖、黃蓉小兩口落到了極端危險的境地，怎麼辦？……總之，一環扣著一環，根本容不得讀者多去揣度作家的意向。而這樣，通篇小說給人的感覺便是深若大海，不可度測，讀者閱讀興趣當然大大增加。

《射鵰英雄傳》問世之後，武俠文類的敘事基本便由「散點」轉向「線性」。

但與一般作家不一樣的是，金庸對某一種文藝手法、觀念的運用、見解總不是隨波逐流的。在六〇年代中期的《天龍八部》中，他又嘗試著將散點與線性兩種敘事揉合在一起運用，結果收到了意想不到的奇效。

確如此書的序言中金庸本人自道的那樣，《天》寫的是幾個不同性格的人物的傳奇故事：段譽、蕭峯、虛竹這三人的不凡英雄經歷構成了這部長達百萬餘言小說的主幹。乍看起來，這部小說和傳統散點敘事的小說很是相近，但細細品讀起來，卻又讓人發現這部小說情節構成的主要方式仍然是線性的：小說情節中各事件之間因果聯繫十分緊密，雖然作家不時將敘事焦點從一個人物形象轉移到另一個人物形象身上，但小說的幾條主要情節卻並未因此中斷，而是保持著特點向前躍進和變化發展力量。比如北冥派的傳奇，最初在段譽的歷險記中揭開序幕，而後在蕭峯故事中又時有提及，並顯示出一種更加神秘的氣氛，對蕭峯個人命運有著一種莫測的影響力，最後在虛竹故事中才作了一個了局，成了左右虛竹命運的決定性力量。這段故事出現在《天龍八部》中，雖時斷時續，卻始終文氣飽滿，引人入勝。這樣體大思周的情節系統是傳統散點敘事的小說所罕見的。自然，也不能說《天龍八部》又是一部一般意義上的線性結構的情節小說。金庸顯然在其中有意模仿了《水滸傳》的一些手法，主要則體現在小說人物獨特個性刻畫爲重心，小說的事件由人物性格的自然展現而自然帶出，這就和一般意義的線性敘事由故事發展帶動人物性格發展的方式大不一樣了。而這種散點敘事觸及的各個「點」，彼此之間是不存在著必然因果聯繫的，所以在小說裡，敘事視點由此「點」轉到另一「點」，完全是一種偶然，也可以說是意趣使然。像小說主人翁由段譽而成蕭峯，又從蕭峯至虛竹，中間還插了一段關於游坦之的小故事，都說不上有什麼必然的邏輯因果關係。它寫的是作家主體觀念中的世界形象，而不必盡是客觀世界的眞實描摹。而這也正是中國式「散點透視」技法的審美眞髓所在。這種小說敘事融入到線性敘事中，便使得既有的穩定因果關係鎖鏈中，出現了若干帶有隨機組合性質的顚覆因素。它們使得文本情節的構成模式趨向多元，而且更多動盪不定的意味，也使作家藝術趣味的表達可以更加自由，開闊而含蓄。推測地想起來，《天龍八部》的結尾連金庸本人也是無法料及的：蕭峯死了，慕容復瘋了，段正淳也死了，而段譽居然做了皇帝……。一切都是可以理解的，但又全在意料之外。於是，整部小說的深深禪意就以如此坦蕩自然的方式展現在我們面前：世事飄零，命運多舛，人海茫茫，誰能把握自己？或曰：悲喜歡樂，亦無非如同草木枯榮，以佛心著之，都是一樣，何必斤斤計較。但人非草木，孰能無情？……

進入到八〇年代中後期以來，中國的批評家、作家們紛紛對曾占據中國現當代小說創作主導地位的線性敘事法提出了質疑。確實，按照現代敘事文學的觀點看起來它的缺點是明顯的，戲劇性的成分太多，常讓人感到不眞實、不自然；其情節構成太重因果關係，容易僵化，形成故事套式……。於是，許多作家開始向波赫士、福克納等人學習。這種學習自然是十分必要的，但令人嘖嘖稱奇的是，很少作家到自己的文學傳統中去搜尋養料，更絕少作家潛心品味中國傳統小說自身敘事技巧在現時代條件下進行創造性轉化之可能。站在這戰略的角度看問題，或許我們可以發現，金庸的創作有著更深一面的教育啓

迪意義。

2. 中國式「梅尼普體」的創化運用

經典的「梅尼普體」得名於公元前三世紀加達拉哲學家梅尼普的名字。這種文體最初是一種無韻散文，多表現諷刺性的內容。但後來在幾代文體散文家的努力創造下，它的敘事潛能大大得到了發掘，以致成為了歐洲文學發展的一個重要源頭❷。它的文體內容包涵十分廣闊，概括起來大致有以下幾個重要特點：詼諧性、幻想性、鬧劇性，極大地自由地進行情節和哲理上的虛構。社會烏托邦的設想、現實的政治性以及廣泛插入其他各種文體的自由等等。

借助巴赫金揭示的這一文體考察視角，如果我們對中國敘事文學的發展略作審視，就不難發現，中國小說發展也有著一條類似「梅尼普體」的文體影響線索，也就是中國小說的評書因素。評書之於中國小說（乃至整個敘事藝術）發展的重要意義，前輩學人已論之甚詳，此處固已無贅述的必要。而評書的諸般文體構成特性，與西方的「梅尼普諷刺體」散文對照，有著驚人的相似性。除了少數幾個具體的手法頗有差異之外，根據幻想性、詼諧性、鬧劇性……，這些文體主要構成內容來立論，將評書稱之為是中國的「梅尼普體」，似乎並無太大的不妥。

可說來也奇怪，儘管在傳統上評書對中國小說的影響是這麼大，但現代以來，它的影響力似乎在一夜之間被逐出了文壇。在武俠小說中它所遭遇的情況似乎較好一些。這是因為離開「幻想性」、「社會烏托邦的設想」這些特色要素，武俠小說幾乎一天都存在不下去的。但隨著新派武俠小說的崛起，評書也就離武俠文類愈來愈遠了，直至被人悄悄遺忘。但富有意味的是，在這一場看似必然的代表著新陳代謝規律的文體替代浪潮中，各種思想觀念一向比較現代解放的金庸，卻在創作中流露出了對評書傳統的百般留戀之情，除了「幻想性」之類功能性文體要素的出神入化的表現，金庸還自覺地將其他多種評書文化要素引入到了小說創作中。在當代有成就的小說家中，如此自覺地從中國自身的小說源頭中去尋找藝術創化靈感的，金庸可能是唯一的一人。

首先一點可說是「極大自由地進行情節和哲理上的虛構」。對評書來說，這個特點十分適合它的寫意內容的表達：小說內容可以不管歷史事實、生活內容的束縛，只要意念中認爲應該有，文化觀念、哲學理論上可以理解的，就大膽地虛構。像「楊家將」、「呼家將」之類，基本便是歷代評書藝人的虛構產物。金庸繼承了這個傳統，他的小說有著許多令人咋舌的大膽虛構。像在《笑傲江湖》寫到的「吸星大法」，《天龍八部》寫到的「北冥神功」，居然有這樣魔術般的力量：會這種武功的人能把對手們苦苦修鍊的內家眞氣像水一樣地吸過來，據爲己有。現實中當然不會有這樣的武功！然而讀者卻完全理解並又認同這樣的功夫。這是因爲，中國傳統文化觀念中，「內家眞氣」也是「氣」的一種，「氣」雖然「視之不見，摶之不得」，可它又是客觀存在的，是宇宙衍變的物質基礎。因此，把它進行場所的轉移，把一個人的「內氣」吸到另一個人的身上去，從文化邏輯上看，並不見荒謬。不過話儘管如此說，在實際的閱讀過程中，類似此類的大膽虛構，畢竟完全出乎了讀者的意料，由此引發的強烈的刺激性快感，自然能大大增進閱讀的快感。

但這兒需要解釋一下「虛構」之限度。這比我們說的「虛構」僅僅相對「文學表現是現實生活的眞實反映」而言。這虛構可以很大限度地超脫現實生活的束縛，但它不等於胡編亂造，它得符合於另一種「眞實」，即文化邏輯的眞實。對以前的評書藝人來說，他們的藝術虛構的基礎在於對傳統天命觀、善惡倫理觀的信仰。對金庸而言，他筆底的眞實基礎就立足於民衆的傳統文化集體無意識，以及他對這集體無意識的直覺洞察、把握能力。因此，就「極大自由地進行情節和哲理上的虛構」而言，「哲理虛構」這點是絕對不可忽視的，它和情節虛構緊密相關。它在作品中不一定得到明確的解釋，但它的底蘊則必須在相應的情節虛構中被讀者明確地意會到。

評書的詼諧性與鬧劇性文體特色也對金庸的創作產生了深刻影響。金庸的幾部中長篇小說，幾乎都有特意設置的詼諧人物與鬧劇場境，像《射鵰英雄傳》、《神鵰俠侶》中的周伯通，《天龍八部》中的段譽，《飛狐外傳》中的胡斐，《鹿鼎記》中的韋小寶，《笑傲江湖》中的令狐沖、不戒和尚、桃谷六仙，《鴛鴦刀》中的袁冠南等等。有時，根據小說情節發展之必要，但金庸甚至有意讓一些平時並不詼諧的人物來客串「福斯塔夫」式的人物角色，增加搞笑場面。《碧血劍》最後寫到袁承志與武林敗類玉眞子決戰之前，平時性頗忠厚的袁承志卻大耍了一通嘴皮子，便是此種性質。這種鬧劇性的場面，在一般形態的文藝創作中是很難找到的，但在評書中卻是比比皆是。看到金庸筆下的這些詼諧人物，我們很容易就想到《興唐傳》系列中的程咬金、《岳家將》系列中的牛皋、《明英烈》系列中的胡大海、《楊家將》系列中的寇準等等。金庸自己曾自動點出了評書與其小說人物的密切：《鹿鼎記》中，韋小寶一

大半的人生理想與行爲準則根據，便是他在茶館裡聽來的評書故事。

在小說，增加了許多詼諧場面，首先可以增添很多幽默情趣，刺激閱讀興趣。這一點自不待言。但其實際意義卻並非局限於此。在分析杜斯妥也夫斯基小說中的那些搞笑場面中，巴赫金曾指出，這種笑的根基在於歐洲文化中的狂歡精神，「狂歡節上的笑，同樣是針對崇高事物的，即指向權力和真理的交替，世界上不同秩序的交替。笑涉及了交替的雙方，笑針對交替的過程，針對危機本身。在狂歡節的笑聲裡，有死亡與再生的結合，否定（譏笑）與肯定（歡呼之笑）的結合。這是深刻反映著世界觀的笑，是無所不包的笑。」❸金庸對小說中的笑聲的含義表現是否有此全面、深刻，值得作進一步的研究，但可以肯定的是，在其後期的創作中，他確實成功地使他小說的笑聲愈來愈多文化批判的意味。像《鹿鼎記》中寫道，不學無術的韋小寶，只在評書中聽得了稱讚皇帝的「堯舜禹湯」這個詞，便胡亂運用，說是「鳥生魚湯」，以此向康熙皇帝獻媚。而康熙每次聽後，居然也都恰如他所預料的那樣，是「龍顏大悅」。這個故事細節的描寫，顯然已不僅是搞笑取悅觀眾而已，它的批判鋒芒的指向是明確的，那就是幾千年來由封建文人虛構出來，所謂有道明君聖明之治的神話傳說。其實質即是對封建皇帝一人獨裁統治的無情嘲笑；所謂有道明君，煌煌然不可一世的「堯舜禹湯」，竟被人以極粗俗的「鳥生魚湯」理解著、談論著，其空洞、虛僞，其外強中乾，則由此可見一斑。而可以想見的是，當小說中，諸如此類性質的笑聲不斷此起彼伏、朗朗發出的時候，他也就十分成功又自然地向我們展示了對傳統封建統治和封建文化的否定情緒。

還必須談及一點，那就是金庸小說多重互涉文本的構成特性。這一點也和評書的文本特點有著直接聯繫。巴赫金指出，「屬於梅尼普特點的，還有廣泛採用各種插入文體，如故事、書信、演說、筵席交談；還有散文語言與詩歌語言的混合。這些插入的文體，距作者的最終立場有遠近的不同，也就是說它們在不同程度上具有目的在於諷刺的模擬性，或在不同程度上具有『客體性』。」❹《鹿鼎記》中那段頻頻出現的駢文就是金庸這方面努力的典範之筆。這篇駢文，最初是韋小寶被逼用來欺騙神龍教洪教主的，後來卻是他自覺自願地大背其辭，來拍洪教主的馬屁了；再到後來，乾脆便被他臨機用來當作俄羅斯帝國給清帝國的國書。透過對韋小寶這馬屁功夫窮形盡相的描寫，金庸深刻地揭示了中國式官場上瞞下騙的惡劣風氣。是調侃，卻更有辛辣的諷刺意味。尤其當他進一步寫出，韋小寶這馬屁精何以如此成功，是因爲有文化的人不敢說話，怕招惹上文字之獄時，他發自肺腑的現實感喟之情便不禁溢於言表了。人們在武俠小說中，居然還讀出了直指當下現實的新聞批評。《鹿鼎記》作於七〇年代初，其時大陸正轟轟烈烈地進行著「文化大革命」——金庸小說的現實政治性就這樣很技巧地讓人感覺到（而這也是評書的文體特點之一）。

我們看到，評書藝人在說書中儘管有意無意地插入一些其他文體的表現，如詩、詞、戲曲人物式的上場交代等等，但總的看起來，這些文體是彼此孤立的，多表現爲是一種故事套式或個人性質表達技巧的炫耀，而金庸卻自覺努力地使各種不同表現技巧、主題的文學體裁在服從武俠文類總的框架要求下，實現多重閱讀價值的互涉文本的構建，從而增進武俠小說文本功能性的藝術傳釋能力——所謂互涉文本，就是指有意在一種體裁的文類作品引入了屬於其他文類寫作特性而形成的文本。顯然，金庸這方面的努力是承繼著評書傳統又超越了評書傳統的。

總的看起來，民間傳奇、旅遊小說、電影劇作及歷史小說的許多技法，是他長期以來比較偏愛借用，也是融入到他的小說中較爲成功的一些文體樣式。《書劍恩仇錄》中關於乾隆帝生於海寧陳家傳說的引用、《射鵰英雄傳》的大漠風光、《倚天屠龍記》北極風情的描寫……，諸如此類，不一而足，向來爲人艷稱，我們也就不費筆墨多說了。這裡要著重指出的有兩點。一、歷史小說對金庸創作有著特別重要的意義。傳統歷史小說關於歷史細節的眞實描寫，民族歷史命運的總結反思等小說藝術的觀念，爲金庸深深地接受。一直以來，他不屈不撓地在武俠創作中進行著這方面的努力。這樣，從外表形式甚至某些具體而微的閱讀感覺上，金庸的小說便都具有歷史小說的某些品格了。尤其是《鹿鼎記》，粗看起來與其說是武俠小說，還不如說像歷史小說更多一些。可以比較肯定地說，金庸許多藝術命題的表達還是在歷史小說文類因素的引入中，才得以順利展開。二、從《倚天屠龍記》、《連城訣》這幾部作品開始，金庸小說揉入了愈來愈多驚險的懸念，主人翁自始至終處在一種莫名緊張的危機狀態之中，而那些製造危機的人卻要到很晚才被揭發出其眞實面目。《笑傲江湖》可謂是金庸小說最爲驚險意味的一部小說：從故事一發生，令狐沖就被拋入了危機中心地帶，他好不容易擺脫了一個危機，另一個危險便又接踵而至，而那些陰謀陷害他的人常常是他最信賴的人，師父、戀人、準岳父……讀來讓人不寒而慄。金庸這類筆法在後來的武俠創作中，大大得到了發揚。古龍著名的「武俠偵探小說」，實際便淵源於此。

注釋：

❶赫伊律哈：《遊戲的人》第一一六頁，中國美術學院出版社，一九九六年版。

❷巴赫金：《杜思妥也夫斯基法學問題》第一六三至一六五頁，三聯書店，一九九八年版。

❸巴赫金：《杜斯妥也夫斯基詩學問題》第一八頁。

❹巴赫金：《杜斯妥也夫斯基詩學問題》第一七〇頁。

論金庸小說的寫作——以《笑傲江湖》為例

馮其庸

金庸在《笑傲江湖》的「後記」裡說：

我寫武俠小說是想寫人性，就像大多數小說一樣……

這部小說並非有意的影射文革，而是通過書中一些人物，企圖刻畫中國三千多年來政治生活中的若干普遍現象。影射性的小說並無多大意義，政治情況很快就會改變，只有刻畫人性，才有較長期的價值。不顧一切的奪取權力，是古今中外政治生活的基本情況，過去幾千年是這樣，今後幾千年恐怕仍會是這樣。任我行、東方不敗、岳不群、左冷禪這些人，在我設想時主要不是武林高手，而是政治人物。林平之、向問天、方證大師、沖虛道人、定閒師太、莫大先生、余滄海等人也是政治人物。這種形形色色的人物，每一個朝代中都有，大概在別的國家中也都有。

以上這段話，是理解《笑傲江湖》乃至金庸全部作品的鑰匙。金庸這裡所說的政治生活和政治人物，當然是從本質上講的，並非說《笑傲江湖》是一部政治鬥爭書，方證大師、東方不敗等都是政界的

領袖。《笑傲江湖》所寫的當然還是武林爭霸的故事，只是這種不擇手段的權力爭奪，本質上與政治權力的爭奪是一樣的，所以讀《笑傲江湖》所寫的武林爭霸，亦可以概見歷史上政治爭霸的情況。

金庸著重說明，他所描寫的是人性而不是影射，我讀《笑傲江湖》（包括金庸的其他作品）所深切感受到的，與金庸所說的是一致的。可以說在《笑傲江湖》裡，繼他以往已出的十多部小說，繼續充分展現了各色各樣的人性。

一、人性的光輝

在《笑傲江湖》裡，給人以心靈震撼的，首先是劉正風、曲洋的故事。劉正風、曲洋是音樂上的知音，兩人的音樂造詣已達到登峰造極的地步，而且相引爲生死知己，但兩人卻分別屬於不同的門派。劉正風是衡山派的第二高手，而曲洋卻是魔教的長老。按衡山派是江湖上的名門正派，而魔教卻是邪教，爲正派所不容。衡山派又隸屬於五嶽劍派，五嶽劍派的總掌門是左冷禪，此人心機深而野心大，企圖合泰山、衡山、恆山、華山、嵩山爲一派，實則是以自己的嵩山派吞併消滅其他各派，由他爲唯一的武林霸主，然後再企圖消滅少林、武當各派以及魔教，實現其武林一統、唯我獨尊的野心。因此他利用所謂正、邪不容的藉口，逼劉正風誅滅曲洋，屈服聽命於自己。

劉正風是一位大義凜然、正直高尚的俠士，又是音樂上的第一流高手、品簫的專家，他對音樂的愛

好，已同他的生命融成一體，可以說音樂就是他的生命，因此他與曲洋結爲音樂上的生死知己；而曲洋則是第一流的琴手，品格高尙，翛然世外，唯願以音樂終其一生，尤其視劉正風爲第二生命。他們倆的琴簫合奏，是他們生命的融合、精神和意志的融合，可以說是天地間自然合成的天籟。

劉正風預感到江湖門派之爭的不可避免，特別是五嶽劍派與魔教之間的生死搏鬥已迫在眉睫，而他與曲洋早已心在音樂的天國，而看穿並厭棄了這種江湖門派之間的殺戮，甚至連一般的世俗名利都早已不屑一顧，唯願以音樂終其一生。他爲了躲避這不可避免的浩劫，故想出了一個逃避之計，買一個小官，作爲自己熱中於俗而又俗的當官「美夢」，以避世人的眼目。實際上是想永遠脫離江湖門派，以隱於市，以隱於官，如此庶幾得與曲洋盡其音樂之天年。豈知他的這種避世想法也無法實現，因爲一入門派，便終身難逃。特別是左冷禪野心彌天，妒賢忌能，務必消滅異己，以遂其獨霸的野心，恰好劉正風結交的曲洋是屬於與五嶽劍派對立的魔教，所以以此爲藉口欲加誅滅。劉正風此時所面臨的形勢是要麼出賣朋友以自保，要麼甘願全家殺身以全友情。劉正風面對生死抉擇，卻毫不猶豫毫不畏縮退避。

實際上這是一場正義與邪惡的鬥爭，不過正義恰恰屬於劉正風、曲洋一邊，而向以正派自居的五嶽劍派恰恰屬於邪惡，結果在一場血腥的屠殺之下，劉正風全家被殺，劉正風則被曲洋所救，但在脫險之時，劉、曲二人均是身受重傷，命已垂危。他們在臨終前，還合奏一曲〈笑傲江湖〉，在奏完這一曲後，他們有一段對話：

只聽一人緩緩說道：「劉賢弟，你我今日畢命於此，那也是大數使然，只是愚兄未能及早出手，累得你家眷弟子盡數殉難，愚兄心下實是不安。」另一個道：「你我肝膽相照，還說這些話幹麼……」

……

只聽劉正風續道：「人生莫不有死，得一知己，死亦無憾。」另一人道：「劉賢弟，聽你簫中之意，卻猶有遺恨，莫不是爲了令郎臨危之際，貪生怕死，羞辱了你的令名？」劉正風長嘆一聲，道：「曲大哥猜得不錯，芹兒這孩子我平日太過溺愛，少了教誨，沒想到竟是個沒半點氣節的軟骨頭。」曲洋道：「有氣節也好，沒氣節也好，百年之後，均歸黃土，又有什麼分別？愚兄早已伏在屋頂，本該及早出手，只是料想賢弟不願爲我之故，與五嶽劍派的故人傷了和氣，又想到愚兄曾爲賢弟立下重誓，絕不傷害俠義道中人士，是以遲遲不發，又誰知嵩山派爲五嶽盟主，下手竟如此毒辣。」

劉正風半晌不語，長長嘆了口氣，說道：「此輩俗人，怎懂得你我以音律相交的高情雅致？他們以常情猜度，自是料定你我結交，將大不利於五嶽劍派與俠義道。唉，他們不懂，須也怪他們不得。曲大哥，你是大椎穴受傷，震動了心脈？」曲洋道：「正是，嵩山派內功果然厲害，沒料到我背上挺受了這一擊，內力所及，居然將你的心脈也震斷了。早知賢弟也是不免，那一叢黑血神針倒也不必再發了，多傷無辜，於事無補，幸好針上並沒餵毒。」

……

劉正風輕輕一笑，說道：「但你我卻也因此而得再合奏一曲，從今而後，世上再也無此琴簫之音了。」曲洋一聲長嘆，說道：「昔日嵇康臨刑，撫琴一曲，嘆息〈廣陵散〉從此絕響。嘿嘿，〈廣陵散〉縱然精妙，又怎及得上咱們這一曲〈笑傲江湖〉？只是當年嵇康的心情，卻也和你我一般。」劉正風笑道：「曲大哥剛才還甚達觀，卻又爲何執著起來？你我今晚合奏，將這一曲〈笑傲江湖〉發揮得淋漓盡致。世上已有過了這一曲，你我已奏過了這一曲，人生於世，夫復何恨？」

上面所引這一大段話，是這個故事裡最爲精彩的地方，尤其是我加著重點的句子，可以說是作者思想的火花，讀後令人無比感動。眞是虧作者寫得出，可以說是直抉人們的心靈。

按關於音樂知音的故事，最著名的莫過於俞伯牙、鍾子期的故事。此故事最早出於《列子．湯問》，說：

伯牙善鼓琴，鍾子期善聽。伯牙鼓琴，志在高山。鍾子期曰：「善哉，峨峨兮若泰山！」志在流水。鍾子期曰：「善哉，洋洋兮若江河！」

後來到了《警世通言》裡就成爲〈俞伯牙摔琴謝知音〉一個短篇小說，之後又被選入《今古奇觀》，但故事內容，仍不出《列子．湯問》，不過小說加上了俞伯牙與鍾子期結爲兄弟，第二年俞伯牙往訪鍾子

期，子期已死，伯牙乃哭祭其墳，撫琴一曲，摔琴而歸的情節。從故事的意義來說，仍是知音難遇的意思，並未增加新的思想內容。但是這個故事到了金庸的《笑傲江湖》裡，不但是人物和故事情節都完全不同了，更重要的是它的內涵大大豐富了，除了原先的知音難遇之外，更增加了共同反抗強暴，共同不屈於壓力，寧可犧牲全家的性命，也不肯出賣朋友，眞正是肝膽相照、義薄雲天；而且在音樂上，亦只但求知音共賞，無復有世俗名利之思。從品質上來說，兩位更是高人一等的高人。儘管敵人如此凶殘，滅了他全家還殺了他自己，但劉正風卻只是淡淡地揭過。兩人臨終前在荒山月夜的私下對話，並不是對衆演講，把這些話與前面那批劊子手殺人的凶殘行徑相對照，人性的善惡自然十分分明了。

不僅如此，劉正風的弟子，以向大年、米爲義爲代表，「受師門重恩，義不相負」，「和恩師同生共死」。向、米兩人的言行，讀之催人淚下。要知道這是一場正義與邪惡的生死鬥爭，並不是私人恩怨的仇殺。讀這段故事，我自己就激動萬分。我覺得金庸把這個故事昇華了，把這個故事的思想內涵昇華了。寧可自己殺身，絕不肯出賣朋友，師門重恩，義不相負，得一知己，可以無恨，這是何等高尚的品質！對照著有些人爲了自己的升官發財，不擇手段地陷害人、誣蔑人，更顯得這個故事的思想光輝和諷喻的意義太豐富太適時了！這個故事單獨的思想意義，我認爲甚至超過後來令狐沖與任盈盈的「曲譜」「歸隱」。

金庸透過這個故事，把人性的光輝發揮到了極致，發揮到了淋漓盡致的程度！

二、人性的展示

在《笑傲江湖》裡，金庸確實展現了各色各樣的人性。

其中岳不群是描寫得最爲飽滿充分的一個。岳不群現在已經成爲僞君子的代名詞、文學上的典型。在中國古典文學中，假仁假義、虛僞奸詐的典型，莫過於《三國演義》裡的曹操，但曹操的虛僞和假仁假義，時時不免露出馬腳，他的「寧可我負天下人，不可天下人負我」，就是其不加掩飾的本質暴露。但是岳不群卻不是這樣。他虛僞得到家，虛僞得徹底，虛僞得不露任何一點痕跡，虛僞得連他的夫人都看不透他。讀《笑傲江湖》如果不讀到底，是會以爲岳不群是眞君子、是大好人。不是連少林寺的方證大師、武當山的沖虛道長等等都把他作爲正人君子看待的嗎？其實他是一個虛僞透頂的卑鄙小人：《辟邪劍譜》明明是他趁令狐沖昏迷之際從其身上搜去的，他卻硬誣賴令狐沖，並將其逐出門派，這樣讓人看來，令狐沖再也無從洗刷了。他明知勞德諾是嵩山派左冷禪派進來的臥底坐探，卻不揭露，故意讓其把已經改過了的《辟邪劍譜》偷去，讓其上當。在嵩山比劍之時，他故意讓女兒岳靈珊露幾手華山石洞中的武功秘密，以誘使左冷禪上當，誘使舉世武林高手進洞觀看，以實現一網打盡的毒計。在少林寺與令狐沖比劍的時候，又用劍招相迷惑，示意令狐沖可以重歸華山派並以女兒相許，藉此使其意亂情迷。當他足踢令狐沖的時候，故意用內勁將自己的腿骨震斷，以讓左冷禪等因輕視而失於防範。特別是在少林

寺中殺死定靜、定逸師太，令狐沖、盈盈等都以爲是左冷禪所殺，讀者當然也作如是想，殊不知卻是岳不群所殺。岳不群竊取了《辟邪劍譜》，自宮偷學，與東方不敗一樣，他最厲害的武器是一枚繡花針，定靜、定逸就是死在繡花針上的，這當然無人能料到是他所爲了。他對令狐沖，也曾想拉攏利用，但更主要的是必欲誅之而甘心。明明岳靈珊是林平之所殺，他卻硬誣陷令狐沖逼姦不遂，才殺岳靈珊。岳不群之所以必欲殺令狐沖，一則是自己明明偷了《辟邪劍譜》，卻誣陷令狐沖，令狐沖自然要追查到底，這就總有一天會被徹底揭露；二則是自己偷學辟邪劍法而自宮等等，已爲盈盈揭穿，如果不殺令狐沖和盈盈，必然事情敗露，爲武林所不齒。所以爲了自己的虛僞面目不被揭穿，必須殺令狐沖。終於他在追殺令狐沖的過程中，種種惡行徹底敗露，而且爲寧女俠所親見，於是這個僞君子的假面才徹底被撕掉，寧女俠在傷心之餘最後拔劍自殺。寧女俠的自殺，是對岳不群的徹底拋棄、徹底揭露。

總觀岳不群的形象，我看在中國文學史上，還沒有第二個虛僞得如此徹底、如此嚴密的藝術形象。這無疑是金庸的一大貢獻，是金庸對人性認識和描寫的突出成就。

任我行是另一個具有特殊意義的形象，作爲性格來看，也是一個特殊的個性。讀者初見他時是在西湖地室牢底，加上向問天用計見他的一套特殊設計，令人對他既感到神秘而又有幾分同情。任我行是在他的部下東方不敗篡權後被囚湖底地牢的，他因爲精研武功，心無旁騖，才使東方不敗得以趁隙篡權。但任我行是一個有特殊心機的人，他獲得了武功秘笈《葵花寶典》之後，深知練《葵花寶典》必將陷入邪魔而不可自拔，他竟將這一秘笈賜給了東方不敗，從表面來看，是他對這個自己選定的後繼者的器重和絕對信任，而暗底裡是爲了將他引向迷路，陷入迷阱。後來東方不敗雖然奪得了權位，但終於敗在學習《葵花寶典》上，使任我行最後奪回了權位。這樣的深心人比岳不群更令人感到可怕。

更可怕的是，任我行在得勢以後的「一統江湖，千秋萬歲」的野心，和天下獨尊的威風與排場，眞正是氣焰薰天，不可一世，順我者昌，逆我者亡。特別具有諷刺意義的是當他在華山朝陽峰上接受五嶽劍派朝拜的時候，卻已是各派的首領死滅殆盡，無人可來了，能來的只是一些名不見經傳的三四流角色。唯一一位頂天立地、武功蓋世的人物是恆山派掌門令狐沖，但偏偏又是既不朝拜更不屈服，以致令狐沖和他的恆山派弟子當場與任我行決絕，痛飲絕交酒以備日後的一場生死決戰。

這是對任我行最最辛辣的諷刺，實際上也是對世上一切迷信權力、作威作福、迷信個人的一種深刻無情的諷刺。這個形象既具有認識意義也具有現實意義，每一個讀者看到這個形象和他後來的排場、口號，自然會有所領悟，尤其是第三十九回的最後一段，可說是《春秋》之筆，是金庸的神來之筆，也是對任我行最後的最淋漓盡致的刻畫。從個性來說，任我行又是另一種獨特的個性，也是完全獨立的個性，與岳不群一樣，古今中外，找不到重複的形象，這完全是獨創！當然，這個形象是有生活依據的，也正是因爲有生活依據，才能有此獨創。

在《笑傲江湖》裡，另一個值得一談的是左冷禪。左冷禪有岳不群虛僞的一面，卻十分表面化，易被識破；有余滄海殘暴的一面，卻又時時想掩蓋其殘暴，不像余滄海那樣赤裸裸的殘暴。

左冷禪第一件令人驚心怵目的事，就是他派人殺劉正風全家以及劉正風、曲洋兩人，一開始還假仁

假義，說什麼是爲劉正風好等等，緊接著就是一場預先布置好的大屠殺。雖然劉正風全家是被殺害了，但其結果是連正派的定逸師太都罵他們是「禽獸」！劉正風的女兒劉菁則怒罵：「奸賊，你嵩山派比魔教奸惡萬倍！」左冷禪的第二件事就是派陸柏、魯連榮、封不平、成不憂等到華山奪權，結果以成不憂被裂屍而告終；接著就有藥王廟的夜襲，雖然岳不群已被擒，寧中則重傷，危在頃刻，卻又以令狐沖破封不平的「狂風快劍」，以破箭式刺瞎十五個蒙面客的眼睛而告終。左冷禪的第三件事就是仙霞嶺僞裝魔教伏擊恆山派、廿八鋪鎮用迷藥俘獲恆山派，然後脅逼定靜同意將恆山派合併入五嶽劍派，在遭定靜嚴拒之下，又在鑄劍谷圍困恆山派及定靜師太，致定靜師太傷重而死。左冷禪的第四件事，就是派樂厚等人奉五嶽劍派的令旗不准令狐沖就任恆山派的掌門，並派上官雲、賈布等在恆山後面的翠屏山懸空寺天橋上設計害死令狐沖、方證大師、沖虛道長等，雖然事先布置得很周密，但最終還是被盈盈識破，殺掉賈布、上官雲投降，樂厚則鎩羽而去。左冷禪的第五件事就是嵩山封禪台上五派合併爲五嶽派，由他來當五嶽派的掌門以實現其稱霸武林的最終目的。他事先的準備工作已經做得相當周密了，此時，恆山三定已然在他和岳不群的陰謀下被殺害，泰山派的天門道長又在封禪台比武時被激上當慘死，令狐沖又在與岳靈珊比武時中岳不群的奸計中劍受傷，瀟湘夜雨莫大先生亦在與岳靈珊比武中擊敗了岳靈珊，卻在好意攙扶岳靈珊的時候爲岳靈珊偷襲受傷，岳不群又當場表示贊成五派合併，此時封禪台上似乎只有左冷禪是當然的掌門了，卻不料還有岳不群出來比武。岳不群不是明明已經贊成五派合併成五嶽劍派了嗎？這一點不錯，但狡猾的岳不群只是贊成五派合併，並未贊成左冷禪當五嶽劍派的掌門。至於掌門，

當然還要以比武來定。至於左冷禪之勝岳靈珊，那當然不等於勝岳不群，所以最後岳不群出來與左冷禪比武，是順理成章的事。論武功，左冷禪原也不怕岳不群，但岳不群卻早下伏筆，在少林寺比劍時故意在足踼令狐沖時自已以內力震斷腿骨，使左冷禪輕視於他；在封禪台上比劍時又故意讓岳靈珊盡露嵩山派武功秘學十三招，使左冷禪更覺得已盡知對方的底細；到正式比劍時，在緊要關頭又使出辟邪劍法以誘使對方也用此法，其實左冷禪所使，已是經岳不群篡改過的辟邪劍法，當然經不起岳不群正宗的辟邪劍法；特別是到生死關頭，岳不群故意將長劍讓左冷禪震飛，然後使出《葵花寶典》中之絕招，以繡花針刺瞎左冷禪雙目，於是左冷禪十年經營，半生陰謀併派，卻成爲爲人作嫁，只落得拱手讓岳不群當五嶽劍派的掌門。

縱觀左冷禪一生，爲人陰險狠毒，時時刻刻在陰謀算計人，爲了實現他稱霸武林的野心，用各種陰謀手段，收買黨羽，暗派坐探，布置殺手，剪除敵手，有時表面上也裝一點虛僞的仁義，但這只是一層薄薄的面紗，很快就自動揭去，露出凶惡的本相。封禪台比武失敗，是他完全意想不到的，但客觀上與他爭奪霸主的對手是比他更陰險更毒辣的岳不群。岳不群之所以能戰勝他，從武功上說是岳學得了眞正的辟邪劍法，而他學到的只是經過篡改的假辟邪劍法；從陰謀來說，左自以爲布置得很巧妙，而實際上岳的陰謀比他高出許多。如果說武功上他可以是岳不群的對手甚至勝過岳不群（不計後來岳不群秘密學到的辟邪劍法）的話，在陰謀上他遠遠不是岳不群的對手，大概也只是蔣幹與周瑜之比。但作爲一個獨立的性格，左冷禪卻是完整無缺的，在華山山洞中的最後被殺，是他性格完滿的最後一筆，這就是他到死也不知自己已輸了，到死也仍然要陰謀害人！

這樣的性格是深刻的，足以警世的，這樣的性格在現實生活中也是存在的，所以人們還是要警惕！

《笑傲江湖》中另一個值得一談的是衡山派的掌門瀟湘夜雨莫大先生。莫大先生第一次露臉是在衡山城中的茶館裡，有人胡說劉正風金盆洗手是因爲他們師兄弟不和，言辭頗失分寸，所以有一位「身材瘦長的老者，臉色枯槁，披著一件青布長衫」，手中拉著胡琴的人說：「你胡說八道！」「忽然眼前青光一閃，一柄細細的長劍晃向桌上，叮叮叮的響了幾下」，桌上的七只茶杯，「每一只都被削去了半寸來高的一圈，七個瓷圈跌在茶杯之旁，茶杯卻一個也沒有傾倒。」這位老者就是莫大先生。

莫大先生第二次出現時，是在衡山城外荒山之中，正當劉正風、曲洋絕命前奏完一曲〈笑傲江湖〉的時候，嵩山派的殺手大嵩陽手費彬到了，費彬殘忍地殺死曲非煙之後，企圖一舉殺死劉正風、曲洋、令狐沖、儀琳四人，以滅活口，忽然間傳來幽幽的胡琴聲，則莫大先生來也。第二次出場，莫大先生說了兩句話，第一句是：「費師兄，左盟主好。」第二句是：「該殺！」這第二句話剛說出，費彬已身受劍傷，終於死在莫大先生的劍下，莫大先生的「該殺」兩字，無異是對這個劊子手的宣判。

莫大先生的第三次出場，是在夏口附近、漢水以北的小鎮雞鳴渡的小酒店裡。這回他與令狐沖促膝長談，極口稱讚令狐沖「不但不是無行浪子，實是一位守禮君子」，「似你這般男子漢、大丈夫，當眞是古今罕有，我莫大好生佩服」，「來來來，我莫大敬你一杯」，「你後來助我劉正風師弟，我心中對你生了好感，只想趕將上來，善言相助。不料卻見到後一輩英俠之中，竟有你老弟這樣了不起的少年英雄，很好很好！來來來，咱們同乾三杯！」一席談話，見出莫大先生的是非正義之感十分鮮明，他心中沒有正教魔教的僵死界限，只有正義與非正義的標準。他認為魔教未必毒得過左冷禪，他勸令狐沖娶任大小姐為妻，不能辜負任大小姐的至誠至情。凡此種種，可見莫大先生不但是非分明，見解開闊，而且確是性情中人。後來嵩山封禪台比武，他遭岳靈珊暗算受傷，也只是說了「將門虎女，果然不凡」一句，並未與岳靈珊計較，足見其性格之深沉寬容，確是高賢風範。到最後令狐沖與盈盈新婚之夜，莫大先生還以琴聲祝賀，實現前諾，足見其行止絕不受世俗門派所羈縻。所以莫大先生實是武林中的隱逸，世外之高人。當然在音樂上他與劉正風似是兩途。劉正風應是雅樂，是嵇康之遺，而莫大先生是民樂俗樂。昔我鄉有二胡聖手瞎子阿炳華彥鈞，以琴聲街頭乞食，而琴語如訴，一曲〈二泉映月〉令人泣下。余青年時數數與之相接，其心胸境界之高，為世人之所難識，後以貧病嘔血而死。莫大先生除武功神超外，其外觀其樂趣其行止亦阿炳之流亞乎？

《笑傲江湖》中如方證大師、沖虛道長、定逸、定靜、定閒師太，不戒大師、田伯光、向問天以及孤山梅莊四隱等，也都是個性突出，令人讀後難忘的人物，惜為篇幅所限，不能縱談。

《笑傲江湖》中的余滄海、木高峰之流，自是武林之梟雄惡霸，其等次又低於左冷禪多矣。

《笑傲江湖》中另一類人物，如鮑大楚、桑三娘，原先是奉東方不敗之命去查西湖梅莊地牢裡任我行的行蹤的。初到梅莊，氣焰熏天，但任我行一出現，一舉手即被制住，立即俯首帖耳，忠心不二。此類人物，實為見風使舵、唯權勢是從的武林棍徒。還有一種如游迅、仇松年、嚴三星之流，都是翻雲覆雨、兩面三刀、爾虞我詐之徒，他們結夥爲惡，唯利是從，誰也信不過誰，到時候就可以隨時出賣同夥，此類人實爲武林中之蟊賊，社會上的下三流角色，書中也把他們寫得活靈活現，實際上此類人物每個時代都有，讀後令人百感叢生。

三、令狐沖的道路

令狐沖是《笑傲江湖》的主角，但直到第五回才正式出場。以前關於令狐沖的種種，一部分是他師弟陸大有、勞德諾，師妹岳靈珊等人講出來的，關於他捨命救儀琳、智鬥田伯光的事則是由儀琳口述的。到了第五回，令狐沖重傷後爲曲洋所救，才正面出場。但在此之前由於種種介紹，令狐沖其人早已呼之欲出了。

令狐沖的道路，是一條充滿著艱難曲折的道路，是一條充滿著誤解、誹謗、陷害和蒙冤的道路，令狐沖就是在這樣的一條世途上走過來的。令狐沖的道路，具有特殊的社會內涵和認識價值。

令狐沖是一個連自己的父母都不知道的孤兒，他是由岳不群、寧中則收養長大並收爲首徒的，所以他對師父和師娘具有特殊深厚的感情，可以說是父母加師父的感情。

他是一個至性仁厚、心胸開朗、放浪形骸、不拘小節的人物。他好酒如命，有時行爲任情所至，少加檢點，以致招來非議，但他卻心無半點邪念，是一個豪情高義、殺身成仁、捨身取義的俠士，又是一個厭惡權力、厭惡名利、崇尙自由閒散、不受拘束、嚮往隱逸的逸士。這〈笑傲江湖〉一曲，無異是他個人的主題歌。

令狐沖一開始由於救恆山小尼姑儀琳，而蒙受許多怨毒誹謗和誤解。實則若非他捨身拼命，儀琳就勢必遭田伯光之強暴。而他卻爲救儀琳，而身負重傷，後受青城派羅人傑的重創至於垂死，幸得魔教長老曲洋相救，又得儀琳所敷恆山派治傷聖藥天香續斷膠才得以復活。然而，這件事給令狐沖帶來的卻是岳不群責令他在華山思過崖山洞中面壁思過一年，原因是他在與田伯光搏鬥時出言無狀，損害了恆山派的令名。其實這完全是小題大作，他救下了儀琳這件大功偏偏不計，卻計較他在救人時爲逼儀琳先逃而說見尼姑不利、逢賭必輸等等的小節。

但是，思過崖山洞中的一年，卻是令狐沖畢生道路上具有決定性意義的一年。

在這一年中，他失去了岳靈珊。初時他與岳靈珊熱戀，岳靈珊對他更是不能一日不見，但後來岳靈珊移情別戀林平之，拋棄了令狐沖。這對令狐沖的打擊是十分沉重而持久的，但客觀來看並不是壞事，對令狐沖的道路減去了一份羈絆。

在這一年中，他看到了思過崖山洞中的武功秘圖，並且通曉破解各派武功的秘法，這使他在武學道路上大開眼界，無異是進入了武學的新天地。從此深知華山派也好，別派也好，並不是武學的頂峰。更重要的是，他得知華山派氣宗戰勝劍宗靠的是陰謀而不是武功，這對他心靈中的華山派形象是嚴重的一擊。

但是在這一年中最根本的收穫，是他得到了華山派前輩風清揚的眞傳，並學到了「獨孤九劍」，領會了獨孤劍法的精義：「無招勝有招」，「如行雲流水，任意所之」，「一切須當順其自然。行乎其不得不行，止乎其不得不止」，要把學到的劍招「全部將它忘了，忘得乾乾淨淨，一招也不可留在心中」，「要旨是在一個『悟』字，絕不在死記硬記。等到通曉了這九劍的劍意，則無所施而不可，便是將全部變化盡數忘記，也不相干，臨敵之際，更是忘記得愈乾淨徹底，愈不受原來劍法的拘束」。這許多言論，確是武學的精華。其實何止武學，施之於其他方面，又何嘗不是要言妙義！

令狐沖一年中的這三件事，都緊關著他畢生的前途，而且對他來說全是好事。失去岳靈珊對他心靈創傷甚巨，其實卻是至關重要的一環，如岳靈珊不棄他而去，則令狐沖始終擺脫不了岳不群的牢籠羈絆，則「獨孤九劍」的妙義便不可能眞正領會和學到，也就不可能有後來的令狐沖。

令狐沖蒙受的冤枉可謂多矣。第一是誣他藏匿岳不群的《紫霞秘笈》和殺害師弟陸大有。第二是誣陷他偷了林震南家的《辟邪劍譜》，說他後來的出神入化劍術，就是偷學《辟邪劍譜》得來。這眞正是「千古奇冤」！由於這種誣陷，令狐沖在藥王廟一劍刺瞎十五個蒙面客的眼睛，救了岳不群、岳夫人及華山派全夥，卻反被岳不群認爲其劍術就是從《辟邪劍譜》而來，就是偷《辟邪劍譜》的證據，以致到了洛陽王元霸家，會遭被王家駿質問：「我姑丈有一部《辟邪劍譜》，託你交給平之表弟，你怎地至今未交出？」隨即趁令狐沖內力全失之際，竟壓斷他的手肘，扭脫他左臂肩關節，使他無從反抗，然後對他進行搜身，結果竟錯把他懷中藏的〈笑傲江湖〉的曲譜當作了《辟邪劍譜》，以爲拿到了贓證。這眞正是令狐沖畢生的奇恥大辱，而且這樁冤案望不到頭，雖然經綠竹翁和「婆婆」演奏後，已知這確是琴簫譜而不是劍譜，但不久令狐沖到福州向陽巷林家老宅調查《辟邪劍譜》時，恰遇嵩山派白頭仙翁卜沉、禿鷹沙天江點倒了林平之、岳靈珊，獲取了寫著《辟邪劍譜》的袈裟。令狐沖跟蹤追擊，殺死兩人，奪回了袈裟劍譜，又因傷重暈死過去，爲岳夫人所救，袈裟即被岳不群取去。岳不群卻反誣袈裟是令狐沖隱匿不交，並當著衆弟子宣布，令狐沖結交魔教妖人，是華山派的「死敵」，致使令狐沖冤上加冤。令狐沖第一樁冤案的昭雪，是在第二十五回由於偷竊《紫霞秘笈》的勞德諾自己不小心將《紫霞秘笈》掉了出來而敗露了，隨之陸大有的被殺也就眞相大白，立即清楚是勞德諾所殺，於是案情才得清楚。令狐沖隱匿《辟邪劍譜》的冤案，則一直死死地纏住了他，直到最後在嵩山封禪台上比武，岳不群使出了辟邪劍法，用繡花針刺瞎了左冷禪雙目，才被令狐沖、盈盈等人看出了他是偷學了辟邪劍法，因此眞相得以大白，岳不群確是賊喊捉賊的僞君子。

但是更使眞相得以大白的還有岳靈珊與林平之的一大段夫妻對話，把事情的前前後後說得清清楚楚，令狐沖的冤案在讀者的心目中才得以徹底昭雪。

對令狐沖構成壓力的還有魔教。

壓力有三種：一是社會輿論的壓力。因爲魔教名聲不好，爲正派不齒且都引以爲仇，而令狐沖卻交了魔教的朋友，還承魔教長老曲洋救了自己的性命。盈盈則更是多次捨命相救自己的紅顏知己，曲非煙是曲洋的孫女兒，也是爲搭救自己出了大力的。另一個是向問天，是令狐沖的把兄弟，向問天的爲人也是令狐沖深為欽佩的。更關重要的是他還直接與魔教的教主任我行有來往，這樣從正派這方面構成的社會輿論就造成了對他的強大壓力。他被岳不群逐出華山派，這就是他的主要罪狀。第二種是這種社會輿論的壓力轉過來形成了令狐沖內心的心理壓力，這個問題經常在他的心裡打鼓，形成交戰，使他陷於困惑。原因是魔教固然有壞人，甚至有極壞的人，但也有好人乃至極好的人，這兩種人他都親自見過。要將這兩種人一律看作壞人，舉刀便殺，他思想上就想不通。第三種是魔教教主任我行堅持要令狐沖入魔教，並希望他將來繼任魔教的教主。這在令狐沖是絕對不幹的，但逼他就範的形勢明擺著，自然就形成了對他的一種壓力。

面對著這樣的壓力，令狐沖不屈服。當任我行在朝陽峰上宣稱一個月內要殺得恆山見性峰雞犬不留時，令狐沖卻哈哈一笑，說：「令狐沖在見性峰上，恭候諸位大駕！」

令狐沖就是在這樣的重重冤枉，種種誹謗、陷害、誤解和壓力中走過來的。

當然令狐沖也有愛。師母寧中則是一個眞正愛他的人，她代替了他的慈母的愛，所以到寧女俠臨將自殺前，還為令狐沖裹傷。令狐沖所受的冤屈，寧女俠心裡是雪亮的，她始終愛撫和信賴這個像兒子一樣的徒弟。

魔教的「聖姑」、任我行的女兒盈盈，是眞正全身心地愛令狐沖的，她為著令狐沖，寧可自己去少林寺送死，只要少林寺能治好令狐沖的傷。當岳不群來殺令狐沖時，她冒著自身立即被殺的危險，出聲呼叫令狐沖，告訴他岳不群要殺他。當著令狐沖拒絕加入日月神教，眼看著令狐沖終究在劫難逃的時候，她已悄悄作好與令狐沖同歸於盡的準備。她愛令狐沖勝於愛自己，所以只要是令狐沖想做的，她總是盡力去做，讓令狐沖得到安慰。應該說令狐沖從盈盈那裡得到的愛是純金的，沒有絲毫雜質的，是純晶的，通體透亮的，是純玉的，雖億萬年而不變的！

恆山派的小尼姑儀琳，外貌非常美麗，人也非常純潔善良，她在危難中得到令狐沖的捨命相救，也非常愛令狐沖。她也曾冒著生命危險去救令狐沖，當人們在誣陷令狐沖時，她極力為令狐沖辯解，稱令狐沖是大好人。當令狐沖的生命受到威脅時，她默誦經文以求保佑令狐沖。當她的父母不戒大師和恆山「啞婆」得知她愛令狐沖因而要迫使令狐沖娶她時，她堅決反對，為的是不讓令狐沖為難。總之她的愛是聖潔的愛，是超塵脫俗的愛。

岳靈珊對令狐沖也曾有過愛，也曾愛得熾熱過，但當令狐沖在思過崖受禁時，沒有經多久，她就從原來的熾熱漸漸冷卻了、冰凍了，甚而至於反目成仇了。只要讀一讀第二十四回岳靈珊逼著令狐沖交出《辟邪劍譜》的一大段對話，就可以知道她已把令狐沖恨到何等程度。讀這一大段文字，令人對岳靈珊其人寒心。我個人認為岳靈珊離開令狐沖是好事，岳靈珊很快就愛上了林平之可能有岳不群的作用在，這從後來林平之與岳靈珊的談話裡可以證實。岳靈珊後來向林平之解釋說她對令狐沖只是把他當「親哥哥」看，沒有男女之間的愛情，這是不符合事實的，只要看看令狐沖初上思過崖時岳靈珊送飯的情景就能明白了。總之，岳靈珊是一個嬌驕二氣都較重的小姐，由於她是岳不群的女兒，所以她的地位特殊。她的愛情是要別人對她奉獻和供養的。她的自尊心比別人強得多，損傷了她的自尊心也就損傷了一切。她對

林平之的服從，也是她的自尊心的輻射。

令狐沖還有一批與他惺惺相惜的武林同道和前輩，這也是令狐沖成長過程中不可忽視的一種重要社會因素。老一輩或兩輩的如風清揚、莫大先生、方證、方生、沖虛、恆山三定，都是對他能另眼相看的，有的則是在經過誤會後才得到正確認識的，風清揚則更是他實際上的恩師，無怪方生大師等會覺得他是風清揚的傳人。與他同輩的則有向問天，也不失是一位磊落英豪，其杯酒自酌、睥睨群雄的氣概，足以壓倒一切。就是那位行爲不檢、污名周知的田伯光，居然能以打賭而不犯儀琳，復能擔酒上華山與令狐沖痛飲而後比劍，令狐沖比劍不贏而竟能讓令狐沖再學再比以至於反而自己輸了，最後終能棄惡從善，皈依佛門，得證善果，這個人物，在令狐沖的生活道路上，也是留下一定影響的。

總之，令狐沖就是在這樣一條艱難曲折的道路上成長的，在他的身上凝聚著愛與恨、苦與甜，凝聚著社會的種種印記。

四、脈絡與結構

《笑傲江湖》是一部百餘萬字的大書，人物眾多，頭緒紛繁，而文筆又如行雲流水，一氣讀下，無復窒礙。及至讀完，掩卷細想，要掌握其脈絡結構，卻頗費思索。幸而金庸在書後有〈後記〉，雖未及脈絡結構，但其命意大致可知，我歸結爲「武林爭霸」。以此爲故事核心，一切都圍繞此點而來。

爭霸有二起，一起是以左冷禪爲首的嵩山派，企圖兼併華山派、衡山派、恆山派、泰山派而成爲五嶽劍派，而後再行消滅少林、武當各派。左冷禪派人制止劉正風金盆洗手，殺害劉正風全家；派人僞裝魔教，襲擊恆山派，致定靜師太戰死；派人阻止令狐沖任恆山掌門，企圖暗害令狐沖、方證大師、沖虛道長等，都是爲了這個目的。而爲了同樣的目的，華山派岳不群派人去福州窺視林家《辟邪劍譜》，青城派余滄海則直接屠殺林震南全家，以圖搶到《辟邪劍譜》，因爲獲得了《辟邪劍譜》就可以稱霸武林，達到爭霸的目的。

爭霸的另一起，是日月神教教主任我行，企圖一舉消滅武林各派，實現其「千秋萬代，一統江湖」的野心，所以以日月神教即魔教任我行爲一方，以武林其他各派爲另一方的一場爭霸和反爭霸的鬥爭亦在廣闊展開。其高潮就是任我行在朝陽峰會見五嶽各派掌門的大會。但是那時原五嶽各派的掌門已死亡殆盡，就連任我行雖然當時還巍然獨存，但連這個會還未開完，也就病發倒下再也不起了。這個日月神教就由任盈盈接掌，任盈盈一反其父所行，實行和平方針，繼而又將教主之位傳給了向問天，向問天亦非野心分子，因此這一場爭霸鬥爭才算自然終止，而令狐沖與任盈盈亦終遂隱居之樂。

以上是全書的大結構、總脈絡。

在此大結構、總脈絡之下，又有小結構、小脈絡。

例如華山派內部氣宗與劍宗之爭。華山思過崖山洞中所反映的一場大鬥爭，就是以往鬥爭的記錄。而魯連榮、封不平、成不憂等公然前來逼令岳不群退位，讓出掌門，這就是現實的華山派劍宗與氣宗之爭。實際上封不平等已不屬華山派，不過是藉原有的名義以實現其奪權的野心而已，而這次奪權行動的背景，乃是左冷禪的指揮。

再如泰山派天門道人在嵩山封禪台上與玉璣子、玉磬子、玉音子之爭，又是泰山派內部之爭。天門道人反對五派合成五嶽劍派，玉璣子等則主張併派，實則仍是權力之爭。背景是左冷禪買通玉璣子等，製造泰山派的內部分裂，以實現其奪權的野心。結果天門道人固然被他們的陰謀活活害死，連剛搶到權的玉璣子也成了獨腳廢人。

至於日月神教這一面，也存在著內部奪權的鬥爭。任我行一時被東方不敗篡權，自己被囚於西湖地牢，終身監禁。但任我行在被奪權之前，已預感到東方不敗的權力野心，因而將《葵花寶典》賜給了他，表面上對他親密有加，實際上是讓他上當。果然東方不敗上當，爲了《葵花寶典》將大權交給了楊蓮亭，楊蓮亭又藉此剪除異己，削弱東方不敗的力量。最後任我行被向問天、令狐沖救出，復奪了日月神教的教權，並殺死了東方不敗和楊蓮亭。

總之，《笑傲江湖》情節結構的中心是武林爭霸奪權，爲了達到目的，又奪取《辟邪劍譜》和《葵花寶典》，最後兩派都敗在《辟邪劍譜》和《葵花寶典》上。而主人翁令狐沖則是一個志在放浪隱逸之人，經過千迴萬折的鬥爭，終於實現了劉正風、曲洋未能實現的夙願——笑傲江湖。

五、行雲流水之文

「劍術之道，講究如行雲流水，任意所之。」

「一切當順其自然。行乎其不得不行，止乎其不得不止……」

以上是風清揚傳授令狐沖劍術的要言妙義，其實這就是文章的最高境界。昔東坡論文，就指出文章如行雲流水，當行於所當行，止乎所不可不止。東坡的文論，源於莊周，莊周文章，浩無涯際，要渺無窮，我認爲金庸的文章，近得之於東坡，遠得之於莊周。

金庸文章之妙，狀物寫景敘事，皆能得其神理，尤其是塑造人物，不僅外形刻畫得如目見親睹，更重要的是能栩栩如生。金庸的筆下，沒有刻板呆滯的人物，讀他的書，一些主要人物皆可閉目即得，如見多年老友。

《笑傲江湖》是金庸的後期作用，其敘事狀物，已到爐火純青、出神入化的境界，所謂文有餘思，筆無滯礙，信筆所至，皆成妙諦。

《笑傲江湖》裡所涉及的場景、人物以及各類武林人物交手搏鬥的場面不可勝數，但歷歷寫來，景隨情轉，變化無窮而皆能貼合生活，讓你如同身歷其境。例如第五回儀琳抱著重傷的令狐沖從群玉院逃出來到荒山裡，爲令狐沖摘瓜，又爲令狐沖講《百喻經》故事一段，簡直如讀第一流的回憶童年的散文。

到第七回捉螢火蟲的一段，更是文如秋水，情如童夢：

這日傍晚，兩人背倚石壁，望著草叢間流螢飛來舞去，點點星火，煞是好看。

令狐沖道：「前年夏天，我曾捉了幾千隻螢火蟲兒，裝在十幾只紗囊之中，掛在房裡，當眞有趣。」儀琳心想，憑他的性子，絕不會去縫製十幾只紗囊，問道：「你小師妹叫你捉的，是不是？」令狐沖笑道：「你眞聰明，猜得好準，怎麼知道是小師妹叫我捉的？」儀琳微笑道：「你性子這麼急，又不是小孩子了，怎會這般好耐心，去捉幾千隻螢火蟲來玩。」又問：「後來怎樣？」令狐沖笑道：「師妹拿來掛在她帳子裡，說道滿床晶光閃爍，她像是睡在天上雲端裡，一睜眼，前後左右都是星星。」儀琳道：「你小師妹眞會玩，偏你這個師哥也眞肯湊趣，她就是要你去捉天上的星星，只怕你也肯。」

令狐沖笑道：「捉螢火蟲兒，原是爲捉天上的星星而起。那天晚上我跟她一起乘涼，看到天上星星燦爛，小師妹忽就嘆了一口氣，說道：『可惜過一會兒，便要去睡了，我眞想睡在露天，半夜裡醒來，見到滿天星星都在向我眨眼，那多有趣。但媽媽一定不會答應。』我就說：『咱們捉些螢火蟲來，放在你蚊帳裡，不是像星星一樣嗎？』」

這一段文章，就是放在最上等的散文集裡也不遜色。這一段文章下面還有很長的文字，限於篇幅，不能全錄。

再看劉正風、曲洋臨終前在荒山月夜琴簫合奏的一段：

忽聽得遠處傳來錚錚幾聲，似乎有人彈琴。令狐沖和儀琳對望了一眼，都是大感奇怪：「怎地這荒山野嶺之中有人彈琴？」琴聲不斷傳來，甚是優雅。過得片刻，有幾下柔和的簫聲夾入琴韻之中。七弦琴的琴音和平中正，夾著清幽的洞簫，更是動人，琴韻簫聲似在一問一答，同時漸漸移近。令狐沖湊身過去，在儀琳耳邊低聲道：「這音樂來得古怪，只怕於我們不利，不論有什麼事，你千萬別出聲。」儀琳點了點頭，只聽琴音漸漸高亢，簫聲卻慢慢低沉下去，但簫聲低而不斷，有如游絲隨風飄盪，卻連綿不絕，更增迴腸盪氣之意。

只見山石後轉出三個人影，其時月亮被一片浮雲遮住了，夜色朦朧，依稀可見三人二高一矮，高的是兩個男子，矮的是個女子。兩個男子緩步走到一塊大岩石旁，坐了下來，一個撫琴，一個吹簫，那女子站在撫琴者的身側。令狐沖縮身石壁之後，不敢再看，生恐給那三人發現。只聽琴簫悠揚，甚是和諧。令狐沖心道：「瀑布便在旁邊，但流水轟轟，竟然掩不住柔和的琴簫之音，看來撫琴吹簫的二人內功著實不淺。嗯，是了，他們所以到這裡吹奏，正是爲了這裡有瀑布聲響，那麼跟我們是不相干的。」當下便放寬了心。

忽聽瑤琴中突然發出鏘鏘之音，似有殺伐之意，但簫聲仍是溫雅婉轉。過了一會，琴聲也轉柔和，兩音忽高忽低，驀地琴韻簫聲陡變，便如七八具瑤琴、七八支洞簫同時在奏樂一般。琴簫之聲雖然極盡繁複變幻，每個聲音卻又抑揚頓挫，悅耳動心。令狐沖只聽得血脈僨張，忍不住便要站起身來，又聽了一會，琴簫之聲又是一變，簫聲變了主調，那七弦琴只是玎玎璫璫的伴奏，但簫聲卻愈來愈高。令狐沖心中莫名其妙的感到一陣酸楚，側頭看儀琳時，只見她淚水正涔涔而下。突然間錚的一聲急響，琴音立止，簫聲也即住了。霎時間四下裡一片寂靜，唯見明月當空，樹影在地。

再看第十三回洛陽綠竹巷中「婆婆」演奏的這曲〈笑傲江湖〉：

這一曲時而慷慨激昂，時而溫柔雅致，令狐沖雖不明樂理，但覺這位婆婆所奏，和曲洋所奏的曲調雖同，意趣卻大有差別。這婆婆所奏的曲調平和中正，令人聽著只覺音樂之美，卻無曲洋所奏熱血如沸的激奮。奏了良久，琴韻漸緩，似乎樂音在不住遠去，倒像奏琴之人走出了數十丈之遙，又走到數里之外，細微幾不可再聞。

琴音似止未止之際，卻有一二下極低極細的簫聲在琴音旁響了起來。迴旋婉轉，簫聲漸響，恰似吹簫人一面吹，一面慢慢走近，簫聲清麗，忽高忽低，忽輕忽響，低到極處之際，幾個盤旋之後，又再低沉下去，雖極低極細，每個音都仍清晰可聞。漸漸低音中偶有珠玉跳躍，清脆短促，此伏彼起，繁音漸增，先如鳴泉飛濺，繼而如群卉爭艷，花團錦簇，更夾著間關鳥語，彼鳴我和，漸漸成百鳥離去，春殘花落，但聞雨聲蕭蕭，一片淒涼肅殺之象，細雨綿綿，若有若無，終於萬籟俱寂。

古往今來寫琴簫的文章多矣，但是能寫到如此深入細微而貼切的，恐不多見，特別是寫到同一曲子，不同的人演奏出來有不同的效果。劉正風、曲洋合奏此曲，自然是生命之曲的迴盪，其內涵和效果自然不同，到綠竹巷的「婆婆」演奏，自然又是一種純正的音樂之美，截然不同。這種情景並不難理解，記得我當年聽吾鄉瞎子阿炳拉〈二泉映月〉時，琴語如泣如訴，催人淚下，中間又有幾次頓挫，弦語如咽，令人淒然欲絕。後來此曲改編成管弦樂合奏，雖然還是那個旋律，但已是一支輕柔悅耳的輕音樂，無復當年阿炳的生命之曲的生死之感了。現在阿炳的原奏錄音和改編成管弦樂合奏的錄音俱在，有心的讀者不妨可以一比，以領略其中的妙諦。

當然，綠竹巷中「婆婆」所奏〈笑傲江湖〉應視作是此曲的正樂，故這一大段描寫神妙至於極點，而劉正風、曲洋所奏，因爲變故在前，且臨命之際心情可知，我以爲他們二人所奏，雖極平生之懷，可以無恨，但卻反而是帶有變徵之音，不可作爲此曲的正調。

所以綠竹巷「婆婆」所奏〈笑傲江湖〉之曲，至珍至貴，非後來改編瞎子阿炳的〈二泉映月〉之可比也。

《笑傲江湖》裡這種絕世妙文，連篇都是，再看一段第十四回中祖千秋論酒杯的妙文，本人也是酒友，故讀此頓增豪情：

祖千秋見令狐沖遞過酒碗，卻不便接，說道：「令狐兄雖有好酒，卻無好器皿，可惜啊可惜。」

令狐沖道：「旅途之中，只有些粗碗粗盞，祖先生將就著喝些。」祖千秋搖頭道：「萬萬不可，萬萬不可。你對酒具如此馬虎，於飲酒之道，顯是未明其中三昧。飲酒須得講究酒具，喝什麼酒，便用什麼酒杯。喝汾酒當用玉杯，唐人有詩云：『玉碗盛來琥珀光。』可見玉碗玉杯，能增酒色。」

令狐沖道：「正是。」

祖千秋指著一罈酒，說道：「這一罈關外白酒，酒味是極好的，只可惜少了一股芳冽之氣，最好是用犀角杯盛之而飲，那就醇美無比，須知玉杯增酒之色，犀角杯增酒之香，古人誠不我欺。」

令狐沖在洛陽聽綠竹翁談論講解，於天下美酒的來歷、氣味、釀酒之道、窖藏之法，已十知八九，但對酒具一道卻一竅不通，此刻聽得祖千秋侃侃而談，大有茅塞頓開之感。

只聽他又道：「至於飲葡萄酒嘛，當然要用夜光杯了。古人詩云：『葡萄美酒夜光杯，欲飲琵琶馬上催。』要知葡萄美酒作艷紅之色，我輩鬚眉男兒飲之，未免豪氣不足。葡萄美酒盛入夜光杯之後，酒色便與鮮血一般無異，飲酒有如飲血。岳武穆詞云：『壯志飢餐胡虜肉，笑談渴飲匈奴血』，豈不壯哉！」

令狐沖連連點頭，他讀書甚少，聽得祖千秋引證詩詞，於文義不甚了了，只是「笑談渴飲匈奴血」一句，確是豪氣干雲，令人胸懷大暢。

祖千秋指著一罈酒道：「至於這高粱美酒，乃是最古之酒。夏禹時儀狄作酒，禹飲而甘之，那便是高粱酒了。令狐兄，世人眼光短淺，只道大禹治水，造福後世，殊不知治水什麼的，那也罷了，大禹眞正的大功，你可知道麼？」

令狐沖和桃谷六仙齊聲道：「造酒！」祖千秋道：「正是！」八人一齊大笑。

祖千秋又道：「飲這高粱酒，須用青銅酒爵，始有古意。至於那米酒呢，上佳米酒，其味雖美，失之於甘，略稍淡薄，當用大斗飲之，方顯氣概。」

令狐沖道：「在下草莽之人，不明白這酒漿和酒具之間，竟有這許多講究。」

祖千秋拍著一只寫著「百草美酒」字樣的酒罈，說道：「這百年美酒，仍採集百草，浸入美酒，故酒氣清香，如行春郊，令人未飲先醉。飲這百草酒須用古藤杯。百年古藤雕而成杯，以飲百草酒則大增芳香之氣。」令狐沖道：「百年古藤，倒是很難得的。」祖千秋正色道：「令狐兄言之差矣，百年美酒比之百年古藤，可更爲難得。你想，百年古藤，盡可求之於深山野嶺，但百年美酒，人人想飲，一飲之後，就沒有了。一只古藤杯，就算飲上千次萬次，還是好端端的一只古藤杯。」令狐沖道：「正是。在下無知，承先生指教。」

古人飲酒，講究酒具，故至今出土文物中還有唐代的犀角形瑪瑙杯，也有翡翠杯、白玉杯、至於金碗銀盞，那就不足爲奇了。但在小說裡，這樣的講論酒杯與酒的關係，而且具有這麼高的文化色彩，實在是前所未有。

昔年我曾到過通化葡萄酒廠的酒窖，看過儲藏葡萄酒的大木桶，木桶甚大，絕非丹青生所能搬動，

也都是陳年老窖，可惜我沒有令狐沖的品酒本領，所以未能領略其殊美，我也曾喝過一瓶眞正的乾隆陳紹，其味芳香醇厚而溫雅，所以讀這段文章，眞是逸興遄飛。但我知道金庸並不能喝酒，至少他多次請我喝酒時他自己不飲。不管他自己喝不喝酒，這段「酒話」，無論如何是酒文化的極品。

金庸小說裡，特別是《笑傲江湖》裡，這樣逸趣橫生的「絕妙好辭」實在太多了，可說是舉不勝舉。這也是金庸文章百讀不厭的原因之一。

要品評金庸的文章，那可談的問題太多了。總而言之，我認爲他的文章，發源於莊周，也得力於東坡。他是我們時代的文章大師，是我們時代的光榮和驕傲。去年我曾有詩贈金庸，現在寫在下面，以作本文的收尾：

奇才天下說金庸，帕米東來第一峰。
九曲黃河波浪闊，千層雪嶺煙霞重。
幻情壯采文變豹，豪氣干雲筆屠龍。
昔日韓生歌石鼓，今朝寰宇唱金庸。

論金庸小說的反諷表現——以《鹿鼎記》為例

林興宅

《鹿鼎記》是金庸最長的一部長篇小說，也是其封筆之作——動筆比《越女劍》早，卻完成於《越女劍》之後，可以說是最後一部小說。金庸談及自己的小說：「晚期的比前期的好，長篇的比短篇的好。」的確，《鹿鼎記》是金庸的小說藝術臻於爐火純青的壓卷之作。同時，《鹿鼎記》又是金庸最讓人不解的作品，它的出現，多少令讀者覺得意外。

我們試圖從「反諷」這個角度進入《鹿鼎記》的藝術世界。我們認爲，《鹿鼎記》完全可視爲一個巨大而複雜，具有多重反諷結構的象徵系統。金庸構築這個象徵系統的手法，以及這個象徵系統向我們呈示其深層意蘊的方式，都以「反諷」爲基礎。

一

金庸在《鹿鼎記．後記》中提醒讀者道：

然而《鹿鼎記》已經不太像武俠小說，毋寧說它是歷史小說。

這個提醒值得我們充分重視。誠然，《鹿鼎記》在許多方面還留有武俠小說的痕跡，比如對江湖幫會門派的交代，對出神入化的武功的描寫以及對義氣的隱讚，但其敘事模式卻有別於一般武俠小說。武俠小說通常是借用一個人物的漫遊生涯，來描繪江湖、刻畫人性或展示蘊含的某種哲理。《鹿鼎記》初看似乎也是如此，然而，武俠小說的中心人物就道德標準來看至少是中性的，而《鹿鼎記》竟然起用韋小寶這樣一個徹頭徹尾的市井無賴作爲主人翁來構造一部一百四十餘萬字的鴻篇巨製，可謂史無前例。這種敘述模式更接近於十六、十七世紀西班牙的流浪漢小說。它與流浪漢小說至少有三個近似點。首先，流浪漢小說的中心人物來自社會底層，地位卑賤卻自由自在，性格始終缺乏內在的發展。縱有變化，也起因於外部，如意外地繼承遺產或娶了個富有的寡婦，於是流浪漢成了富翁。《鹿鼎記》中的韋小寶生長於市井勾欄，自始至終都是一個無賴，除了無賴手段更爲精熟老到之外，我們看不出他的性格有多大變化，他的變化就是純屬偶然的發跡。其次，流浪漢小說的主人翁往往同時爲幾個主子效勞，並且善於辨識罪行與卑劣行爲間的模糊界限，不致淪爲眞正的罪犯。而韋小寶也同時效力於宮廷、天地會、神龍教，始終沒有犯下眞正惡劣的罪行。第三，流浪漢小說的情節相對來說較爲零散，實際上是把一系列不太相關的事件串在一起；《鹿鼎記》中，韋小寶忽而混跡皇宮，忽而出家少林寺，忽而安撫台灣，忽而遠征雅克薩，他的傳奇故事不難分解爲諸多獨立的片斷。

指出《鹿鼎記》與西班牙流浪漢小說的親緣關係是必要的，這有助於確證《鹿鼎記》那潛藏在天馬行空的幻想之下的酷似流浪漢小說傳統的現實主義態度和諷刺意味。流浪漢小說是典型的幽默諷刺作品，它對當時西班牙變幻莫測的經濟和社會現狀的諷刺很容易博得讀者的會心一笑。但要領會《鹿鼎記》的諷刺意味，讀者就須費一番功夫了。一方面，《鹿鼎記》中那些荒誕不經的情節、插科打諢式的描寫極易造成讀者理解的偏差，產生對文本的誤讀；另一方面，《鹿鼎記》的意義呈現方式是「反諷」，而非「正話正說」的諷刺，這使它的深層意蘊被假象所遮蔽，並不直接引導讀者的理解。

所謂「反諷」，是指一種用來傳達與文字表面意義迥然不同（而且通常相反）的內在含義的說話方式。它是西方文藝理論中最古老的概念之一，來自希臘文。原指古希臘戲劇中的一種角色典型，即佯作無知者。這種人在自以爲高明的對手面前說傻話，最後卻證明這些傻話就是眞理，從而使高明的對手大出洋相。所以反諷的基本性質是假象與眞實之間的矛盾及對這一矛盾的無所知。反諷者佯作無知，說的是假象，卻暗指眞理。我們發現，《鹿鼎記》的敘述者就是這樣的「佯作無知者」。整部《鹿鼎記》似乎由一個說書人娓娓道來，不知抑揚褒貶，只求風趣好笑。這個敘述者一邊以插科打諢來擾亂讀者思路，一邊又頑強地拒絕對情節進行評論干預，將控制語言的權力讓位給各個人物，怎麼樣的人物就為讀者提供怎麼樣的「假象」，其意義導向根本不能作爲釋義根據。於是，某種由文本誘導而生的不可靠敘述，即反諷敘述便產生了。

這種反諷敘述貫穿了整部《鹿鼎記》，因此，《鹿鼎記》呈現出一種維持文本雙重意義的持續性結構反諷，它顯然有效地制約了《鹿鼎記》作爲一個象徵系統的意義呈示方式。也就是說，《鹿鼎記》的象徵意蘊並非一目了然，而是需要某種媒介物才能被引出，而這一媒介物恰恰是與之對立的文本表層意義。簡單地說，《鹿鼎記》向讀者提供了兩種「聲音」：一是敘述者的聲音，是海洋的表面，是假象；另一是只有當讀者對作者的反諷意圖有充分了解之後才能聽出的聲音，是海洋底下的暗流，是眞實。兩種聲音分別代表著《鹿鼎記》的表層意義和深層象徵意蘊，在文本中平行、穩定地構成了T·S·艾略特所說的「內在的均衡」，亦即瑞恰茲所說的「對立物的均衡」。

二

不管我們以怎樣的思路來探索《鹿鼎記》，有一點是我們無法迴避的，那就是幻想在《鹿鼎記》創作中所發揮的重要作用。韋小寶這樣一個市井無賴，竟然能與康熙皇帝結爲好友，並受到形形色色的江湖人物的敬重，連顧炎武、黃宗羲這樣的儒學大師都要推他做皇帝。這樣的幻想，比武俠小說中那些飛花

摘葉、傷人於數丈之外的神功還要讓人吃驚。值得注意的是，儘管《鹿鼎記》的情節荒誕離奇，但作者卻提醒讀者把《鹿鼎記》當作一部歷史小說來讀。這不能不令人深長思之。

在文學批評中，幻想往往與精神活動的無聊、意志上的軟弱、不切實際的夸夸其談或僞浪漫主義的媚俗等否定性的批評連在一起。以幻想爲重要特徵的文學作品，也被列入文學低級形式，冠以「通俗文學」的稱謂。正統文學觀念認可的是止於模仿或反映現實的「想像」。但幻想自有其存在的深刻性。既然上帝的創世計劃中很少考慮到凡人的幸福，世界的規則經常與人們作對，那麼人們間斷性地投入幻想，重建自身的尊嚴與完整性，也就無可指責了。文學就其本質而言，是人類本眞的、自由的生存狀態的幻想形式。文學幻想的光芒刺穿了庸碌的日常現實，使我們終於意識到，混亂、碎裂的日常現實實際上帶著欺騙性，它映現不出存在的本眞，而只能製造假象，引起錯覺，使我們不由自主地迷失在其中。而幻想卻能引導我們從一個新的角度去審視生活，發現我們眞實的面目與生存的目的。同樣的，在我們審視歷史時，那被埋藏在一堆堆歷史文物之下，被無數冠冕堂皇又枯燥乏味的歷史事件掩飾住的眞相，也在幻想光芒的照耀下顯現了。這種幻想固然不具有認識論意義上的眞實，卻具有更爲深刻透徹的人性的眞實。當魯迅筆下的「狂人」在史書中看出「吃人」的眞相時，它構成了對所謂歷史眞實的最沉重的反諷。

這是一個極其嚴肅的哲學問題。整部《鹿鼎記》的象徵意蘊就建基在這種反諷之上。當金庸以滑稽可笑的情節、荒誕不經的幻想營構《鹿鼎記》的藝術世界時，他所履行的，正是從中國歷史、文化的

「字縫裡看出字來」的莊嚴使命。

韋小寶是一個奇異的混合體，一方面他有孩童一般的時刻渴望進入幻想世界的衝動，一方面又具備了比起成人來有過之而無不及的最爲現實的態度。這可能與他在市井中成長的經歷有關：受壓抑的悲慘童年激發了他強烈的自我求生本能，而那相對於一個少年來說，是過於沉重的生存壓力又迫使他間斷性地把自己交給幻想，從中尋求安慰。他自小就培養起來、從此根深蒂固的兩大愛好——聽書看戲與賭博——基本上代表了他的性格中分裂的兩端。推而廣之，戲文與賭博分別成爲《鹿鼎記》的幻想世界與現實世界的象徵。

韋小寶愛聽書看戲，小說一開始就有了交代：

> 揚州市上茶館頗多說書之人，講述《三國志》、《水滸傳》、《大明英烈傳》等等英雄故事。這小孩……一有空閒，便蹲在茶桌聽白書，……他聽書聽得多了，對故事中英雄好漢極爲心醉。（第二回）

> 韋小寶大喜，他酒是不大會喝，「聽戲」兩字一入耳中，可比什麼都喜歡。（第五回）

當說書人在茶館裡、演員們在戲台上表現著那些距離平民生活十分遙遠、幾近縹緲不可及的傳奇故事時，所有聽眾都成了幻想的俘虜。韋小寶是平凡、卑微的，但沒什麼能阻止他在心中營建自己的幻想世界。這個世界的主角們是歷朝歷代的帝王將相、英雄好漢，他們擁有凡人不及的智慧或武功，建立了令人羨慕的豐功偉業。當韋小寶回到妓院，被龜奴欺辱、被妓女捉弄、被嫖客使喚的時候，他做夢都想扮演一個英雄——不是在舞台上，而是在現實中。

韋小寶顯然被最爲殘酷的現實奴役著，但他時刻都想把幻想轉化爲現實。因此，當江湖好漢茅十八在妓院中力鬥私鹽販子時，韋小寶挺身而出便不足爲奇了。茅十八的出現是個楔子，他讓韋小寶長期鬱積的壓抑得以爆發。韋小寶終於有機會模仿起幻想世界中的英雄好漢的行徑了：

> 但他聽過不少俠義故事，知道英雄好漢只交朋友，不愛金錢，今日好容易有機會做上英雄好漢，說什麼也要做到底，可不能膿包貪錢，大聲道：「咱們只講義氣，不要錢財。你送元寶給我，便是瞧我不起。你身上有傷，我送你一程。」（第二回）

這個市井小童把他幻想中的英雄講「義氣」模仿得何等維妙維肖！接下來的遭遇簡直讓韋小寶眼花撩亂。不管他敢不敢相信自己的神奇經歷，他其實是進入了一個在平日絕對與他無緣的世界。說書人的故事、戲台上的傳奇竟都給他碰上了，那些原本只存在於幻想世界中的帝王將相、王侯公主、俠士高人忽然活生生地在他身邊出現，他和他們，發生的關係竟然還非同一般！某種匪夷所思、夢幻一般的轉折在他生活中驀然出現。在這個意義上，韋小寶進入的是一個傳奇和戲的世界，即幻想的世界。在這樣的世界中，還有什麼是不可能的呢？

但市井生活的磨練使韋小寶有種近於天生的適應環境的求生能力。幻想固然迷人，聽書看戲固然重要，而在劣境中謀生卻更爲現實。市井生活培養了他的另一嗜好：

> 說到賭錢，原是他平生最喜愛之事。（第三回）

這個「平生最喜愛之事」暗示我們，韋小寶在骨子裡仍是最爲現實的。我們不該忽略，韋小寶進入幻想世界帶有明顯的被動性。他被太監海大富擒拿進宮，不得已殺了海大富的跟班小桂子；一時逃不開，只好冒充小桂子留在皇宮裡；爲了不露餡，不得不爲海大富去偷《四十二章經》；卻又發現那個天天與他比武廝打的「小玄子」竟是康熙皇帝；於是他只好硬著頭皮對抗奸臣鰲拜；後來他無意中窺破太后的秘密，時刻都有被滅口的危險，於是他又被迫無師自通地逃避接踵而至的追殺。這些遭遇可謂險象叢生，稍不留神命就丟了，妓院中的劣境哪能與之相比？在這裡，韋小寶自我求生的本能被淋漓盡致地激發出來，壓倒了甫進幻想世界的自我陶醉。令他意外的是，這個「幻想世界」的遊戲規則竟然與他在市井裡、現實中的遊戲規則不謀而合！韋小寶與茅十八在一起時，用撒石灰、砍腳背等下三濫手段克敵制勝，救了茅十八。入得宮中，韋小寶先是用在海大富的藥酒中多加止咳藥粉的辦法，毒瞎了海大富雙眼，救了自己一命；再用撒爐灰的手段，助康熙擒得鰲拜。沒想到這類市井中的下三濫技倆在宮中竟屢試屢靈，並且無人責備。於是韋小寶逐漸窺破宮中求生之術，便「賭性」復萌。也就是說，他的第一愛好賭博壓倒了聽書看戲的第二愛好，現實態度壓倒了幻想熱情。海大富派韋小寶去做的第一件事便是去和侍衛、太監賭博。面對衆多不懂賭中騙術的「羊牯」，韋小寶自然大獲全勝。待到在上書房偷書時，韋小寶發現皇上原來就是那個天天與他比武打架的小玄子，這一驚當眞非同小可，但韋小寶心念電轉：

> 心道：「咱們這一寶壓下！通殺通賠，就是這一把骰子。」（第四回）

這一寶果眞是壓對了。韋小寶無論在市井，還是在宮中或江湖，總是有意無意地將一次次掙扎求生當作賭博。韋小寶自此開始了他的一場場「豪賭」。更有甚者，他還擅長將居留於幻想世界中的經驗轉化為現實的力量，不斷成功地化古為今，化戲為眞，模仿戲中的手段，做成了諸如指導沙俄蘇菲亞公主奪權攝政等大事，最後終於一帆風順地得到「通吃伯」的封號（所謂「通吃」，是賭博中的術語，就是通殺通賠，戰無不勝）。

韋小寶所進入的這個新世界，表面上雖然是幻想所織就，骨子裡卻是最嚴酷的現實。當韋小寶離開他的市井生活時，他不是簡單地由現實步入了幻境；事實上，他進入了一個更奇異的現實世界，而且在這個新世界裡的每一次轉折都使他的遊歷變得更加眞實。

三

這種眞實是人性的眞實。金庸在《鹿鼎記》中注入的，是他多年以來對中國歷史、文化、價值觀的反思。他用人性的燭光照亮了那些已經黯然了的歷史事件，使之呈現出異樣的景觀，從而達到對歷史的批判。

金庸的小說，大都一半是武俠故事，一半是歷史。將武俠小說歷史化可謂金庸的拿手好戲。但《鹿鼎記》之前的小說，其歷史線索與歷史人物，大都融入武俠故事中；而《鹿鼎記》則一反前態，將江湖武俠故事納入歷史發展的框架中。然而嚴格說來，《鹿鼎記》中的歷史，是已經傳奇化了的歷史。且不說韋小寶介入那些重大歷史事件是顯而易見的虛構，就連書中有關順治皇帝出家清涼寺、李自成兵敗九宮山得以倖存這樣的情節，也只是野史軼聞，至今史界還沒有公論。但金庸還是把它們當作史實，寫進了《鹿鼎記》，而且還不斷暗示讀者：這是爲史書補闕。如第一回，小說藉顧炎武、黃宗羲、呂留良三鴻儒雪夜密談之情節，交代天下大勢，其間提到「大力將軍」吳六奇，金庸加了按語：

至於吳六奇參與天地會事，正史及過去稗官皆所未載。

言下之意是，儘管正史野史都沒有記載，但吳六奇參加天地會一事，卻是眞的。又如第三十六回韋小寶幫助蘇菲亞公主奪權成功後，金庸按語道：

俄羅斯火槍手作亂，伊凡、彼得大小沙皇並立，蘇菲亞爲女攝政王等事，確爲史實。但韋小寶其人參與此事，則俄人以此事不雅，有辱國體，史書中並不記載。其時中國史官亦未曾目睹，且蠻荒異域之怪事，耳食傳聞，不宜錄之中華正史，以致此事湮沒。

如果不是開讀者玩笑的話，這種寫法就大有可究了。

其實這是對中國小說的「史傳」傳統的一次戲仿。在「史傳」傳統看來，歷史事件雖是個別的，卻體現眞理的絕對性。而文學的描寫是不可靠的，因此實錄史實比虛構文學優越。這種觀念使中國小說尤其是白話小說帶上了強烈的慕史傾向。從敘述學角度考察，小說的敘述者是在模仿史家，因此是「非人格化」的，從來不可能作爲一人物加入敘述中，以保持敘述的超然客觀性，而且一般採取「全知式」的敘述角度。「史傳」傳統在明淸白話小說創作中發展到登峰造極，尤以林紓、曾樸等「新小說」爲代表。林紓在《劍腥錄》中表白了他創作的兩難窘境並表示了解決辦法：

> 凡小說家言，若無徵實，則稗官不足以供史料；若一味徵實，則自有正史可稽。如此離奇之世局，若不藉一人爲貫串而下，則有目無綱，非稗官體也。

前面爲了確證《鹿鼎記》中蘊含的現實主義態度與諷刺意味，我們已指出了《鹿鼎記》與西班牙流浪漢小說在敘述模式上的接近，現在我們可以更深入一步。《鹿鼎記》中那種「佯作無知」、拒絕對人物言行進行評論干預的敘述態度，與遵從「史傳」傳統的中國白話小說「非人格化」的敘述態度，也是頗爲相近的。其以重大歷史事件爲經，以廣闊的社會層面爲緯，「藉一人貫串而下」的布局方式，更與「新小說」毫無二致，只不過由於這「一人」是傳奇人物韋小寶，才使《鹿鼎記》的記述模式更接近於西班牙流浪漢小說。

這是一次用意頗深的戲仿。《鹿鼎記》的故事荒誕不經，金庸卻一再煞有其事地將其升格為史實，這種態度本身就是對「史傳」傳統的嘲弄與反諷。從更深層的意義上思考，金庸的舉動實則是將「史傳」傳統賴以存在的前提顛覆了。「史傳」傳統的前提是認可歷史的絕對眞實，受其影響，中國小說的創作目的僅止於「補正史之闕」。而《鹿鼎記》實際上提出了一個疑問：何謂「歷史眞實性」？假若眞理不在歷史之中，而在歷史之外，在歷史的語言無法觸及的地方，在歷史文本的反面，那麼正史中表現出的「歷史眞實性」還值得信賴嗎？中國人最引以自豪的財富之一就是歷史，早在商周時代，中國人就有意識地開始歷史記載。煌煌二十五史，保留了文明古國上下五千年的歷史發展軌跡，這一點，其他國家絕對無法比擬。在一代代人的記述中：某種聲音留了下來，但這種聲音是否就是唯一正確的聲音，足以代表「歷史」？換一種問法：這種聲音傳遞出的文化訊息，是否映現了五千年文化的實質？

韋小寶這個人物凝聚了作者對歷史的思考。我們要特別留意韋小寶生長於妓院的這個事實。妓院大概是最能暴露出人性醜惡面目的地方了。在這裡，風塵女子為了生存被迫出賣青春和肉體，嫖客們拋灑金錢來滿足肉欲；在這裡，人性偽善的面紗赤裸裸地揭下了，各種欲望的洪流於其間交匯、碰撞。在這樣的環境中誕生韋小寶這類人物是不足為奇的。韋小寶不知道自己的父親是誰，他那徐娘半老的母親還在出賣自己，他幼小的心靈怎能不因此打上深深的烙印？他是一個低賤的角色，一個為生存而生存的動物，根本沒有什麼倫理道德的概念。在他眼裡，天下的男女之間都是嫖客與妓女的關係。這是一種近乎「原欲」的目光，它將所看到的一切都直截了當地還原成欲望的圖景。其後韋小寶無論置身何處，無論怎樣官居顯要，都始終保持著這種目光。

於是，一切交往都變成了欲望的交易，一切價值都只爲欲望而存在。韋小寶，這個欲望的象徵符碼，莫名其妙地進入了被聖化和神化的世界：宮廷世界與武俠世界。他也意外的親身體驗到他一直盲目崇拜著的，維繫著這兩個世界的價值信仰：忠與義。

四

宮廷是一個不斷被正史「聖化」的世界，一如韋小寶所熟悉的話本及戲劇中表現的那樣：帝王乃天之驕子，奉天承命治理百姓，而將相們忠誠英勇，爲國爲民立下汗馬功勞，他們都不屬於凡人。宮廷所代表的文化，是占有絕對優勢、具有絕對權威的主流意識形態，它的最高價值準則就是「忠」。

韋小寶初進皇宮，並沒有意識到他身在何處，欲望的目光一如既往地打量著這個陌生的環境。於是，某種讓人啼笑皆非的聯想產生了：

> 一路上走的都是迴廊，穿過一處處庭院花園。韋小寶心想：「他媽的，這財主眞有錢，起這麼大的屋子。」一眼見飛檐繪彩，棟梁雕花，他一生中哪裡見過這等富麗豪華的大屋？心想：「咱麗春院在揚州，也算得上數一數二的大院子，比這裡可又差得遠啦。乖乖弄的東，在這裡開座院子，嫖

客們可有得樂了。不過這麼大的院子裡，如果不坐滿百來個姑娘，卻也不像樣。」（第三回）

韋小寶後來的經歷證明了他的直覺的正確性。這個聯想所暗示的是：在主流意識形態的威儀還未來得及施加於人的欲望時，原欲的目光一眼就洞穿了被種種神聖價值所「聖化」了的宮廷的本來面目——那裡與妓院一樣，也不過是供欲望表演的舞台而已。當然，不久後，韋小寶就獲知他原來身在皇宮，他戰慄了，幾乎被恐懼壓倒。可一連串的殺機使他根本無暇去朝拜宮廷的神聖威儀，他不得不用盡渾身解數，把宮廷當作市井，就像在市井中掙扎求生一般地在宮廷中躲避殺身之禍。這時，占上風的是他強烈的求生意志，而非三綱五常、倫理教化。欲望在掙扎，而且在一次次危機的刺激下迸發得愈加猛烈。此時韋小寶眼中的宮廷，便是天下最虛僞、最狡詐的所在，與妓院沒什麼兩樣。

欲望開始對宮廷世界進行肆無忌憚的巡視，韋小寶也終於匯合到宮廷這個比妓院更大的欲望舞台中。妓院以肉體、青春爲買賣，宮廷則以人格、生命爲交易，並且更加卑鄙無恥、花樣百出。韋小寶在這個與他生長環境貌不同而質同的新天地中簡直如魚得水，迅速吸收著歷朝歷代累積下來的腐敗養分：他平生第一次貪污巨款是侍衛總領索額圖唆使的，收的第一筆巨額賄賂是康親王送的。第一次敲竹槓竟是「奉旨」！官場的腐敗傳統頻頻向韋小寶暗送秋波，韋小寶也愈練愈精。安撫台灣時，韋小寶貪污了一百萬兩銀子，反而被台灣民衆心悅誠服地稱爲「清官」。韋小寶玩弄的官場厚黑術眞是達到出神入化！

這個市井無賴日益青出於藍而勝於藍，到最後幾乎不費吹灰之力就可以玩弄衆官僚於股掌之中。神聖的光環一旦消失，宮廷世界的眞面目便暴露無遺。「忠誠」的官僚們，其實是依附在國家權力大廈之上、吮吸人民血汗的蛀蟲；所謂「忠」，不過是爲金錢、功名、私欲而出賣自己的人格以及國家的正義。鰲拜、吳之榮、盧一峰、索額圖、康親王這些貪官污吏也還罷了，連爲官清正的施琅之效忠清廷，也是爲了報他與鄭成功之間的私人仇怨。《鹿鼎記》可以說是一部淋漓盡致的「官場現形記」。黑暗的官場淤積著種種溜鬚拍馬、瞞上欺下、相互傾軋、視百姓生命如草芥的作風。這場欲望之舞在中國已上演了數千年，又何止康熙年代！韋小寶成功了，那些依附於他的官僚們也升官的升官、發財的發財，自命爲正統的主流意識形態、國家的制度卻全面失敗了，這難道不是對「正史」中用神聖色彩塗抹成的「歷史」的最大反諷？

另一個世界，那個披著「義」的外衣，其實早已扭曲變形的武俠世界在原欲目光的注視下，也搖搖欲墜。較之金庸前十四部小說所展現的游俠天地，《鹿鼎記》的江湖世界組織得更加嚴密、分工更加細緻。但這個世界的主角——那些情性皆至、笑傲江湖的俠客，那些集武之精、俠之大於一身的英雄——卻缺席了。支撐著《鹿鼎記》江湖世界的，不是擁有可貴的自由與獨立，對中國正統價值觀形成強烈叛逆性的「義」，而是打著「義」的旗號，骨子裡卻服膺主流意識形態的「忠」。在第十六回，金庸點出了這一點：

> 江湖上幫會教派之中，上級統御部屬，所有方法與朝廷並無二致，所分別者只不過在精粗隱

顯。

服膺這種價值準則的幫會教派，自覺不自覺地向主流意識形態靠攏。沐王府、天地會、神龍教，哪一個不是被國家權力機關利用，成爲政治鬥爭的犧牲品？那些身負武功的江湖豪客們，大都戴著欲望的鐐銬，再無昔日俠者的風采；他們出賣的是熱血與道義，喪失的是獨立與自由，卻在幻想有朝一日能得到國家權力機關的青睞：

柳大洪道：「陳總舵主……日後趕跑韃子，咱們朱五太子登了龍廷，這宰相嘛，非請你來當不可。」……祁彪清插口道：「柳老爺子，將來趕跑了韃子，朱太子登極爲帝，中興大明，這天下兵馬大元帥的職位，大夥兒一定請你老人家來當。」（第十四回）

更有甚者，天地會的風際中，一直在暗中出賣會衆，竟是爲了謀得清軍區區管帶的職位！《鹿鼎記》自第四部末開始，調子漸顯出低沉，不像前四部那樣熱鬧好笑。在這種低沉調子開始之前有一段最讓讀者看得開心的情節，即皇宮侍衛、沐王府、天地會幾群人馬受韋小寶所託，輪番戲弄鄭克塽爲韋小寶出氣。讀者在開心發笑之餘，不難感受到一股悲涼的氣氛：這些江湖人物空有一身武功，卻與那些宮廷侍衛一樣，淪爲腐敗透頂的國家制度的傀儡，連韋小寶這樣一個小無賴都可以將其玩弄於股掌之中。

神龍教大概是小說中最明晰可察的反諷象徵。這個勢力廣大、影響無孔不入的江湖組織有兩大法寶，頗具象徵意味：一是既大補也大毒的「豹胎易筋丸」，服用此藥的教衆若沒有定期領到解藥，毒性一發，就陷入求生不得、求死不能的痛苦中。反之，若有解藥，則能強身健體，增長功力。另一是完全公開化的，最爲赤裸裸的溜鬚拍馬、歌功頌德，教徒們每逢作戰，口中便念念有詞，把對教主的歌頌之辭當作咒語來用，於是自身功力大爲增長，對手也往往喪魂落魄。不難看出，這兩大法寶實則是將中國封建國家專制手段象徵化了：所謂「豹胎易筋丸」，實際上就是統治階級用來毒害知識分子的功名利祿，它使人深陷其中，不能自拔；那些「壽與天齊」、「日月同光」之類的頌詞，跟「萬歲萬萬歲」之類的自欺欺人的口號也沒什麼區別。神龍教不啻是宮廷在江湖上的一個投影。

神龍教爲了要奪取專制政權，不惜賣國投敵，其手段無所不用其極，在江湖中自然被視爲邪教。那麼自命爲正義化身，一心「反清復明」的正派幫會如天地會、沐王府呢？二者固然是站在清廷的對立面，卻各有其效忠的主子，而且都自言己方爲正派，他方爲篡位，事業尚未成功就做起「食群祿」的美夢。天地會總舵主陳近南，文才武功都堪稱一世人傑，卻始終懷著對台灣鄭家王朝的愚忠，最後死於鄭家世子鄭克塽的暗算，臨死還吩咐韋小寶不可爲他報仇。這是一個悲劇性的文化性格的象徵。在他身上，俠者之「義」已轉化爲臣子之「忠」，他「忠君」而非「忠於眞理」，「反清」而非「反抗封建體制」，「復明」也僅限於狹隘的民族主義。他是一個極不自由的人物，他的失敗是注定的。那個快意恩仇、瀟脫無羈的游俠世界其實早已徹底逝去，陳近南的悲劇，象徵著一個日益黯淡、陰鬱的江湖世界的末日已經來臨。

五

一個民族的發展，一般都經歷了由英雄神話到寓言時代的過渡。文學的發展歷程也有類似的情況。《伊索寓言》產生於古希臘神話衰落之際，賽萬提斯的《唐．吉訶德》如果也可以當作一部寓言來讀的話，那它恰是誕生於騎士傳奇的神話發展到極致之時。這類作品總是立足於人性的眞實，承擔對歷史、文化的反省使命。

我們可以把金庸的前十四部作品視為武俠小說的神話階段。這些小說創造了一個區別於正統皇朝的政治秩序、虛幻又自足的世界：江湖。江湖是混亂的象徵，也是熱血的世界。金庸透過武俠英雄的形象，試圖於混亂污濁中重建理想的道德秩序。武之精、俠之大，幻化之事，卻有眞實之情理。金庸在武俠小說的幻想形式中感受到的問題，恰好也是我們文化中終極關懷之所在。那些獨立自由、生死無悔的俠者，代表著中華民族的理想人格。

在《射鵰英雄傳》中，隨著郭靖的出現，一股為國為民的浩然正氣已將江湖中的道德秩序構建得相當完美。在這裡，正便是正，邪便是邪，正派拯救國家危難於水火之中，邪派賣國求榮。眞正的英雄不是成吉思汗等一代天驕，而是身負道德使命、人格高尚的俠者郭靖。隨後的《神鵰俠侶》，武俠英雄楊過身世慘痛、率眞不羈，卻以其血性與純情，迫使正邪、是非、善惡、黑白判然分明的江湖，發生了內在衝擊與矛盾。《倚天屠龍記》進一步描述了道德秩序已然搖搖欲墜的江湖情境。到了《天龍八部》，金庸的武俠世界終於發展到神話衰落時期的混沌狀態，在這個世界中，無人不冤，有情皆孽。最後也是最完美的武俠英雄蕭峯早在《天龍八部》中已經死去，《鹿鼎記》的世界活躍著的，是韋小寶之流的現實人格。韋小寶一方面是中國各民族的「雜種」，一方面又是一個道道地地、貨眞價實的「純種」中國人。實際上韋小寶是一個因意外奇遇而獲得成功的「阿Q」。魯迅筆下的「國民的靈魂」阿Q，由於外在現實的失敗，表現出精神與物質、感性與理性皆分裂的雙重人格，擅長退回內心尋求自我安慰，毫不具備自由意志。而韋小寶，在其發跡之前，活脫脫就是一個「阿Q」：

> 他和麗春院的老鴇吵架，往往便說：「辣塊媽媽的，你開一家麗春院有什麼了不起？老子過了幾年發了財，在你對面開家麗夏院，左邊開家麗秋院，右邊也開家麗冬院，搶光你的生意，嫖客一個也不上門，教你喝西北風！」

又如第三回韋小寶與茅十八一同被海大富所擒，放入轎中抬進宮裡時，韋小寶這樣自我安慰：

> 「他媽的，老子好久沒坐轎了，今日孝順兒子服侍老子坐轎，眞是乖兒子、乖孫子。」

由於偶然的成功，韋小寶終於能夠由退回內心、尋求精神勝利轉爲放縱欲望向外無限擴張。但發跡了的韋小寶雖然由極度不自由變爲相對自由，而本質上仍是一個十足的阿Q：

韋小寶心想：「老子曾對那蒙古大鬍子罕貼摩冒充是吳三桂的兒子，兒子都做過，再做一次姪兒子又有何妨？下次冒充是吳三桂的爸爸便是，只要能翻本，便不吃虧。」（第四十一回）

韋小寶與阿Q在對男女關係的態度上，也有驚人的一致。《鹿鼎記》向我們展示的，是一個沒有愛情的荒涼世界。韋小寶眼中的男女，就是嫖客與妓女；他對女人，有性欲，有占有欲，有支配欲，唯獨沒有尊重，沒有愛情。那七位如花似玉的夫人，雙兒是被當作禮物送給他的，曾柔是爲了報救命之恩才跟著他，蘇荃、阿珂等於是被迷姦懷孕後才死心塌地地視他爲夫婿，方怡、沐劍屏二人，是韋小寶使盡全身解數，坑蒙拐騙而來，至於建寧公主與韋小寶的關係，更是建立在受虐與施虐的基礎之上。韋小寶無情無愛的感情經歷，與阿Q調戲小尼姑，爲傳種接代而向吳媽求愛的舉動，本質上是相同的，不同的只是成功與否。

阿Q是被壓抑的「國民靈魂」，韋小寶是欲望被充分釋放了的「國民靈魂」。二者表現形態不同，實質卻是一樣，都是中華民族現實人格的化身，也是歷史與文化的結晶。

這種現實人格是一股潛藏著的、洶湧澎湃的暗流，一旦它躍上表面，開始對「聖化」的宮廷世界和神化的武俠世界的價值準則進行滑稽的模仿時，某種喜劇性便出現了。韋小寶的身上，還殘留著對「義」的崇拜與嚮往，而且還眞的在行動上做出了點樣子——大概是因爲用原欲的目光把自己的武俠神話解構掉是一件痛心的事，因此金庸要讓最「原欲」的韋小寶講些義氣，以示對逝去世界的肯定與懷念。但是，又「忠」又「義」的韋小寶總有一天要正式面對這兩種本不相容的價值觀的衝突。在《天龍八部》中，蕭峯面臨「忠」與「義」的衝突，於千軍萬馬中脅迫遼王立下不犯宋境的重誓，最後自殺，這是悲劇英雄的勇毅。韋小寶當然不會有這樣的悲壯情懷。這個只在幻想中飄浮著「忠」、「義」的盲目信仰，骨子裡卻是最爲現實的欲望的化身不會這麼「傻」。既不辜負康熙，又不能背叛天地會，「魚與熊掌不可兼得」，忠義不能兩全，韋小寶乾脆一走了之。他索性遵從其原欲本色，放棄衝突。浩浩蕩蕩一百四十萬字的巨著，就以韋小寶攜七位太太，棄官歸隱，告「老」還鄉，從此不知所終的「幸福」結局爲終。

這場對中國文化的巡視，終以原欲的勝利而落下帷幕。無論「聖化」了的宮廷世界還是「神化」了的武俠世界，無論占主流的正統文化還是非主流的次文化，無論幻想還是現實，都有著同一本質：欲望。歷史不過是欲望上演的舞台，文化不過是欲望的粉飾。所謂「鹿」與「鼎」者，既是「問鼎中原」與「逐鹿中原」之意，又是「人爲鼎鑊，我爲麋鹿」之意，既是指百姓與政權的關係，又是國家與文化、苦難與悲劇之象徵。歷史與文化是一種巨大的鼎鑊，中華民族及其千千萬萬子民，正是那其中被煎熬的「麋鹿」，死了的死了，生存著的也被扭曲、肢解、變形，成爲欲望的奴隸。

《鹿鼎記》以人性的眞實圖景構成了對中國歷史、文化的深刻反諷。它表面上看似一幕詼諧荒唐、幽默機智的喜劇，骨子裡卻是一部博大精深、莊重典雅、嚴肅深沉的悲劇史詩和文化寓言，俗極而雅，奇而致眞。他代表金庸小說創作的最高成就。

第二篇

玲瓏棋局——內容透視

論金庸小說的生命意識

龍彼德

生命是最大的奇蹟。對宗教來說，人類生命是上帝的宇宙總計劃中的最高成就；對科學家來說，人類生命是自然界中最令人驚訝的現象。金庸小說被譽爲「中國文化與文學的又一大奇蹟」（馮其庸語），探討金庸小說的生命意識，無異於探討「奇蹟」中的「奇蹟」。

一、生命的本質與體現

生命的本質是什麼？縱覽金庸的十五部小說，可以看出：生命的本質就是建功立業，行俠仗義。《神雕俠侶》第二十回「俠之大者」，有這樣一段話：

郭靖又道：「我輩練功學武，所爲何事？行俠仗義、濟人困厄固然乃是本分，但這只是俠之小者。江湖上所以尊稱我一聲『郭大俠』，實因敬我爲國爲民、奮不顧身的助守襄陽。然我才力有限，不能爲民救困，實在愧爲『大俠』兩字。你聰明智慧過我十倍，將來成就定然遠勝於我，這是不消說的。只盼你心頭牢牢記著『爲國爲民，俠之大者』這八個字，日後名揚天下，成爲受萬民敬仰的眞正大俠。」

正因爲如此，金庸作品中的主人翁多數重然諾，輕生死，重整體，輕個體，敢於捨身取義，或殺身成仁。就拿郭靖來說吧，在接到大蒙古國第一護國法師金輪法王的挑戰書之後，竟與「居心叵測」、一心要報父仇的楊過去闖蒙古大營。蒙古五子忽必烈是他兒時伙伴拖雷的兒子，對他恩威並用，但他卻不爲所動，回答得慷慨激昂。

當忽必烈尊稱他爲「當世大大的英雄好漢」，奉勸他不必爲昏君奸臣賣命時，郭靖朗聲道：「郭某縱然不肖，豈能爲昏君奸臣所用？只能心憤蒙古殘暴，侵我疆土，殺我同胞，郭某滿腔熱血，是爲我神州千萬老百姓而灑。」

當忽必烈自稱「我大汗不忍見南朝子民陷於疾苦之中，無人能解其倒懸，這才弔民伐罪，揮軍南征，不憚煩難」時，郭靖大袖一揮，勁風過處，打落衆人酒碗，大聲怒道：「住了！你蒙古兵侵宋以來，殘民以逞，白骨爲墟，血流成河。我大宋百姓家破人亡，不知有多少性命送在你蒙古兵刀箭之下，說什麼弔民伐罪，解民倒懸？」

眞是大義凜然，擲地有聲。郭靖已將個人的生死置之度外，才連戰無數蒙古高手，出入於萬軍叢中，其精神眞可驚天地、泣鬼神，終於感動楊過，不念「舊惡」（其實是一場誤會），「寧教自己身受千刀之苦，亦要救郭靖出險」。

對於死亡，金庸筆下的英雄們是看得很開的。《雪山飛狐》中的苗人鳳就這樣說過：「想當年我和胡一刀比武，大戰數日，終於是他夫婦死了，我卻活著。我心中一直難過，但後來想：他夫婦恩愛不渝，同生同死，可比我獨個兒活在世上好多啦。」只要兩情相悅，生死相依，即便辭世也是幸福。雖然苗人鳳沒有得到這種幸福，但其他英雄諸如段譽、蕭峯、虛竹、胡斐、狄雲、張無忌、令狐沖等都得到了，且有一男爲數女所戀者，他們都有很高的地位、很富裕的物質生活。在他們的身上，不難看到金庸的理想與價值標準。這使筆者極自然地想到尼采的一段話：「最美好的都屬於我輩和我自己；不給我們我們就自己奪取，最精美的食物，最純淨的天空，最剛強的思想，最美麗的女子！」❶總之，一切都要最好的，在一切方面成爲最優秀者、最強者。

當然，金庸的人物更注重武功，更熱中於「武功天下第一」。《射鵰英雄傳》的一條主要線索，就是「華山論劍」。但是，只要仔細分析一下，就不難發現，經過七日七夜的比拼，奪得「武功天下第一」並獲得武林奇書《九陰眞經》的，不是西毒東邪南帝北丐，而是「中神通」王重陽。「論劍」絕不僅僅是武功的比試，還是人格、胸懷、品德、氣度與境界的比試，實際上是「論劍更論人品」。

儘管如此，金庸對生命本質的體驗與表達，同尼采的強力意志與酒神精神還是有相似之處的。尼采強調生命的意義不在生命的延續，而在生命力的高漲，注重的是生命的密度，而不是長度。酒神精神要求站在自己的生命之上，不在乎一己生命的毀滅；相反，愈是在瀕臨毀滅的絕境，愈能感受到宇宙生命的歡欣鼓舞，感受到一種因痛苦而刺激起來的興奮。強力意志說更加明確地提出，生命是一種「必須不斷自我超越的東西」，必須從高於自身的東西那裡去尋求自身的意義和目的。「眞正的生命基本衝動」所追求的不是自我保存，而是力量的擴展，爲此，甚至不惜犧牲掉個體的自我……，所有這些，都可從金庸的小說中找到印證。

生命的本質如何體現？金庸的回答是，戰勝痛苦。

以《神鵰俠侶》中的楊過爲例，他就是在戰勝一連串的痛苦後成長爲「神鵰大俠」，並以「西狂」的美稱，與黃藥師、一燈、郭靖、周伯通並列爲「五絕」的。細數其痛苦，自幼喪父，母親也在他十一歲那年染病身亡，一也；跟著黃蓉沒學到什麼武功，送去全眞教學藝反遭到師傅趙志敬的荼毒，二也；總是受到郭芙的奚落，在失去抵抗力的情況下，被其斷去一臂，三也；一直想找郭靖夫婦報「殺父」之仇，但在得悉事實眞相之後，又爲生父之奸惡悲憤難言，四也。最大的痛苦，還在於他與師父小龍女相愛而不能結合。由於眞情、眞愛，將對方看得比自己更重要，引發了種種波折與劫難，僅重大變故就有四次，離別長達十幾年，都是小龍女主動離開。一次是失身於尹志平離去，一次是礙於「禮教大防」離去，一次是出於雙重誤會離去，還有一次是自知中毒難治爲了救楊過而自我犧牲。一次比一次慘烈、長久。楊過說過：「不錯，大苦大甜，遠勝於不苦不甜。我只能發癡發癲，可不能過太太平平安安靜靜的日子。」正是這些痛苦，磨練了他的意志，激發了他的生機，解放了他的心靈，也成就了他與她的婚姻。

人生離不開痛苦。沒有痛苦，人只能有卑微的幸福。偉大的幸福正是戰勝最巨大的痛苦所產生的生命的崇高感。生命力的強旺程度，取決於所承受的痛苦的分量。與痛苦相對抗，是人生最有趣味的事情。尼采說得好：「從生存獲得最大成果和最大享受的秘密是：生活在險境中！在維蘇威火山旁建築你們的城市！把你們的船隻駛向未經探測的海洋！在同旗鼓相當的對手以及同你們自己的戰鬥中生活！」❷金庸與尼采一樣，是深諳此中之道、深得箇中三昧的。

二、精神的分裂與統一

生命的重要性在於，它是產生精神的階梯，也是精神的載體。至於「精神」是什麼？卻很難用一個完整的定義去概括之。它不是感覺，不是感情，不是認識，不是思想，但又與這些有關，似乎是所有這些心理因素的集合；說精神是它們之和也不妥，因爲它大大地超過了這個和。可以說，精神是人的內心世界，卻又高於人的內心世界，是人的內心世界的精華。

金庸小說中關於最高武功的精彩描寫，顯示了精神的鮮活。如《笑傲江湖》中的風清揚教令狐沖「獨孤九劍」，「一切須當順其自然。行乎其不得不行，止乎其不得不止」，以「無招」勝「有招」，使令狐沖「眼前出現了一個生平從所未見、連做夢也想不到的新天地」。「使劍時心中暢美難言，只覺比之痛飲數十年的美酒還要滋味無窮」。再如《書劍恩仇錄》的陳家洛使出的「百花錯拳」，「不但無所不包，

其妙處尤在於一個「錯」字，每一招均和各派祖傳正宗手法相似而實非，一出手對方以爲定是某招，舉手迎敵之際，才知打來的方位手法完全不同，其精微要旨在於「似是而非，出其不意」八字」。難怪已操勝券的周仲英「大驚之下」，「連連倒退」，迅即落敗。

金庸也表現了精神的僵化。如《俠客行》中「一個關於追求眞理的寓言」：一套絕世武功，數十年來數百位傑出的武林高手反覆參詳也得不到正確答案，不識一字的小叫化反而輕而易舉地將其破解。這是什麼原因呢？金庸認爲，這就是佛家所謂的「所知障」，亦即「成見」在作祟。知識固然可以解惑，但求知過多、過甚、過死，便會適得其反，因「固執己見」，導致「所知而成障」。它形象地說明了精神也是會死亡的，精神一旦被絕對化、終極化、獨斷化，便會僵硬、窒息以至於腐朽。鮮活的精神滋補著人的本性，僵化的精神敗壞著人的本性。

然而，金庸的貢獻還不止於此，還在於他寫出了精神的分裂與統一。可以說金庸筆下的主要人物，都或多或少地患有「精神分裂症」。

《書劍恩仇錄》中的陳家洛，是輕度的精神分裂症。他出身名門，卻流落江湖；他空有「反滿抗清」的志向，卻缺乏謀略與組織才幹；他武藝高強，卻幼稚、輕信……。這使他的英雄事業與兒女私情經常發生矛盾，爲了彌合上述分裂以達到精神的統一，他不得不放棄兒女私情以成就英雄事業。然而，事與願違，兒女私情與英雄事業均告落空，他所得到的統一不是正值而是負值，人物的悲劇性與批判性反而使作品得到了昇華。

《射鵰英雄傳》與《神鵰俠侶》中的西毒歐陽鋒，是重度的精神分裂症。

他自於華山論劍之役被黃蓉用計逼瘋，十餘年來走遍了天涯海角，不住思索：「我到底是誰？」是景物依稀熟稔之地，他必多所逗留，只盼能找到自己，這幾個月來他一直耽在嘉興，便是由此。近年來，他逆練九陰眞經，內力大有進境，腦子也清醒得多，雖然仍是瘋瘋癲癲，許多舊事卻已逐步一一記起，只是自己到底是誰，卻始終想不起來。

在華山之頂，與洪七公惡鬥的結果，使他的精神從分裂達到了統一。

歐陽鋒數日惡鬥，一宵苦思，已是神衰力竭，聽他連叫三聲「歐陽鋒」，突然間回光反照，心中陡然如一片明鏡，數十年來往事歷歷，盡數如在目前，也是哈哈大笑，叫道：「我是歐陽鋒！我是歐陽鋒！你是老叫化洪七公！」

二人抱在一起，哈哈大笑，「數十年的深仇大恨，一笑而罷」，同時歸天。

歐陽鋒的精神分裂是相當明顯、相當典型的，其精神的統一靠的是記憶，因爲人們對自我的看法與對過去的記憶是分不開的。也有不是靠記憶而是靠意志的，如《連城訣》中的狄雲、丁典，他們遭受到非常人所能承擔的打擊與苦難，如果沒有非常人所能具有的意志，恐怕一天也活不下去，更不用說報仇雪恥了。

值得注意的是，金庸透過歐陽鋒的精神分裂與統一，提出了「我是誰」這個哲學命題，使他的作品超出了一般武俠小說的局限，而上升到人類學的高度。

作爲個人，「我是誰」？作爲人類的一員，「我是誰」？要不加迴避地思考這個問題，是並不怎麼容易的。只要環顧四周，就不難發現有許多人終其一生也不知道他要做些什麼，想成爲什麼樣的人，該怎樣確立自己的人生態度與價值觀。

回顧過去一個半世紀的文學創作，我們也會看到，這種對自我及其在世界上的使命與位置的探詢，差不多耗盡了不少文學家的全部精力。如托馬斯・哈代筆下的裘德（小說《無名的裘德》的主人翁），之所以「沒沒無聞」，首先在於他對自我的迷惑與不理解，不知道自己是誰，應該幹什麼。古斯塔夫・弗勞伯特的小說《波瓦瑞太太》，也接觸到這個問題。書中的主人翁只是在尋找她自己認爲是她所需要和想要的東西的過程中，頭腦才逐漸清醒。

許多歷史的實例也雄辯地證明，搞清楚「我是誰」這個問題，無論對社會還是對個人都是重要的。奴隸制的基礎之一，就是認爲有些人「天生」是奴隸，因爲他們沒有能力管理自己。二十世紀的納粹分子則更厲害，認爲某些種族「生來」就是劣等民族，所以要實行種族滅絕，把猶太人送進毒氣室。

總之，「我是誰」這個問題，包含著一些相關的哲學問題，如人類的智能、體質、自然環境、社會狀況以及有無自由選擇的能力等。在金庸的另一部小說《俠客行》中，都有所涉及。小說的主人翁比歐陽鋒在書中的位置更重要、更突出，但卻「無以名之」，他只記得收養他的梅芳姑叫他「狗雜種」，因爲從小討飯，人家就喚他「小叫化」，要不是一場對「玄鐵令」的爭奪，僅憑他的智能、體質是很難成就爲武林奇人的。正因爲這特殊的際遇，他被誤認爲是長樂幫的幫主石破天、雪山派的逃徒石中玉、丁不三的孫女丁璫的情人、石清與閔柔丟掉的兒子石中堅，在這一連串的誤會中他根本無法選擇，只能被動承受，並因「禍」得福，得到阿繡的青睞，成爲破解俠客行絕學的武林第一人。這中間，他「不求於人」的性格起了作用，但更重要的是長樂幫軍師貝海石製造的假象起了作用。但到小說終了，他仍不知道「我爹爹是誰？我媽媽是誰？我自己又是誰？」梅芳姑一死，更成了無法破解的疑案，也給作品增加了不少哲學氣息與神秘意味。

三、欲望的膨脹與克制

人有各種欲望。從作爲生物的傳種本能的欲望，到權力欲、金錢欲、所有欲，還有求知欲、愛美欲等，人的愛和慈悲，就其廣義性而言，也是屬於人的生命內部的欲望。隨著文明的發展和社會的物化，人的欲望特別是本能的欲望、權力欲、金錢欲和所有欲，被不斷地從人的生命中引誘出來，並有無限制膨脹的趨勢。這就產生了人與人之間的對立抗爭，導致了生命與自然的破壞，不能不引起我們的警惕。

金庸的《笑傲江湖》，便是權力欲膨脹的寫照。余滄海的明搶，嵩山派的暗奪，塞北明駝林高峰與華山掌門岳不群爭收林平之爲徒，甚至連令狐沖的蒙冤……，都是爲了一部武學中至高無上的秘笈——辟邪劍法即葵花寶典，以便爭得江湖霸主的地位。日月神教教主任我行在其遭難的時候，是值得人同情的，他對東方不敗的口號「千秋萬載，一統江湖」十分不滿，極盡諷刺挖苦之能事。但當他擊敗對手，坐上東方不敗的寶座後，卻覺得這口號是那樣地令他喜悅歡欣……，這不正是王座與權力對人的異化嗎？

金庸的《連城訣》，則是金錢欲氾濫的說明。爲了財寶，「鐵鎖橫江」戚長發殺了自己的師父，又殺了自己的師兄，連親生女兒都懷疑，對自己的徒弟亦不放過。且看小說結尾的描寫：

一搶奪，便不免鬥毆。於是有人打勝了，有人流血，有人死了。

這些人愈鬥愈厲害，有人突然間撲到金佛上，抱住了佛像狂咬，有的人用頭猛撞。

狄雲覺得很奇怪：「爲什麼會這樣？就算是財迷心竅，也不該這麼發瘋？」

不錯，他們個個都發了瘋，紅了眼亂打、亂咬、亂撕。狄雲見到鈴劍雙俠中的汪嘯風在其中，見到「落花流水」的花鐵幹也在其中。他們一般地都變成了野獸。在亂咬，亂搶，將珠寶塞到嘴裡。

狄雲驀地明白了：「這些珠寶上有極厲害的毒藥。當時藏寶的皇帝怕魏兵搶劫，因此在珠寶上塗了毒藥。」他想去救師父，但已來不及了。

儘管在珠寶上餵毒藥有些誇張，但人之對金錢的貪欲也因此被寫得驚心動魄。

佛教有「人性三毒」的說法，所謂「三毒」乃「貪、嗔、癡」，又以「貪」為其首。在《天龍八部》中，我們看到了對「三毒」的全面反映。慕容博之所以要欺騙玄慈，並讓他帶人伏擊蕭遠山夫婦，從而造成此後數十年中原武林的巨大慘禍，其原因就在於一個「貪」字，希圖挑起大遼與大宋的紛爭，以坐收漁翁之利與復大燕。段延慶身為延慶太子卻又遭叛亂失位，為奪回權力不擇手段，使「貪」轉化為「嗔」怒，以致喪失人性，變成天下唾棄的「四大惡人」之首。上一輩的仇恨怨憤，又轉嫁為下一代的業報冤孽，不僅禍及他人，也戕害自己。與段正淳交往的女子，如刀白鳳、秦紅棉、甘寶寶、王夫人、阮星竹、康敏，乃至她們的女兒鍾靈、木婉清、阿紫……等，均由「情」而入「癡」，由「癡」而生「嗔」，變成了半瘋半狂、失去理性的痛苦生靈。其中，尤以康敏為烈，由於不能獨占段正淳的愛，便設計要將段害死。因為蕭峯「從沒看過她一眼」，她便殺死丈夫馬大元，獻身白世鏡、全冠清，以陷害蕭峯。這都是欲望極度膨脹的結果。

如何克制欲望？金庸的詮釋是愛，親子之愛，異性之愛，朋友之愛。

親子之愛，見《倚天屠龍記》。在南極冰火島上，張無忌的第一聲啼哭，竟使得他的義父——那位又癲又瘋、如魔如神的怪物聖人「金毛獅王」謝遜完全恢復了人性。後來，要不是想念張無忌，謝遜絕不會冒著與天下武林為敵之大險，而毅然隨紫衫龍王回歸中土。同樣道理，當謝遜被成崑抓走關入少林寺中，張無忌聞訊立即中止婚禮，不惜毀了與周芷若的婚姻，敢冒少林寺與天下武林之大不韙，去營救義父。這樣的父子之情，世上罕見，眞可謂驚天動地！

異性之愛，見《神鵰俠侶》。師生不能結婚的觀念，在現代人心目中當然根本不存在，但在小龍女、楊過的時代卻是天經地義。「兩人若非鍾情如此之深，絕不會一一躍入谷中；小龍女若非天性淡泊，絕難在谷底長時獨居；楊過如不是生具至性，也定然不會十六年如一日，至死不悔。」（見該書〈後記〉）正是因爲愛的克制，貪、嗔、癡的欲望才得以收斂，他們才衝破禮法習俗與種種險阻，最後結成了神仙眷屬。

朋友之愛，見《雪山飛狐》與《飛狐外傳》。苗人鳳與胡一刀既是對手又是朋友，稱得上「不打不相識」、「惺惺惜惺惺」。在他們生死相搏之前，胡一刀請苗人鳳照顧他的兒子胡斐，苗人鳳爽快地答應了。苗人鳳對誤傷胡一刀之事，半生耿耿於懷，明明可以向已經長大成人特來復仇的胡斐解釋，但又難辭其咎，更不足以表達自己的悔恨悲苦之情，於是根本就不解釋，只是說「是我殺的」。對這位後起之秀、尋仇之人，苗人鳳竟生出信任，搏拼之前，叮囑道：「你答應照顧我女兒的，這話可要記得。」這與江湖上的仇殺「務必斬草除根以絕後患」截然不同，要不是愛心對欲望的克制，是根本做不到的。

如前所述，愛也是一種欲望，只不過是一種好的或云積極的欲望，只要將這種欲望充分調動起來，就能克制那些壞的或消極的欲望。這不禁使我想起《展望二十一世紀——湯因比與池田大作對話錄》一書，該書沒有籠統地反對欲望，而是將欲望分爲「魔性的欲望」與「追求愛的欲望」二種，主張把「魔性的欲望」轉變爲「追求愛的欲望」。「所謂『魔性的欲望』就是人想統治別人，或以自然的統治者姿態出現。這一切都可以看作是被『魔性的欲望』所迷惑的各種欲望發生作用的結果。『魔性的欲望』也可以說是切斷『本源的欲望』跟各種欲望之間的聯繫，把各種欲望置於自己統治之下的那種欲望。」❸「追求愛的欲望」就是追求和宇宙整體調和的欲望，它「要求否定自己。有時，甚至要求自我犧牲。所謂愛就是使自己獻身於其他生物和宇宙萬物的一種衝動。」❹二位學者還一致認爲，完全消除欲望是不可能的，「與其向這個目標爭取，不如確立一個可能實現的目標，把欲望引向善良的目的」❺，這便是將「魔性的欲望」轉變爲「追求愛的欲望」。

金庸的認識，與湯因比、池田大作的認識，何其相似乃爾！這就叫「英雄所見略同」！大智慧者心相通。

四、金庸的表現特色

「美在於生命！」這是宋耀良在《藝術家生命向力》一書中，提出的觀點。他這樣寫道：「美，應能表現生命、觀照生命、強化生命。美，應由生命力量的引導而產生；創造美的過程就是生命力量展示的過程；鑒賞美的過程，便是體味自然生命與生命自然形態的過程。美應能喚醒生命、激揚生命、指導生命。這樣的美便是當代最高形態的美和最有生命力的美。」❻金庸小說之美，正是喚醒生命、激揚生命、指導生命的結果。

在表現生命意識方面，金庸獨具個性與特色，歸納起來，主要有以下四點：

其一，好走極端。

他的十五部小說，幾乎沒有一部不是矛盾尖銳、衝突激烈的，這往往給他的人物沒有多少選擇的餘地，每每幹出一些極端的事情來。如《倚天屠龍記》，「屠龍寶刀」一出現就颳起了血雨腥風，引起了一場場捨死忘生的爭奪。非刀不祥，乃人性可悲。在貪欲與野心的驅使下，許多人白白丟掉了性命，根本不明白「武林至尊」是什麼滋味。在第三回中，俞岱岩救下一個老者，這個外號「海東清」的人不僅不感謝俞岱岩的救命之恩，反懷疑俞別有所圖，說什麼「我寧可不要性命，屠龍刀總是我的」，爲此送命還執迷不悟，眞是一等的糊塗！俗話說得好，「英雄氣短，兒女情長」，在武俠小說中，死亡是司空見慣的事，往往缺乏過細的心理描寫、必要的氛圍鋪墊、精心的高潮安排，因而也不如純文學小說寫死亡那麼隆重、那麼令人激動。金庸小說亦難免此一缺欠，好在「我個人寫武俠小說的理想是塑造人物」（金庸語），這使他的作品有別於其他人的武俠小說，而成爲渲染春色的出牆紅杏。

其二，善寫變態。

李莫愁（《神鵰俠侶》中的人物）是因情變態，由於失戀竟要殺死陸展元的兄弟一家滿門，連「何」與「沅」二字都要一併遷怒。她曾在陸展元的酒宴上出來之後，手刃何老拳師一家男女老幼二十餘口；曾在沅江之上連毀六十三家貨棧船行，「只因爲他們招牌上帶了這個臭字」。李自成（《碧血劍》中的人物）是因權變態，從一個草莽到推翻明朝，地位改變人也改變，竟活活逼死人品情操功勞均不遜於袁崇煥的大功臣李岩。獲得葵花寶典的人如岳不群、林震南等（《笑傲江湖》中的人物），則更是典型的變態。「欲練神功，揮刀自宮。」葵花寶典源於宮廷，創自太監，是道道地地的非人性功夫，同時又是爭奪「千秋萬載，一統江湖」的政治鬥爭的工具。在這本書中，還起到了象徵作用。

寫變態，主要是爲了寫人性。在正常狀態下的人性是隱蔽的、不顯的；在反常狀態下的人性是敞開的、昭彰的。人性的扭曲，顯示了社會的扭曲；人心的變化，牽連到時代的變化。只不過寫變態一定要合理，充分揭示其內在的與外在的原因；寫變態還得合度，不能漫無邊際，隨心所欲。縱觀金庸的全部小說，沒有或極少性變態、性虐待，對獸性的描寫也有所節制，這是他的優點，但就多樣性與豐富性而言，是否也是一個小小的缺欠呢？

其三，負多於正。

《鹿鼎記》是金庸最獨特也最深刻的一部作品。有人稱它爲「歷史的童話與寓言」，同時又是一部現代主義的反英雄主義的民族史詩」，不是沒有道理的。小說的主人翁韋小寶，是揚州麗春院妓女韋春芳的兒子，一個十足的市井流氓無賴，他在妓院中學到的那一套諸如溜鬚拍馬、撒謊行騙、賭咒發誓、落井下石、偷竊扒拿、爲了達到目的不擇手段……在清朝宮廷都找到了「用武之地」，不僅逢凶化吉，左右逢源，還屢建「奇功」，加官進爵，最後當到了通吃伯、鹿鼎公。什麼皇帝老兒、天地會總舵主、神龍教教主……都被他誆騙、調侃過；什麼少林寺、清涼寺乃至天下的英雄，都不及他這個不學無術的弄臣小丑。這是對人生負面經驗的最高概括，也是對封建王朝及社會弊端的絕妙諷刺。

在其他小說中，也可以看到類似的負多於正的現象。如《笑傲江湖》中的人物分類，邪未必邪，正未必正，邪氣日盛，正氣日消，無論「一統江湖」還是「笑傲江湖」，無不以悲劇結局。即使有情人終成眷屬，像《神鵰俠侶》者，其結尾也給人一種苦澀與悲涼之感。這是與作者對人生及世界的看法分不開的。作者在一九九四年十月訪問北京大學時，曾向該校師生作過一次演講，其中特別提到：「中華民族到了最危險的時候」，「它表示了一種憂患意識」❼。演講的結尾，還著重強調了資源浪費、環境污染與世界和平等問題，體現了一種悲天憫人的博大胸懷，金庸作品的基調與力度，恐怕正來源於此。

其四，宗教情懷。

金庸是提倡愛的，因此他力主情，但對情卻又充滿疑惑。「問世間，情是何物，直教生死相許？」這首調寄「邁陂塘」，爲金人元好問所作的詞，曾多次出現在《神鵰俠侶》一書中，便是明證。實際上，金庸最相信的、並以之爲救世之方的，是宗教，特別是佛教。如《天龍八部》，從書名到主旨都取自佛經，有關寺廟風光、佛法禮儀、文化經典與佛學知識，更如寶石、珠璣般鑲嵌於文本之中，關於「大理國的傳奇」的敘述充滿了佛家思想自不待言，就是構成全書主要矛盾的化解辦法也是按佛學原則處理。蕭峯、段譽、虛竹之所以背負著那麼沉重的精神包袱，全是前代仇怨噴射「先天」造成的。蕭遠山與慕容博鬥了幾十年，誰也調解不了，但當藏經閣的那個老和尚出現，一番宣講，便使他二人如夢初醒，罷卻仇怨，皈依佛門。蕭峯等三位主人翁也以不同的方式去冤除孽，獲得了解脫。一個殺身成仁，使遼宋兩國停止交兵；一個不貪之人當了大理的國君；一個戒淫戒欲的小和尚得到了美滿的愛情。

金庸的宗教情懷，是他從政與歸隱兩種思想鬥爭的必然選擇。佛教重心而不重行，重定慧而不重戒

律，正好可以用來破除人生妄見，去除苦惱，保持清淨的心境和精進不息的生存態度。在《笑傲江湖》的〈後記〉中，金庸寫道：「我寫《笑傲江湖》是想表達一種中國人沖淡的、不太爭權奪利的人生觀，……做什麼事情都應該適可而止，不要總想著向上爬，事情的發展是無止境的，對欲望應當有所克制，把自己的一切看得淡一點，生活的幸福程度就增加一點……」正好可以作一說明。然而，佛教眞能解決一切問題嗎？在《笑傲江湖》中，作者已流露出「達不能兼濟天下，窮亦難獨善其身」的情緒，緣自權力欲的普遍膨脹與對人性卑污的無奈。而到了《鹿鼎記》他封筆前的最後一部作品，透過韋小寶這個潑皮、頑主，發出了「英雄不在，儒道釋精神崩潰，道德淪喪」的慨嘆。作者「從夢幻回到現實」，考慮得多的不是濟世，也不是自慰，而是面對生存困境的茫然與酸楚，當這一切都做不到時，他乾脆就停筆不寫了。

注釋：

❶見《尼采全集》第六卷第四一五頁。

❷見《尼采全集》第五卷第二一五頁。

❸見《展望二十一世紀——湯因比與池田大師對話錄》第三九二頁，國際文化出版公司，一九八五年十一月北京第一版。

❹同上，第三九四頁。

❺同注❹。

❻見《藝術家生命向力》第七至八頁，上海社會科學院出版社，一九八八年十一月第一版。

❼見《金庸研究》創刊號第一二五頁。

論金庸小說中的信仰之維

徐岱

一、從宗教的維度看

關於文學與宗教的關係，無疑是一個很傳統的話題。雖然迄今爲止，人們對於羅丹等人提出的「藝術是一種宗教」的主張，在認識上仍顯得衆說紛紜、莫衷一是。但畢竟。從許多偉大作品中我們總是能聽到一種來自遠方的聲音，產生出一種「生活在別處」的感覺。因此，從宗教的維度來審視小說，這一直是當代批評用來接近那些藝術傑作的有效手段。而時至今日，隨著金庸作品漸漸被大家所熟悉，這一維度也因被認爲能夠揭示金庸創作的成功奧秘，而開始受到批評的關注。這當然不僅僅是因爲金庸先生本人曾明確承認過，「我是一個宗教信仰很強的人」❶。而在金庸的武俠天地裡，呈現著一台由儒、道、佛等中國宗教文化聯袂演出的節目。對於金庸小說不僅好看而且耐看而言，這台節目無疑具有舉足輕重的意義。問題在於，究竟該如何來進一步深入地把握金庸世界內的宗教存在？我們能否將金庸小說不僅能在大衆文化中獨步一時，而且最終得以光榮進駐向來爲純文學所把持的藝術殿堂，看成是中國宗教傳統的一次歷史性勝利？

不難發現，在眼下的一些研究文章裡，這樣的觀點已經漸成氣候。比如曾有人在分析「金庸武俠小說爲什麼會有那麼多讀者」的原因時提出，「主要是它把中國的文化傳統雕刻成了一座玲瓏剔透的雕像，任現代人觀賞」。有的著述甚至還乾脆寫道：「倘若有人想藉文學作品初步了解佛道，不妨從金庸的武俠小說入手。」❷不能否認這種說法不無某種根據。比如，金庸作品裡不僅引用過諸如《金剛經》、《妙法蓮花經》、《大莊嚴論經》、《楞伽經》、《百喻經》、《佛說母鹿經》等佛典經書，而且還常藉故事中人物之口對一些佛經的版本由來及流傳等，加以介紹，對各種宗教歷史作出陳述。最引人注目的事件便是《人民日報》於一九九三年十二月十一日的長篇報導〈摩尼教千年古刹揭秘〉，介紹了北京大學考古系副教授晁華山用三年時間，對吐魯番的勝金口、伯茲克里克和吐峪溝三個洞窟群進行實地考察，發現其中九座寺院就是湮沒千年的摩尼教古刹。證明「《倚天屠龍記》中對摩尼教教義的闡述和許多教規、習慣的描述，眞是難得的準確」❸。至於《天龍八部》一書的書名本身，衆所周知就來自於佛教，指的是一天、二龍、三夜叉、四乾達婆、五阿修羅、六迦嘍羅、七緊那羅、八摩呼邏迦等八種神怪。

但儘管這樣，我們仍應該看到，這些因素在作品中只是扮演了一種「能指」的角色，其功能在於表達作爲「所指」的一種詩性精神。我們曾經指出，金庸小說的迷人之處，在於它提供給我們一種賞心悅目的藝術享受。在這裡，精神的解放和生命的高揚超越了單純的思想啓蒙，審美的興奮淹沒了接受教育領會知識的樂趣❹。金庸小說的成功並非在於表現了傳統宗教文化；而在於作者利用這些文化來創造出

眞正的藝術。所以，當我們讀到，有文章費力不討好地猜測，在《天龍八部》裡，「天」即段譽之母刀白鳳，「龍」指天山童姥，「夜叉」是修羅刀秦紅棉，「乾達婆」屬愛養花的王夫人，「阿修羅」像俏藥叉甘寶寶，「迦嘍羅」指葉二娘，「緊那羅」似能歌善舞的阮星竹，「摩呼邏迦」指人身蛇頭的康敏❺，很難不啞然失笑。因爲金庸其實是一個眞正的小說家而不是佛教大法師。唯其如此，金庸在創作中並不拘泥於所謂的宗教規範，常常爲藝術的需要而「犧牲」宗教的理路。比如《神鵰俠侶》第三十四回，楊過帶著郭襄來黑沼尋找靈狐，正逢一燈帶著生命垂危的慈恩來見瑛姑，希望讓已歸佛門的裘千仞能得到瑛姑的饒恕（當年他一掌打死其女）。瑛姑先是不見，最後在楊過的幫助下，邀來了周伯通，讓他和瑛姑一起滿足了裘的心願而安心死去。曾有研究者指出，這段故事與佛理相背，一燈的做法有些莫名其妙。因爲「從佛教的說法來看，懺悔的人並不需要去找到被『屠刀』所傷的人或他們的親屬，去求得他們的寬恕」❻。這個批評孤立起來看的確不無道理，問題出在這位批評者將金庸小說完全當成了宣講演繹佛經原理的文本，而忽略了作者是在寫小說。

倘若按此思路讀金庸作品，類似的「錯誤」無疑還有不少。比如《倚天屠龍記》裡寫到的明教，有著述考證，這是一個在歷史上眞正存在過的宗教，也即起源於波斯的摩尼教，宋代的方臘起義便是以該教爲基礎，它以崇拜光明和火焰聞名於世，同佛教完全是兩路。但在小說中我們看到，除教主、左右光明使、四大護法外，還有「五散人」，其中三位是和尚。這篇著述因此寫道：「寫到這裡，眞有些爲那些不遺餘力地讚揚金庸有深厚的歷史、人文、民俗知識的學者，和斷言可以透過讀金庸的書來學習的專家們感到難受」❼。不能說這篇著述的分析毫無邏輯。因爲如果從宗教史的立場出發，或許正像該文所指出的，「在明教中是不應有和尙的，這就好像是基督教中不應有阿訇，伊斯蘭教中不會有牧師一樣。」❽但儘管這樣我們還是應該承認，上述結論是不公正的，它出自一種非文學的態度。而金庸作品作爲「小說」則屬於虛構的故事，他不僅有「出錯」的權利，也有這個必要。否則它就無法完成刻畫性格揭示人性抒發感受的使命，不能滿足讀者的藝術期待和審美的需求。所以，宗教學理與文化知識在金庸小說裡，寫得到位不過是錦上添花，寫得離譜與偏差也無傷大雅。因爲這些東西只是作者借花獻佛的手段，只不過這兒的「佛」並非宗教文化裡的「天」和「上帝」，而是藝術的超越性和詩性的「別處」；貫串其中的，是一種體現著生命單純的眞正的遊戲精神和理想主義品格。

當然，不能因此認爲，金庸小說的成功同中國宗教傳統沒有關係。恰恰相反，可以說，離開了儒、道、佛就沒有金庸小說。金庸先生的朋友陳世驤曾在一封信裡談到：「蓋武俠中情景、述事必以離奇爲本。」這的確很中肯。可以補充的是，這「奇」就決定了武俠小說同佛門道人的密切關係。武俠英雄大都是江湖人士，多少具有同朝廷正統相抗衡的色彩。擁有常人所無的武功本事，過著飄泊而神秘的生活。這些離開扎根於民間文化的佛與道等宗教文化，是無法想像的。對於那些多位於深山野嶺的森森寺院，讀者們很願意相信，它們是這個平庸世界裡的一塊飛地。正是這種宗教文化的神秘背景，爲武俠小說的傳奇時空提供了必要的藝術語境，使作者們可以從容不迫地展開他們的想像力，演繹出緊張熱烈的故事。除此之外，這些宗教文化的另一大作用，在於充實小說的主題內涵。一般說來，武俠小說的藝術性，在於其以傳奇故事來表現歷史人生，它同一般寫實小說的區別，在於將人生的一個基本矛盾：入世與出世，透過對那些英雄人物的塑造和俠義人生的描寫而強化到極致，形成了一種獨特的藝術張力。因爲這些作爲人中人的豪傑不同於凡夫俗子之處，在於不僅要有所「爲」，而且要「大爲」。否則無以顯英雄本色。如果說一般的草民百姓芸芸衆生只是循規蹈矩的順民，或者說是有逆心無反骨者；那麼，武林高手中眞正的佼佼者，則是一些爲新的生活法則和行爲規範樹立榜樣的「立法者」。爲此他們才受到廣大讀者的喜愛，並因此而讓以他們爲中心的優秀武俠小說，登上了文學類讀物銷售排行榜的首位。無非因爲在他們身上，人們多少能感受到一些開闢生活新空間的可能性。

金庸小說同傳統中國宗教的聯繫，最主要的表現爲一種思想豪識的滲透。因爲金庸世界裡的大俠多爲頂天立地的英雄，較一般的俠義壯士他們的作爲更大，因而也更需要有一種相對的制約力量以形成一種生命的張力。在小說裡，這種宗教意識自然非佛道兩家莫屬。比如在《射鵰英雄傳》裡，對大英雄郭靖的成長有過舉足輕重影響的全眞教七子之首「長春眞人」丘處機，有過兩番話。其一是：「人生當世，文才武功都是末節，最要緊的是忠義二字」。其二是評點天下英雄：「黃藥師行爲乖僻，雖然出自憤世嫉俗，心中實有難言之痛，但自行其是，從來不爲旁人著想，我所不取。歐陽鋒作惡多端，那是不必說了。段皇爺慈和寬厚，若是君臨一方，原可造福百姓，可是他爲了一己小小恩怨，就此遁世隱居，亦算不得是大仁大通之人。只有洪七公行俠仗義，扶危濟困……，即令有人在武功上勝過洪幫主，可是天下豪傑之士，必奉洪幫主爲當今武林中的第一人。」這些話雖都對著郭靖而去，但可看作整個金庸世界關於大俠的定位。「俠」以「義」爲本，大義不僅要「滅親」，更在「獻身」，以天下爲重。所以，金庸世界裡的可歌可泣之士多爲身在江湖心繫江山者。這是儒家思想中最核心的部分，從世俗維度來講，也是男子漢大丈夫最有作爲的表現了。因此，以虛無的眼光看待武林人生，透過那些頂天立地的梟雄們的經歷，來強調世界的「眞諦」即「空」的大乘佛教思想，宣揚人生快樂在於從功名活動中隱退的道教精神，便成了作者在作品中表現生命的內在衝突，來營造一種藝術張力、審視存在奧秘的最佳手段。

二、生命衝突與藝術張力

縱觀整個金庸世界，佛教思想的表露和體現方式雖多樣，大都圍繞著人物的命運，常常伴隨著故事的結局出場。如《飛狐外傳》裡，雖然胡斐與袁紫衣兩心相悅情意綿綿，但在小說結尾時兩人仍只能中止因緣、各奔一方。小說寫袁姑娘離別前對胡斐「雙手合十，輕念佛偈」，即：「一切恩愛會，無常最難久。生世多畏懼，命危於晨露。由愛故生憂，由愛故生怖。若離於愛者，無憂亦無怖。」表達的是佛教的「因緣無不散之理」，和看破紅塵、遁入空門的思想。又如《倚天屠龍記》收場時，男主角張無忌的養父謝遜自廢武功，請求少林寺空聞方丈予以收留，在空聞一時猶豫之際，比空聞高一輩的渡厄發話：「老僧收你爲徒」。謝遜因一下同空聞、空智等以師兄弟相稱呼而不敢應諾。小說裡描寫了謝遜最終在渡厄的「空固是空，圓亦是空，我相人相，好不懵懂！」的罵喝之中，領悟到了「師父是空，弟子是空，無罪無業，無德無功！」的佛教精神。再如《天龍八部》裡，作者以蕭遠山、慕容博和鳩摩智三人，因一味貪圖武功長進而走火入魔陷入困境，表明了「貪」的惡果。又以三人最終大徹大悟來宣揚佛道對功名利祿等世俗事物的唾棄。第三十四回裡，少林灰衣僧人先是將以命相搏、惡戰不休的蕭遠山和慕容博分別擊倒，後又讓他倆在「四手相握，內息相應」這種互相救治過程裡死而復生，領悟「王霸雄圖，血海深仇，盡歸塵土，消於無形」，和「庶民如塵土，帝王亦如塵土。大燕不復國是空，復國亦是空」。

以上幾個例子讀來之所以讓人印象深刻，乃是因爲在佛教的「無爲」與英雄強人的「有爲」之間原本有一種對峙，由此而形成一種強大的張力。在小說《天龍八部》第四十三回，作者曾讓一位少林老僧向蕭、鳩這對冤家指點迷津時，藉談學佛練武之間的關係陳述過這種矛盾。即：「須知佛法在求渡世，武功在求殺生，兩者背道而馳，相互克制。只有佛法愈高，慈悲之念愈盛，武功絕技才能練得愈多，但修爲上到了如此境界的高僧，卻又不屑去多學各種厲害的殺人法門了。」雖然這對矛盾在小說裡並沒有被消解，而矛盾的化解常常也顯得出於一種無奈（如鳩摩智和蕭遠山、慕容博等，都是在徹底失敗之後，方才從欲望的苦海裡脫身）。但畢竟，它在入世的有爲與出世的無爲之間建立起了一種藝術的張力關係，這給了我們一種審視人生的新維度。這就像宋代的契嵩所言：「儒者，聖人之大有爲者也；佛者，聖人之大無爲者也。有爲者以治世，無爲者以治心。……故治世者非儒不可也，治出世者非佛亦不可也。」[9]由此來看，我們甚至可以說正是由於這些矛盾和無奈所表現的生命衝突，才構成了金庸小說的獨特魅力。因爲張力之爲張力，正在衝突的存在而不是消解。

有一個例子能說明這個問題，這就是《射鵰英雄傳》。作者在小說正式發表約二十年後曾談到，這部作品「所頌揚的英雄，是質樸厚道的平民郭靖」，其特點是「人物性格單純而情節熱鬧」，這是「中國傳統小說和戲劇的特徵，但不免缺乏人物內心世界的複雜性」。因此作者自己並不滿意，「覺得我後期的某幾部小說似乎寫得比《射鵰》有了些進步」。這番話表現出金庸先生在藝術上的成熟和清醒。分析起來，問題主要在於郭靖這個形象的刻畫上，可謂「成也蕭何，敗亦蕭何」。成是因爲郭靖這個人物是眞正的大俠，作者寫出了他的光輝，令人敬佩；敗則在於作者將他僅僅處理成一位體現儒家精神的人格典範，而不像其他英雄形象那樣，多少都受到一些來自佛與道等因素的牽制。小說中的郭靖不僅像其他俠義英雄那樣有「替天行道」之舉，更有「爲國分憂」之心，他在故事結束時對成吉思汗說的：「自古英雄而爲當世欽仰、後人追慕，必是爲民造福愛護百姓之人。」實乃他自身的追求目標和行爲準則。如果說「義」的本義是爲人不爲己，那麼「義」之大者是爲國不爲家。郭靖可以說便是爲這一原則而生存的。所以，當他和黃蓉面對來勢凶猛的蒙古大軍，黃蓉表示，「咱們殺得一個是一個，當眞危急之際，咱們還有小紅馬可賴」，期望能和丈夫一起死裡逃生；郭靖卻正色道：「蓉兒，這話就不是了。咱們既學了武穆遺書中的兵法，又豈能不受武穆精忠報國四字之教？」正像金庸先生在三聯版《笑傲江湖》的後記裡所說，「對於郭靖那樣捨身赴難，知其不可而爲之的大俠，在道德上當有更大的肯定。」但從小說藝術方面講，這是一個可敬不可親、可讚不可信的角色。在他身上缺乏眞正的生命意識的矛盾衝突，未能構成藝術的張力。這最終導致了作品藝術價值上的缺陷。

從中我們不僅看到，倫理範疇中的「善」並不必然意味著「美」，還可以發現傳統儒學的反美學本色。著名學者什克洛夫斯基曾在其《散文理論》中談到：「儒家似乎幾千年來都在與另一種世界觀鬥爭，與人類詩意的感受作鬥爭。」此話說得很中肯。概括地講，儒教精神的社會倫理本位不僅形成對個體生命意志的抑制，缺乏自由的維度；而且由此而帶來的一整套建立在等級次序和尊貴差異上的禮儀，使得嚴格按這一套行事者必然失去存在的本真性。小說中黃蓉的前後變化可以爲證。台灣學者曾昭旭曾提出，黃蓉「代表了活潑輕柔的生命之流」⑩。這說對了一半，即同郭靖成婚前的黃蓉。成爲郭夫人後的黃蓉漸漸地也被郭靖身上強烈的儒家風範所收服，成了儒教精神的一個符號。除了在生死關頭那句對郭靖說的「你活我也活，你死我也死」境界雖不夠高，但卻眞實感人的話，讀來仍有意味外，再無可圈可點之處。正像她自己後來對小龍女說的，姑娘時的她作爲「東邪」之女頑性十足，不懂世事，多虧後來同郭靖相處，才漸漸收拾起性子。所以才說出了「夫婦自夫婦，情愛自情愛」這樣的話。對於這種變化，其父黃藥師曾一語道破說，她自己找了如意郎君，就不管別人幸福。其實，把黃蓉同小龍女作一番比較，不難發現姑娘時的黃蓉身上有許多東西，在後來的小龍女那裡得到了很好的保持。只要我們認可小龍女的可愛就在於此，那麼就足以看出黃蓉的形象的由「美」變「醜」，不是由於年齡，而是因爲失去了「本眞性」。而這又是由於作者將她和郭靖一起，塑造成一個儒教精神的代表的緣故，這種思想只是一種抽象概念，難以落實於現實生活裡的血肉之軀。

在金庸作品裡，儒教精神所到之處藝術便讓位於說教，作品的詩性價值就被削弱。更耐人尋味的是，作者爲彌補這些不足而作的種種努力，常常適得其反，更顯出這種精神的「藝術毒藥」的特點。如《書劍恩仇錄》裡的「一號」人物陳家洛。這是一個出身舉人的俠士，如有些文章所談到的，同出身武夫之家，成長於草莽之中的郭靖相比，陳家洛才是更爲「典型的儒俠坯子，標準的儒俠模範」[11]。在他同作爲其胞兄的乾隆皇帝的關係上，充分體現了以孔學爲核心的儒教的「忠孝」觀念。這部小說的情節構架雖是民族鬥爭，但這個鬥爭的要害處卻是陳氏兄弟間的倫理矛盾（就像小說第十一回所述，雙方都以「不忠不孝」來指責對方）。但這種冠冕堂皇的道德倫理，最終隨著喀絲麗的夢斷身亡而被徹底顛覆，暴露出其根子裡的反人性因素。儘管作者以千秋大業和兄弟情誼來爲陳家洛開脫，力圖讓這個傳奇情節來爲他登上大俠王座提供方便。效果恰恰相反，人們看到的是一個同「僞君子岳不群」可以稱兄道弟的假英雄，比起岳不群，陳家洛受到作者的偏愛與庇護。這無疑是出於作者對儒教思想的肯定，但其結果卻是導致藝術的否定。這同岳不群這個人物的塑造恰成對照：由於作者對這個人物不抱偏愛，所以眞實地寫出了一個屬於否定性形象的僞君子，獲得了藝術上的成功。

但這麼說並不意味著儒教對於金庸小說藝術毫無貢獻。應該看到，就像無佛則無俠，無儒同樣也是如此。在金庸世界的藝術張力場中，儒教精神處於「有爲——無爲」這對關係裡的「有爲」一維。缺乏這一維，佛所主張的「空無」也就無從著落。儒所代表的「有爲」除了爭奪江山，還在於復仇。馬克斯・韋伯曾指出，雖然儒教倫理本質上有一種和平主義，但「孔子是主張要爲被殺害的父母、長兄以及朋友復仇的，這是一種男子的義務」[12]。這是儒教之於武俠世界不可缺少的一大根源。在金庸小說裡，作爲其張力面的，除「佛」之外還有「道」。不同在於前者在小說中多透過人物命運來體現，而道教精神則大都落實於那些俠義英雄的個性塑造上。在《飛狐外傳》的後記裡，金庸告訴過我們，「在我所寫的這許多男性人物中，胡斐、喬峯、楊過、郭靖、令狐沖這幾個是我比較喜歡的。」除郭靖如上所述被處理成了一位儒家風範的形象代表外，其餘幾位可以說其性格底色中都有一種屬於道教精神裡的東西，即注重個體本位的逍遙自在，和強調物無貴賤的平民性。可以用莊子的兩句話來表示，即：「今之有大樹，患其無用，何不樹之於無何有之鄉，廣漠之野，彷徨乎無爲其側，逍遙乎寢臥其下」，和「以道觀之，物無貴賤；以物觀之，自貴而相賤」（見《莊子》〈逍遙遊〉和〈秋水〉）。所以，在反對儒教入世的「有爲」這方面，道與佛是同盟軍，彼此的區別在於著眼點：佛主張「無爲」是認爲人生悲苦，任何努力都不會有結果；道教主張「無爲」是想師法自然，另有所「爲」。如果說佛是大俠們的人生歸宿，那麼道則構成了那些大俠的人格背景。青年「金學」家陳墨在著述中分析胡斐這個角色的特點時寫道：只要不刻意將他納入某種類型的框子，我們就會看到，「他其實是一個典型的游俠、浪子，也是一位率性而爲的性情中人，是一位視個性獨立與人生自由爲最終歸宿與目標的人物。」[13]這個分析很有見地。只是我們還可以將之推及開去，用在楊過、令狐沖乃至段譽等人身上無疑也同樣妥帖，即使像蕭峯和張無忌的行爲中也多少可以看到一些影子。否則，不具備這些品格的那些武林高手，大都也就淪爲官府惡霸的鷹犬和打手。

三、俠士理念的超越性

綜上所述，我們認爲在金庸的武俠世界裡，存在著一個由儒教的入世精神爲一方，以佛道聯手的出世精神爲另一方的張力關係。透過這種關係審美地表現歷史人生，這是金庸作品作爲「小說」的藝術本色之所在。因此，那種因金庸作品裡涉及到不少佛道經典，體現了一些儒家思想，便視之爲中國宗教傳統的形象讀本的說法，是十分不妥的。但與此同時我們還要指出，我們對金庸作品的認識不能僅僅停留於此。因爲上述這種藝術的張力場只是金庸先生建構其藝術寶殿的基礎，這座寶殿的竣工來之於對這個佛道世界的超越。正是這種超越才形成了金庸小說中的信仰空間，一種具有「類宗教」品格的精神性存在。因爲無論佛家還是道教，它們最終都黏連於世俗人生，爲自己保留著一條「返世」的「綠色通道」，不具有眞正的精神界面。唯其如此，不少思想家乾脆否認中國傳統文化中有眞正意義上的宗教。例如黑格爾就曾提出：「中國的那種宗教不可能是我們所講的宗教。因爲對我們而言，宗教是精神的內在性本身。」[14]

黑格爾的這一觀點或許是過於狹隘了。艾略特曾指出，宗教的概念主要是指一種「內在的約束」。這樣，「只要一個人看出不但需要改變世界，而且需要改變自身，那麼他就朝宗教的觀點接近了。」[15]以此來看，不僅佛與道，儒教文化同樣也具有一種宗教性，因爲它們都是「對人的改造」。但黑格爾所提出的有必要對信仰的眞與僞作出甄別，認爲「眞正的信仰只有在個體本身完全不依賴外在動力的地方，才有存在的可能」⓰，這的確很重要。因爲信仰在本質上的精神性，決定了它有兩大特性：一是理想性，是對高級的精神存在的嚮往，這是作爲一種憧憬的「理想」同一般「願望」的區別。詩人里爾克有詩爲證：「憧憬，住在搖晃不定的波浪中，在『時間』的歲月中永遠沒有自己的故鄉。願望，在每次固定的『時間』裡，與永遠輕聲地交談。」願望的目標是具體的常常也是世俗的，可以用物質回報來作爲動力。憧憬的對象具有終極性，因而具有超世俗性。其次是樂觀性。因爲信仰是「對某種人們既不能精確認識、也不能加以證明的東西，加以理智和情感的承認」，人之所以在絕望時才格外仰賴信仰，無非是因爲「信仰取代了理性」⓱，因而能爲我們從不可能中開闢出某種可能。所以信仰能給我們力量，使我們重新擁有對新生活的信心。

以此看來，佛教的缺陷是很明顯的。因爲它雖然要信徒們棄絕現世而希望於來世，但這個新世界並非超越物質層面的「彼岸」，而是以現世作爲仿製模本，是現世的世俗——物質願望的最大實現。如《大乘無量壽經》裡對佛國淨土的描繪是：「彼如來國，多諸寶樹，或純金樹，純白銀樹、琉璃樹、水晶樹、琥珀樹、美玉樹、瑪瑙樹，唯一寶成，不染餘寶。」《無量壽經》寫「西方極樂世界」爲：「樓台伎樂，水樹花鳥，七寶嚴飾，五彩彰施。」又道：「若欲食時，七寶缽器，自然在前，百味飲食，自然盈滿」。《方廣大莊嚴經》裡形容釋迦牟尼之母：「她正當如花的妙齡，艷麗無雙。她有黑峰似的美髮，纖巧的手足，迦鄰陀衣似的柔軟身體，青蓮嫩瓣似的明眸，曲如彩虹的玉臂，頻婆果似的朱唇，須摩那似的皓齒，弓形的腹，深藏的臍」。突出的是聲色之美和口腹之樂，對佛祖之母的描繪不僅美麗而且顯得性感，完全是現世人生的白日夢式重現。所以，屬於禪宗的淨土宗，其以之命名的梵文Sukhavati原意便指在此岸的佛教樂園。

佛教史家們一再指出，佛教自從公元前一世紀前後傳入中國，便開始了世俗化轉折，並以此取得在中國的生存機制。這可以從原本留鬚的觀世音到中國後顯得女性化，成了一位受婦女敬拜的「送子娘娘」，和曾經威猛的彌勒佛在十四世紀後成了一個大腹便便、笑口常開，象徵著富裕昌盛、子孫滿堂的菩薩等，得到十分清楚的體現。海外華人學者秦家懿教授指出，這種中國化的「重今世的佛教信仰和印度佛教出世傾向大相逕庭」。中國佛教裡明顯以世俗欲念爲動力的特點，「和印度佛教教人戒除欲念的教義背道而馳。」[18]這無疑是正確的。但似乎也應看到，佛教在中國的徹底世俗化，有其更深刻的原因和更長遠的歷史背景，即在佛教思想的故鄉和誕生伊始，就有這種根源。說穿了，佛教原本就缺乏眞正的精神維度，無非在中國本土文化根深蒂固的世俗性浸染下，佛教內在的世俗本位得到了進一步的強化。如大慧宗杲禪師就說過：「昔李文利都尉，在富貴叢中參得禪，大徹大悟；楊文公參得禪，身居翰苑；張無盡參得禪，作江西轉運使。只這三大老，便是個不壞世間相而證實相的樣子。又何嘗要去妻孥，罷官職，咬菜根，苦形勞志，避囂求寂，然後入枯禪鬼窟，作妄想，方得悟道。」[19]這番話無疑爲佛教獲得中國大衆的普遍接受提供了方便，但它同時使佛教失去了作爲一種宗教所必具的精神維度和超越性品格，使它成了那些「既想當婊子又要立牌坊」者，和希望「熊掌與魚翅能兼得」的凡夫俗子們，從容自在地獲取最大世俗利益的一種心理藉口與醫治手段。雖然從中我們多少仍能感受到一種「不如此不能博得信徒們之跟從」的無奈，但更可以發現，問題的癥結還在於佛教本身由於缺乏超越的精神維度，而無力爲我們的生命追求提供出路；這也使得它勉爲其難地要求信徒們勞心苦志的主張，因爲缺乏必要的基礎而難以爲繼。

所以，中國版的佛教同眞正的藝術精神從來就相去甚遠，因而一旦由這種佛教精神所介入，文學作品大都俗不可耐，缺少眞正的藝術魅力。比如收於《古今小說》第三十二卷中的〈遊豐都胡母迪吟詩〉。小說分前後兩篇，前篇描述了秦檜與妻王氏傷害岳飛等義士的惡跡，後篇寫元朝時一名叫胡母迪的男子在了解了這些事後，憤怒於天道不公，使得冥府派使者邀他到冥府一遊。他在「普掠之獄」裡，親眼目睹了秦檜等正受可怕的刑罰，而在作爲天國的「天爵之府」，則看到前世的忠義將士們度著安樂幸福時光，等候著轉世投生爲王侯將相。正像日本學者小野四平所言，在這篇屬於較典型的「佛教說話」的小說裡，「即便是所謂的天國，終於也割不斷與現實俗界的藕斷絲連。」這反映了「中國人天國意識的特質。對於他們來說，天國並非最後的歸宿，轉生於俗世獲得大富大貴才是他們的最後目標，天國無非是用來準備完成這一目的的一個中轉站而已」[20]。在某種意義上，這篇小說可以被看作佛教中國化的一個例證。但顯然，正如它憑藉爲讀者的世俗欲望提供滿足而流傳一時，也由於這種俗望的封閉性和局限性，而缺乏長久的藝術生命。

困惑來自於對「色空」思想的美學意蘊的認識。在以往的文學批評中，人們早已注意到文學表現歷史興衰和人生曲折時，常常會產生一種虛無情調，許多論者也因此而將一些傑作的成功，同佛教的色空觀相聯繫。《紅樓夢》是這種推論的一個經典樣板，彷彿它的偉大就確保了佛教精神在小說藝術裡的至尊位置。這是一種雖然普遍但卻片面的觀點。當代作家王蒙有不同認識，他提出：「很難說《紅樓夢》中的色空是一種宗教（例如佛教）觀念。毋寧說這是作者的一種人生慨嘆，一聲意味深長的嘆息，當然也表現出一種過來人的清明」。這是很精闢的見解。事情正是這樣：當人們讀完小說，雖然爲寶黛愛情的流產而深感惋惜，爲賈、薛等府的衰敗而惆悵，但人們更多地還是受到大觀園而不是大荒山的吸引，在「這裡，色就是色，色不是空。色是魅力，色是吸引，色是緊緊地抓住人的，色是值得人爲之生活、爲之哀樂、爲之死亡的」[21]。所以說，僅僅由於一些作品抒發了一些物是人非、人生如夢的感受，表達了一些及時行樂的情緒，就視之爲體現了佛教精神，這過於牽強。因爲眞正的佛教文化強調的是「萬物齊旨，是非同現」，和「美醜一旨」，「善惡無二」。在此，不僅是與非無從談起，美醜之分也毫無意義。隨著佛教「以死爲生」的生命觀的確立，以生命意志的自由弘揚和生命意識的創造境界的拓展爲主旨的藝術精神，只能遭徹底放逐。這在相傳爲明代佛僧蓮池大師的朋友湯夫人所作的《七筆溝》裡，有過很形象的說明，即：「月閉花羞，美貌方才誇女流。畫眉春色就，唇點朱櫻榴。茶！鏡裡一骷髏，多方妝就，老去顏衰，死去皮囊臭。因此把香粉花脂一筆勾。」

以此看來，將金庸小說的成功看成是弘揚了佛教精神的緣故，這是一種似是而非的說法。旅美的陳世驤先生曾用「無人不冤，有情皆孽」兩句話來概括《天龍八部》。其實後面四個字可以被用來形容整個

金庸世界裡英雄兒女們的故事。儘管在十幾部小說裡有許多出色的談佛論經的描寫和超凡脫俗的佛光普照的場景，同這些個故事相比都顯得黯然失色。就像儘管《天龍八部》裡灰衣老僧和兩《鵰》中的一燈大師都給人留下深刻印象，但他們畢竟不是金庸世界的眞正主角。而在胡斐與楊過的率性、令狐沖與蕭峯的執著上，我們感受到的並非是對佛性人生的皈依而是超越。他們的故事之所以讓我們回味無窮，不是因爲他們的曲折經歷乃至不幸結局使我們看破了紅塵，從此樹起虛無的旗幟；而是在於他們的英雄事跡和超越的人格，使我們體驗到了一種存在之「有」和人生的意義。那麼，能否將這些大俠們歸屬於道教門中，進而將金庸作品的魅力認同爲是道教精神的一次凱旋呢？在我看來同樣也缺乏根據。

誠然，如前所述，同儒與佛相比，道教與俠的關係似乎顯得要更爲密切。這首先是因爲「俠」要講「義」就必然也得有「情」，因爲情義通常似乎不分家。前人有言：「三教所尚，道家唱情，僧家唱性，儒家唱理。」（《輟耕錄》）同儒、佛兩教相比，道人們多爲性情中人，這也是道教「崇尚自然」的一種表現。其次是個體本位，這既是率性的必然結果，也是道教同佛教的「忘我」觀相對立的「有我」觀的體現。所謂「佛法以有形爲空幻，故忘身以濟衆；道法以吾我爲眞實，故服食以養生」[22]。但由此我們也就能看出，構成道教精神之核心的，是自我中心的享樂主義。明代「道情」《莊子嘆骷髏南北詞》中，有一段詞形象地描繪了這種精神，即：「塵世事飄飄，嘆浮生何日了？不如我棄功名，學做個全眞教，把家私撇了。穿一領道袍，每日看塵世中，拍手哈哈笑。」這段詞的妙處不僅在於雖寥寥數語，仍形象地刻畫出了一個「道人」的神態，而且還使我們注意到：雖然有「義」之士必也屬性情中人，但並非凡性

情中人也必是具有利他精神、能以身捍衛道義的壯士，而完全可以是一個自顧自的眞小人。不能說道教中人都是這樣的人，但至少，道教的唯我論和貪生使之同要求獻身的俠士相去甚遠。就利他性而言，俠與墨家倒有相似之處。如同前人所指出的：「墨俠兩家還都不重錢財、樂於施捨，都具有強烈的正義感。」㉓但也僅此而已。因爲墨家是高度組織化的群體，講究治國安邦之道；而大俠們只是一些將個人品行置於首位、追求生活的自由倜儻的個體。所以，在反覆比較之後，已故的美籍華人劉若愚教授正確地指出：「游俠和諸子百家都有點瓜葛，但不屬於任何一家，他們既非知識分子，也非政治家，只是一些意志堅強、恪守信義、願爲自己的信念而出生入死的人。」㉔

其實，劉教授的這番話仍屬於文人士大夫傳統中，關於「俠」的一種概念化把握，同歷史上的俠客事跡仍有出入。但它的確能夠同金庸世界裡的那些「大俠」形象相吻合，因爲這些人物正是金庸先生從上述傳統觀念出發，結合自己的生命體驗和藝術情趣所創造出來的「符號」化存在。仔細審視一番這些人物，便會發現他們同眞正的道教精神貌合而神離。雖然小說中也成功地塑造了好幾位在名分上屬「道教」陣營的不同凡響的人物，但也僅僅是「名分」而已。如《射鵰英雄傳》中的周伯通，他雖頑性不改，但是非分明、大義更清，仍是響噹噹的一條好漢。而不是一個放棄一切道義原則，純粹追求個人所謂逍遙自在的道門中人（至多也只能說他有一些道教習氣）。又如《倚天屠龍記》裡的張三丰，雖然這個名字有眞實的歷史背景爲依託，但其實在小說中已面目全非，因爲作者畢竟不在寫歷史紀實。且聽第二十四回張三丰對趙敏姑娘的這番話：「元人殘暴多害百姓，方今天下群雄並起，正是爲了驅逐胡虜，還我河山。凡我黃帝子孫，無不存著個驅除韃子之心。老道雖是方外的出家人，卻也知大義所在……」將這裡的「老道」以「老衲」替之，將其身處的武當山改爲少林寺，並不會有任何不妥。重要的還在於，這兩位光彩奪目的角色畢竟不能取楊過和令狐沖等人而代之，成爲金庸世界的藝術中心。

在某種意義上，比張三丰和周伯通，以及《射鵰》裡的丘處機和《碧血劍》中的木桑道人等「正宗」道門中人更接近道教本色的，是《鹿鼎記》的壓台人物韋小寶。除了他天性過於好動，赤裸裸地講究榮華富貴，同在表面上不講這一套的道教主張有所差異，這個人物在精神上同道教的要求十分貼近。因爲道教的最終目標是「得道成仙」，也即延年益壽長生不老。但這是以享樂人生爲前提。正如秦家懿教授所說：「對長生不老的追求是以滿足於今世的生活爲先決條件的。」所以道教爲達此目標而裝神弄鬼的神秘性，毫無半點信仰的內容，是一種無知與愚昧的迷信，體現的是貨眞價實的世俗追求。用小野四平的話說：在對神仙生活一廂情願的嚮往中，「雖然神秘的氛圍令人聯想起對宗教精神的追求，但這種神仙說最終未能在結構上到達「眞正的宗教彼岸」。」㉕這充其量是一個超現實的世俗人生。這種人生正是韋小寶所心嚮往之的目標，在《鹿鼎記》裡他基本上可謂如願以償，他的行爲正符合道教的人生準則。秦家懿教授指出：道家所說的「無爲」不是什麼也不做，而是指不矯揉造作地行動㉖。強調率性而發，但這兒的「性」只能是諸如「食」與「色」這類的「自然」之性。在韋小寶身上這種自然本色體現得淋漓盡致。但正如韋小寶的成功並不能改變他的粗俗和無賴形象，由這個藝術符號所揭示的道教精神在「俗界」的全面勝利，恰恰意味著其在「天國」的失敗，清楚地表明道教比佛教更不具有超越的維度，無法爲藝術精神的高揚注入必不可少的信仰能源。

有必要再作解釋的，是隱士人格的藝術價值。在典範的俠客義士形象中，都存在著入世與出世的矛盾，具有一種歸隱山林退出江湖的心理向度。這是追求獨立不羈的人格的俠士英雄，與勇往直前的西部英雄，和慷慨激昂地堅信「英特納雄納爾一定要實現」的革命英雄的最大差異。金庸小說中的大俠們更是如此：袁承志在安邦治國平天下的大志終成泡影後去國離鄉，楊過與小龍女在經歷了腥風血雨的江湖爭鬥後結伴隱居終南山，《飛狐外傳》裡的胡斐經歷了生離死別後，等待著他的命運只能是歸隱而去，還有如張無忌和令狐沖，生命中時時有隱退的衝動。金庸先生在三聯版《笑傲江湖》的後記裡曾寫道：「人在江湖，身不由己，要退隱也不是容易的事。」在某種意義上，整個金庸世界的故事所展示的就是這種不易，是「天生是隱士」的令狐沖等人，同一心要權力的武林中形形色色的政治人物之間，兩種人生態度的對照。毫無疑問，如同武林中衆望所歸的英雄人物，並非單有高超武藝的各路梟雄，而是那些有俠骨義腸的角色：離開了一種秋風瑟瑟，壯士已去，曾經風光無限的英雄們紛紛退場的傷感場景，金庸世界自然也就不可能有現在這樣的魅力。但這種魅力與其說是對道教精神的張揚，不如說是一種叛逆。

分析起來傷感的結局固然獨具一種美感，但這是以英雄們曾經有過的壯麗充實的人生爲依託。天生隱士首先必須以一種俠義英雄的姿態成長，向我們顯示其眞正的英雄本色。其最後的退隱與歸於平淡的收場才會令人唏噓不已，感動萬分。所謂「一朝春盡紅顏老，花落人亡兩不知」的前提，是春天的曾經燦爛，是花曾盛開人曾鮮活而靚麗。否則，一個凡夫俗子的潦倒至多激起人一份人道主義的憐憫和同情，而不具有眞正的審美感。歌德說得好：持續一分鐘以上的彩虹就不會有多少人看它。金庸世界的俠義英雄們最後艱難地收山而去的場景，打動我們的其實不是對「一切徒勞」的虛無主義哲學的認同，而是激發起我們對曾經目睹的那些賞心悅目的人生景觀的珍惜。這就像波普爾所說：「有些人認爲生命沒有價值，因爲它會完結。他們沒有看到也許可以提出相反的論點：如果生命不會完結，生命就會沒有價值。」[27]

四、金庸世界裡的信仰空間

熟悉魯迅著作的人都知道，這位現代中國思想巨人當年曾提出過一個不同凡響的見解：即三教合一，表面上看起來是儒教一統天下，但實際上還是被道教奪取了山河。用他的話說：「人往往憎和尚、憎尼姑、憎回教徒、憎耶教徒，而不憎道士。懂得此理者，懂得中國大半。」他曾明確提出，「中國根柢全在道教」，強調說：「以此讀史，有多種問題可迎刃而解。」[28]當我們在中國宗教思想領域漸漸向縱深推進，愈來愈感到這個見解的深刻性。理解這個問題的關鍵，在於認識到在中國傳統思想史上，存在著一個統治與被統治兩大階層思想的互相認同的格局。

從統治階層出發所倡導的，主要是一種政治思想，強調的是「治國安邦」之「治」，無非借助於人倫禮法的途徑來予以推行。在此，被統治階層無還手之力。儒教思想能一統諸說，主要也表現在這個方面。東晉時的宗炳在《明佛論》就已寫道：「孔、老、如來，雖三訓殊路，而習善共轍。」唐代名僧宗密也曾提出：「三教皆可遵行」，因爲「懲惡勸善，同歸於治」。道教中有言：「紅花白藕青荷，三教原來是一家」，首先指的是離「經」但不叛「道」。這個道，便是透過對人倫中的「大節」的遵循，對帝王政權的服從。如同金庸小說中的黃藥師，他之所以被人稱作「東邪」，是由於他爲人喜「逆世規而行」。但其實只是對一般世俗規矩的違反，自認「忠孝乃大節所在」。從不隨便對抗。但不管怎麼說，對「治」的認同在被統治階層而言，是無可奈何之事。中國傳統思想中的平衡，在於除此之外，也存著一種自下而上的認同，這便是對物質福利與生命延續等的世俗利益的推崇。如果說渴望政權穩固、江山恆久是上層帝王之夢，那麼作爲這種世俗願望的一種體現的「神仙說」，不妨說是中國古代孕育成形的一個民眾之夢」。㉙不同在於，這種「形而下」的生存本體的民眾之夢，較之於「形而上」的王道之夢，具有更強大的影響力。因爲，無論如何，對於以生理爲基礎的人類主體來說，「活著」總是第一位的事。

不言而喻，向來旗幟鮮明地堅守延年益壽思想的道教精神，在此已經占得先手。而儒、佛兩家最終被其收編，在於它們內在的入世立場。這首先可以用來解釋，爲什麼「最初對佛教發生興趣的中國人，並不把它看作異族的宗教，而只是道教的一個支脈」㉚。因爲佛教所虛擬的來世人生美景的物質化內容，和道教殊途同於一種立足於享樂的物質人生。而儒教對等級禮法的強調，最終也是爲了受眾能以放棄奢侈的精神追求爲代價，來最大限度地獲取實際的世俗利益。誠然，如同在佛教中存在著一個以超世俗的形式追求世俗生活的矛盾，在儒教裡也存在著一個渴望青史留名與追求安度此生的對立。所以，英國漢學家道遜曾提出：「我們必須記住，道家並不同儒家完全對立，因為儒家也主張道不行則退而獨善其身。」㉛但我們有必要予以補充，這種行道天下以求名同獨善其身以活命的對立，最終以後者消融前者而告終。其表現形式便是後期儒學的「理學化」。在這種注重個人的修身養性的心性義理之說中，早期儒家治國平天下的大丈夫氣概和為國擔當的追求已喪失殆盡。就此而言，馬克斯．韋伯提出的「儒教實際上並沒有純粹的人類英雄氣概這一特殊的觀念」，顯得不無根據。其中一個重要原因便在於，「沒有任何其他的文明國家，會像中國那樣如此強調物質福利，並把它視為終極的目標」㉜。所以，被道教精神最終實行了垂簾聽政的中國思想傳統，也就可以被歸結為一句諺語之中：好死不如賴活著。

如前所述，這一主題正是韋小寶的人生準則。因此，只要我們拒絕讓韋小寶這樣的人物君臨武林、一統天下英雄，那也就意味著不能讓以儒、道、佛為主體的中國宗教傳統，對藝術文本實行全面接管。因為這些思想會關閉信仰之門，從而使作品因失去精神的超越之維而淪為平庸。在我看來，無論自覺與否，金庸作品的真正成就，便在於其做到了這一點，在其中，儒、道、佛等仍只是作者建構藝術空間的腳手架。所以，對於韋小寶這個角色，雖然作者由於這個人物身上尚存的童心和義氣，而給了他一些必要的理解和欣賞；但畢竟沒有將他同令狐沖等人一視同仁，傾注自己全部的感情和理想。但更能說明問題的，是貫串整個金庸世界的一種巨大的激情，在作品中，這股激情的存在依託是小說主角們對人生的執著。無論是胡斐、楊過、袁承志，還是蕭峯和令狐沖，他們不僅武藝高強、是非分明，具有一般「大俠」的擔當性；而且還具有自己獨特的人生追求：自由無價，愛情至上。所以，他們不僅有別於「隨遇而安」的道教徒，而且也和一般的武俠英雄不同，成了新生活的「立法者」和新世界的「清道夫」。所以，如同強烈的叛逆性成了他們共同的身分標誌，伴隨著他們的執著追求的，是一種強大的激情。這種激情無疑是倡導「虛靜」與「意境」的傳統中國藝術精神所不取的，因爲這種精神深受佛道合流的思想範式影響。而「一切的經驗表明：抑制興奮與平靜的生活，都具有長壽的效果。因此，避免激情乃是首要的長壽的基本美德」㉝。

正是從這裡我們看到，透過一層層中國宗教文化傳統的帷幕，在金庸的世界裡分明還存在著十分濃郁的來自西方文化背景的精神。對此，不僅有識之士已有過評論，如古龍就曾說：「《倚天屠龍記》中謝遜和張翠山等在極邊冰雪島上的故事中，我也看到了另一位偉大作家傑克·倫敦的影子，金毛獅王的性格幾乎就是『海狼』。」認爲在《書劍恩仇錄》裡描寫大英雄周仲英，因獨生子受騙出賣了俠士文泰來而忍痛滅親，「這故事幾乎就是法國文豪梅里美最著名的一篇小說的化身，只不過把金錶換成了望遠鏡而已。」㉞而且，金庸先生自己也曾明白相告：雖然一般中國人都難脫傳統想法，「但以我多年來在香港對婚姻、愛情、許多事務的看法，都是很現代的。」承認過對自己的創作有影響的，除以往中國武俠文學傳統外，「還有一個傳統來自西方古典書籍。」㉟

從這個意義上講，認爲在金庸世界裡，存在著一個接近於基督教文化的信仰空間，並非無稽之談。對西方小說史的回顧告訴我們，如同佛、道文化透過白話文學的演進，爲中國現代小說的成熟提供過重要幫助；在西方小說的崛起過程中，基督教文化同樣也立下過汗馬功勞。所不同的是，前者的作用主要側重於白話語體、題材故事的借鑒，以及敘事手法方面；後者更具有本體性，直接影響到小說的藝術精神和文本定位。因爲不同於以民族主義和集體生活爲中心的史詩，「小說需要的世界觀，其核心是個人之間的社會聯繫；這種世界觀涉及世俗化傾向，也涉及個人主義。」㊱這是小說這種文體之所以隨著近代工業時代和市民社會的到來，而漸趨成熟的原因。這個時代不僅極大地發展了物質財富，從經濟上培育了小說讀者，爲他們創造了必要的休閒時間；更重要的是從精神上確立起個體意識，促使他們從「集體生活」的歷史傳統裡擺脫出來，開始眞正地思考自己的願望，關心個人的幸福，探討以個體生命爲基礎的「存在」的種種可能性。這也是小說一度能成爲時代的文化明星的原因，它的重要性在於其不僅僅是打發無聊的安慰品，而是現代生活意識形態的體現和人類終極追求的表現。

基督教文化對現代小說的重要意義，首先也就在於對作爲一種社會文化運動的個人主義，有一種推動。這具體落實於清教運動。著名學者伊恩．瓦特曾指出，「清教主義不僅對現代個人主義的發展，而且對小說的興起，對英國小說後來的傳統，都作出了積極的貢獻。」㊲當然，歸根到柢，清教思想的這種內涵仍可以追溯到整個基督教歷史傳統。正如瓦特所說，從比如聖奧古斯汀的《懺悔錄》等文獻中，我們便可以清楚地發現一種「原始基督教對個人主義和主觀的強調」。只是這種傾向隨著近代宗教改革運動，顯得更爲突出：在新教「這種新的宗教觀中，受託爲自己的精神趨向負責的正是本人」。所以，一些研究基督教史的學者指出：「眞正永久性的個人主義的成就，應歸因於一種宗教的而非世俗的運動，應歸因於基督教改革運動，而非文藝復興運動。」㊳而進一步的分析表明，這種改革能夠實行是由於基督教文化具有一種「現代性」的基因，也即它內在地蘊含有一種反權威性和反禁欲主義。基督教透過這種方式將個體還給自身，以喚起眞正的信仰，因爲「權威對於我們來說是一種外在的東西」。這樣，基督教文化最終努力地通過一種平民化而體現出一種現代性：賦予個體生命追求自由的權利。俄國宗教哲學家霍米亞科夫最早指出：「基督教不是別的，正是基督的自由。」[39]雖然同所有宗教文化一樣，在基督教裡也含有自我否定的要求。但正如詹姆士．里德所說：「基督要求我們自我否定時，就是爲了使我們獲得這種使我們成爲我們自己的理由。」這裡的關鍵在於，「自我否定不是目的本身，也不是一種基督要求我們奉行的美德，而是一種使我們獲得解放的手段。」[40]這是基督教文化的生命力之所在，因爲其基本精神就是愛，就像當代德國女作家林澤爾所說：「上帝就是愛，愛就是上帝。上帝就是偉大的同情。」在這種「偉大的同情」之中，表現爲個體生命的「人」成爲其自己的目的，而不再是受騙去爲外在於他（她）的各種世俗權力服務的工具。

由此我們也就不難理解，爲什麼法國學者勒內．基拉爾會如此自信地提出，「我們最終將懂得，基督教象徵具有普遍意義，因爲唯有基督教象徵能夠傳達小說經驗」。他強調，「有必要從小說的觀點來研究基督教象徵。」[41]概括地講，因爲基督教文化中具有一種眞正的信仰空間。雖然它昭示著一種更美好的生活，但不是物質福利的豐富和自然壽命的延長，而是人與人之間關係的徹底改變，在這個空間中，作爲「偉大的同情」的人類之「愛」得到眞正實現。它的信仰特徵也就表現在對於我們已有歷史來說，這迄今仍只是一種可能性，如同索洛維約夫所說：「在歷史人類經歷的短短幾千年裡，愛之不能實現，

無論如何也沒有給我們以任何理由，反對愛之將來實現。」[42]因此，這是一種眞正的人類理想，而不是一種屬於當下的世俗願望。由它所點燃的是眞正的信仰火焰。

顯然，這便是偉大藝術同宗教文化的曖昧關係的由來：凡是偉大的小說中，都不乏一種信仰的執著。因爲正像福克納所說：「詩人和作家的職責和特殊光榮就是振奮人心，提醒人們記住勇氣、榮譽、希望、自豪、同情、憐憫之心和犧牲精神。」[43]在此，我們能體驗到一種在基督教文化中經常「出場」的神聖感，一種對超越我們自我意志和日常經驗的更高「存在」的體認。但我們能否因此而將這兩種文化形態視爲一體呢？正如本文開頭所提到的，在以往的藝術史上，持與羅丹同樣立場者並非少數。弗朗茲．馬克甚至還認爲：「藝術愈宗教化，它就愈有藝術性。」但相反的見解也從未缺席。比如同屬現代派藝術陣營的吉安．巴贊就曾提出：「並沒有宗教藝術，只有一件作品的各種意義，它們能體現著一個信仰。」[44]在我看來，這種將信仰同宗教作適當區分的見解，顯得更爲妥當。問題的癥結，在於如何理解「神聖存在」的相異性。一般來說，神聖之爲神聖，在於它表現爲一種與日常的世俗存在完全不同的東西。所以，「相異性」是我們同神聖現象相遇時的一個基本特徵，它構成了宗教敬畏感的核心。但在宗教意識中，這種相異性同時被認作爲一種「非人類」性，一種在「自然」與「歷史」之外的「宇宙」性存在。而事實並非如此。因爲，「無論神聖者『最終』可能是些什麼，從經驗上看，它們都是人類活動和人類意義的產物，也就是說，它們是人的投射。」在這裡，宗教意識是「把人的產物變成爲超人的或非人的事實」了[45]。因此，歷來的文化批評總是把宗教同虛假意識相聯繫。

對人類宗教文化的價值評估不是本文的任務，在此我們只是指出，對「相異性」可以作另一種解釋，也即相異於人的日常經驗，相同於人的超越性體驗。歸根到柢，它取決於人的自我超越能力。區別在於：在前一種相異意識中，人喪失主體性，成爲異己力量的臣服者；而在後一種相異體驗中，人所失去的只是受狹隘的利己主義支配的「小我」，並因此而感受到一種「新我」的誕生。只有從這裡我們才能理解，在歷史上，一旦藝術被宗教意識所整個地淹沒，成爲純粹的宗教藝術，是多麼的乏味。原因就像斯特倫所指出的：「在傳統宗教藝術的氛圍裡，藝術總是不得不失去自己的個性，以便使自己完全完成神的自我表現的工具。」㊻而在那些偉大藝術裡，這種個性恰是其獨特魅力的價值保證。由此也可以看到，正如韋伯所精闢地指出的，在藝術與宗教之間存在的僅僅只是一種「心理上的親和性」，而不是事實上的一致性。儘管在以往的歷史現實中，「藝術與宗教之間這種心理上的親和性，導致了不斷更新的聯盟」，使彼此透過這種關係各獲其利；但不能不承認「宗教與藝術之間的內在矛盾」㊼。所以比較起來，還是克萊夫．貝爾的見解更能爲我們所接受：「視藝術爲宗教，這是不恰當的。把藝術和宗教看作一對雙胞胎的說法是恰如其分的。」㊽因爲藝術和宗教雖各自都高舉著信仰的旗幟，但各有歸宿：在宗教文化，是以「上帝」命名的超人類的存在；在藝術活動，是實現人類的自由之夢。

唯其如此，藝術在脫離了宗教文化的發生學胎盤後，常常能對宗教在當代社會的作用，構成某種挑戰。卡繆曾引用一位宗教人士的話說：「藝術，不論它的目的是什麼，總是製造一種同上帝進行的有罪的競爭。」㊾小說在這方面也從不落後，巴爾加斯．略薩甚至認爲，「小說是社會發生某種信仰危機時的藝術。」他寫道：「當宗教文化發生危機時，生活似乎要脫離束縛它的條條框框和觀念，並且變得混亂起來，這就爲小說提供了大好時機。」[50]略薩的這個觀點今天看來顯得過於自信了。但重要的是看到，小說（藝術）之所以能乘虛而入，恰恰正在於藝術同宗教在精神上的親和性。這種親和性尤其在人類的性愛活動中，體現得十分突出。魯道夫·奧托把它理解爲是人類的「類本質」的表現，認爲眞正的性愛本身就有一種神聖性。而瓦特則提出，「像現代個人主義一樣，浪漫愛情的興起之根源植於基督教傳統之中」。在他看來，人類的優雅愛情，在本質上是從對神聖對象的崇拜變爲對世俗對象崇拜的結果，「即由崇拜聖母瑪麗亞到崇拜被行吟詩人敬慕的貴婦人」[51]。對於瓦特的這一結論，我們或許仍可再作推敲，但有一點似乎不能不承認，即：「西方最普遍的宗教至少是性的宗教，小說爲它提供了它的教義和儀式，恰像中世紀傳奇爲優雅的愛情所做的那樣。」[52]

這裡所謂「性的宗教」，其實也就是人類性愛的神聖化。它無疑是現代小說最引人注目的主題，也是許多偉大的作品在生命的「此岸」構築起理想主義的「彼岸」，來同以基督教精神爲代表的宗教文化重修舊好的一種媒介。也只是在這個意義上，我們可以談論金庸作品的宗教情懷。事實上，正如金庸世界的眞正魅力不能歸之於儒、道、佛等中國宗教傳統，它無疑也無法被納入基督教文化之中。在金庸的小說中，作者只是以其充沛的激情，透過營造愛情的烏托邦景觀，而隆重地推出了一種自由生命的理想。在這個天地裡，生命的個體性得到充分的肯定和尊重，生命的神聖性被充分地凸顯和讚頌。雖然，這些因素由於同基督教精神有一種親和性，而使我們感到作品同西方文化也同樣有一種接近；但就根本上講，

這其實是金庸世界的現代性體現，屬於眞正的藝術精神。

誠然，對於金庸作品而言，所有這一切最終都聚焦於像令狐沖和胡斐以及張無忌和楊過等這樣一些俠士們身上。他們的共同點可以用金庸先生形容盈盈姑娘的一番話來表示：「生命中只重視個人的自由、個性的舒展。唯一重要的只是愛情」。對於他們，生命誠可貴，自由價更高，但若爲愛情故，兩者皆可拋。比如《天龍八部》第四十五回，作者曾讓王語嫣引慕容復的話：「男子漢當以大業爲重，倘若兒女情長，英雄氣短，都便不是英雄了。」來反駁段譽的「人生在世，最要緊的是夫婦間情投意合，兩心相悅」。表面上看起來顯得十分冠冕堂皇，但隨著故事的發展，漸漸暴露出慕容氏的所謂「大業」，其實是一種卑劣的權力欲和平庸的富貴夢，一種利己主義本位。這也就對這種「英雄論」實行了顚覆和解構，爲段譽等人的「自由至上，愛情至尊」主張恢復了名譽。可見，金庸筆下獨立不羈的俠士們同各類道門人士的本質區別在於：他們反對的是一種抹殺個性的「集體主義」，但並不反「社會」，他們堅守個性自尊的立場恰恰是反利己主義的。因爲「利己主義絕不是個性的自我意識和自我肯定，相反的，卻是自我否定和毀滅」。

顯然，這正是金庸先生如此堅定地將他的小說主角們，幾乎無一例外地都塑造成了愛情至上主義者，在整個金庸世界都奏響「愛情頌」的良苦用心和形而上意義之所在。因爲，「只有一種力量能從內部即從根本上動搖利己主義，這就是愛，而且主要是性愛。」[53]也只有從這裡出發，我們方能更好地體會金大俠爲什麼終於向世人告白：「我崇拜女性。」這讓我們想起羅丹當年一句名言：「對於我們藝術家，溫柔的女性是我們和上帝間的媒介者。」54在某種意義上，所有偉大藝術家都是理想之愛的朝聖者。在這列隊伍裡，如今我們看見了金庸先生的身影。這不僅使他的小說創作具有了一種不同凡響的藝術品位和魅力，而且也使得我們對當代漢語言文學創作，擁有了一份期待。

注釋：

❶《金庸研究》第二輯第一八九、二〇五頁，海寧市「文協」編。
❷轉引自陳墨：《金庸小說與中國文化》第九、十七頁，百花洲文藝出版社，一九九五年版。
❸同注❷。
❹徐岱：〈論金庸小說的藝術價值〉，見《文藝理論研究》一九九八年第四期。
❺陳墨：《金庸小說賞析》第二一五頁，百花洲文藝出版社，一九九六年版。
❻均見閻大衛：《班門弄斧》，海天出版社，一九九八年版。
❼同注❻。
❽同注❻。
❾轉引自賴永海：《佛道詩禪》第一三五、一〇八頁，中國青年出版社，一九九〇年版。
❿《諸子百家看金庸·金庸筆下的性情世界》。

⓫陳墨：《金庸小說人論》第一二、三〇頁，百花洲文藝出版社，一九九五年版。
⓬韋伯：《儒教與道教》第一九五、二一六至二六六頁，江蘇人民出版社，一九九五年版。
⓭同注⓫。
⓮夏瑞春：《德國思想家論中國》第一二七至一二八頁，江蘇人民出版社，一九九五年版。
⓯艾略特：《基督教與文化》第七五頁，四川人民出版社，一九八九年版。
⓰同注⓮。
⓱舍斯托夫：《曠野呼告》第二一九頁，華夏出版社，一九九一年版。
⓲秦家懿：《中國宗教與基督教》第一九一、二〇頁，三聯書店，一九九〇年版。
⓳同注❾。
⓴小野四平：《中國近代白話短篇小說研究》，上海古籍出版社，一九九七年版。
㉑王蒙：《紅樓啓示錄》第二七四頁，三聯書店，一九九一年版。
㉒同注❾。
㉓劉若愚：《中國之俠》第一一至一三頁，上海三聯書店，一九九一年版。
㉔同注㉓。
㉕同注⓴。
㉖同注⓲。

㉗波普爾：《通過知識獲得解放》第四〇六頁，中國美術學院出版社，一九九六年版。
㉘魯迅：《小雜感》、《致許壽裳》，分別見《魯迅全集》第三卷、第九卷。
㉙同注⑳。
㉚道遜：《中華帝國的文明》第一四一、一一九頁，上海古籍出版社，一九九四年版。
㉛同注㉚。
㉜同注⑫。
㉝同注⑫。
㉞同注❻。
㉟同注❶。
㊱瓦特：《小說的興起》第七七至一五一頁，三聯書店，一九九二年版。
㊲同注㊱。
㊳同注㊱。
㊴別爾嘉耶夫：《俄羅斯思想》第一六二頁，三聯書店，一九九五年版。
㊵里德：《基督的人生觀》第七〇至七二頁，三聯書店，一九八九年版。
㊶基拉爾：《浪漫的謊言與小說的眞實》第三二八頁，三聯書店，一九九八年版。
㊷索洛維約夫：《愛的意義》第五六、四七頁，三聯書店，一九九六年版。

㊸見《福克納評論集》，中國社科出版社，一九九六年版。
㊹見《宗白華美學文學譯文集》第三四五、一九六頁，北京大學出版社，一九八二年版。
㊺貝格爾：《神聖的帷幕》第一〇七頁，上海人民出版社，一九九一年版。
㊻斯特倫：《人與神》第二四一頁，上海人民出版社，一九九一年版。
㊼韋伯：《經濟・社會・宗教》第一〇四頁，上海社科院出版社，一九九七年版。
㊽貝爾：《藝術》第五四頁，中國文聯出版公司，一九八四年版。
㊾卡繆：《置身於苦難與陽光之間》第一五七頁，三聯書店，一九九六年版。
㊿略薩：《謊言中的眞實》第七六頁，雲南人民出版社，一九九七年版。
51同注36。
52同注36。
53同注42。
54同注44。

論金庸筆下的「小說中國」

田曉菲

金庸小說十分好看。其實小說寫得好看，不算是什麼奇怪的現象，奇就奇在讓不同背景、不同階層、不同年齡的中國人都覺得好看。我想，金庸小說之所以能夠做到雅俗共賞，而且成就遠遠超過了同類作品，除了情節曲折緊張、人物複雜生動、文筆跌宕有致這些比較顯明易見的因素之外，更深一層的原因，大概就是金庸用其獨特的文字，構造出了一個更加獨特的文化歷史空間❶。這個空間，也就是本文題目裡所提到的「小說中國」。本文並不準備單挑出金庸的某一部小說進行具體分析，而是試圖對金庸作品進行整體性探討，訪求金庸現象的文化意義。

金庸小說，除了封筆之作《鹿鼎記》的分類值得商榷之外，其他十四部都屬於武俠小說的範疇。武俠小說是一個具有特殊時空框架的小說類型。浦安迪教授在〈中西長篇小說文類之重探〉一文中說，「長篇小說總是力求在一個假想的架構上，創造出與讀者之思想、歷史及個人經驗相符的完整的『世界』。這個小說世界，即使脫離了大家日常所熟悉的生活，卻仍可透過扎實的邏輯結構（以別於純形式上的結構），來加強自身的說服力，讓讀者縱使接觸到一些超乎常人經驗範疇以外的事物，也能體會出連串邏輯因果的關係來。」❷武俠小說這一文類，恰恰就是脫離了「大家日常所熟悉的生活」，專門描寫「超乎常人經驗範疇以外的事物」。

武俠小說的世界由身懷絕技的武林高手組成，他們渾不以國家法律爲意，全憑武功高下報恩復仇，解決爭端。在這個世界裡，有門派之分、等級之別，儼然一個自成格局的亞社會。雖然這個亞社會存在於日常的社會之中，但彷彿被反扣在一個巨大透明的玻璃罩子裡，沒有武功的常人根本無法介入，至多作爲酒保、店夥等等龍套角色穿場而過，或者以武功高手的犧牲品這樣的身分匆匆一現。從空間結構上講，武俠小說中的事件多發生在名山巨壑、大漠深谷、海外孤島、秘道幽窟，總之遠離我們所熟悉的世界，盡量給讀者造成陌生感和新奇感。從時間結構上講，二十世紀的武俠小說常常把事件安排在久遠的年代，比如金庸小說的時代背景就是上起宋元，下限於清代。我想這種做法的部分原因，恐怕是由於再高強的武功在現代社會的槍炮威力下也無法發揮作用。但是不管出於何等原因，不寫現代寫古代，客觀上達到的效果便是進一步拉開了讀者與書中內容的心理距離，從而使讀者對武俠小說的世界產生更強的疏離感。

遠離當前現實生活的時空框架，是二十世紀中國武俠小說的一大特點。愈是成功的武俠小說，愈是能夠引得讀者深深沉浸於這座空中樓閣。武俠小說這一小說類型的內在特性決定了它的本質是夢想文學——用西方人的話講就是「the fantastic」（托多羅夫〔Todorov〕語），用中國人的話講就是「幻設」（胡應麟語）。當然，一切小說從本質上講都是「幻設」，但因爲二十世紀中國武俠小說多描寫「遙遠和久遠的東西」（the far away and long ago），所以愈發奇幻迷離。金庸小說利用了一般武俠小說所具有的特殊時空框架，把這個框架敷染成了一個非常獨特的中國化世界。這個中國不是指現代中國，也不是指地理意義上的中國，而是指富有傳統道德文化精神的中國。正因爲這個傳統的中國在現實生活中已經無跡可求，所以金庸小說對於讀者來說，更多了一層奇幻與疏離。

以下，我準備從三個方面談談金庸如何構造他的小說王國。

一、「觸摸另一個時代的質地」

在金庸小說裡，諸如佛經道藏、詩詞曲賦、琴棋書畫、陰陽五行等等中國傳統文化內容，可謂俯拾即是。難得的是，這些內容和小說情節的曲折發展以及書中人物多姿多采的個性融匯在一起，讀來自然流暢，沒有生硬堆砌的感覺。這種手法，我姑且借用一個英文字來描述，就是contextualization，直譯爲「賦予上下文」。也就是說，無論是掌故軼事，還是詩詞典籍，作者把它們安排在一個流動的敘事結構裡，使之成爲故事情節的一部分，從而使封閉在古書中的東西變得鮮活生動，獲得新的生命，而讀者也可以就此「觸摸到另一個時代的質地」❸。

比如說《射鵰英雄傳》第三十回，郭靖背負黃蓉往求一燈大師治傷途中，黃蓉與身爲漁樵耕讀四大弟子之一的書生鬥智一段，寫得引人入勝，常常爲人所津津樂道。其實書生所出的考題和黃蓉的應答，以及黃蓉對《論語》的辨析、對孟子的駁斥，都是中國古時流傳的掌故，被馮夢龍收集在《古今談概》

（又名《古今笑史》或《古今笑》）裡的，但是因為問答內容「即景生情」，而且十分符合人物的個性，所以讀來格外好看。書生顯然是個頗為自負的人物，他出的字謎詩，謎底「辛未狀元」暗合自己的出身來歷，隱隱透露出他的風流自賞；而所謂「風擺棕櫚，千手佛搖摺疊扇」的上聯，更是「隱然自抬身分」。「精靈古怪」、素來口不饒人的黃蓉卻偏偏要以「霜凋荷葉，獨腳鬼戴逍遙巾」和後面「魑魅魍魎，四小鬼各自肚腸」的下聯，諷刺於他以及漁樵耕讀四弟子，至於胡攪蠻纏地硬說孔門弟子成年者三十人、未成年者四十二人，雖然是胡解經書，卻無不與她慧黠頑皮的性格十分一致。那首指斥孟子的七言詩，則被作者歸功於黃藥師，也是十分傳神的安排：黃藥師既然是個非湯武、薄周孔的「邪門」人物，當然只有他才會如此調侃孟夫子，黃蓉卻不一定會想得出這樣的詩來。幾個對聯、詩謎、掌故本來各不相關，現在卻被嵌在一個具體的情景之中，而且如此貼切，其效果不啻於重建破碎的七寶樓台。

再比如《神鵰俠侶》第二十回中，楊過以自創的劍法和絕情谷主相鬥。這套劍法來自嵇康的四言詩〈贈兄秀才從軍〉十八首之九和十四。詩之九有道是：「良馬既閒，麗服有暉，左攬繁弱，右接忘歸。風馳電逝，躡景追飛。凌厲中原，顧盼生姿。」身為魏末竹林七賢之一的嵇康，主張越名教而任自然，性情峻烈剛猛，鍾嶸在《詩品》中評論嵇康其人其詩：「過為峻切，傷淵雅之致。」但這樣的性格，卻恰好與楊過激烈偏執、對禮教大防不屑一顧的個性不謀而合，難怪楊過對他的詩作情有獨鍾。再說嵇康的哥哥嵇喜，就是詩中的「秀才」。嵇喜這個人據說頗為世俗，和嵇康渾不相類，但嵇康從小喪父，蒙母兄撫養成人，對哥哥還是有感情的，何況以詩贈人，未必都是實寫，詩中的人物形象帶有詩人理想化人格的投影。嵇喜以秀才而從軍，則原非一介武夫，而是亦文亦武，因此，嵇康把詩中的主人翁寫得威猛之中兼有儒雅風流：駿馬華服，良弓良箭，雖然縱馬疾馳，躡景追飛，猶能顧盼自若，輕鬆閒逸，可見馭術之高明，風度之瀟灑。種種一切，極爲符合楊過翩翩佳公子的形象。即使不知道詩的來歷，都會爲之目眩神奪；如果了解詩的背景，再結合楊過的個性，想像其淩厲而又雋雅的風致，就會體會到更多的韻味。

二、道德空間的建構與文化懷舊

如果說「賦予上下文」的藝術手法還是比較淺顯表面的功夫，那麼下面我想深入一步，談一談金庸如何借助道德文化秩序的重建，構造他的小說中國。

很多金庸小說的讀者，都曾得出過一個相同的結論：金庸小說，中篇比短篇寫得好，長篇又比中篇寫得好，愈是長篇巨製，愈是寫得汪洋宏肆，淋漓盡致[4]。我覺得其中的原因之一，可能是由於長篇小說結構龐大，比短篇、中篇的形式更容易創造出一個與現實世界遙相對應的微型宇宙，這個微型宇宙完整自足，有它內在的秩序和意義，而小說家就是安排秩序、賦予意義的人；正是長篇小說這樣的一種藝術形式，使得金庸可以更好地運用他的生花妙筆，建構一個亦眞亦幻的書中世界。

金庸的小說世界裡，有一個清晰完整的道德秩序。這個道德秩序既承襲了中國傳統的倫理觀念，又雜揉了現代人的價值判斷，是以並不僵化古舊，但又歷歷分明。它以人與人之間的關係爲基本框架，這個框架是水平的而非垂直的，因爲不像西方的文學作品那樣常常牽涉到人與神的衝突。「恩」與「義」兩個道德概念占據了這個框架的中心地位。除了愛而不得的煩惱之外，幾乎一切戲劇化的矛盾都源於對恩與義這兩項道德準則的破壞。

在金庸小說裡，無論是內心獨白也好，還是形諸聲口也好，我們還經常可以看到書中人物對某種情勢、某種局面進行道德意義上的分析判斷，或者對他人的行爲進行道德評價：何者可爲，何者不可爲；何者是英雄豪傑的行徑，何者屬於卑鄙小人的勾當。因爲江湖雖然風波險惡，卻並非沒有一定之規。金庸先生曾經說過，他在所寫的武俠小說中，不僅「自行設計了一套俠士們必須遵行的倫理道德觀念」，而且「還有一套衆所公認的是非標準」❺。有些基本的行爲準則，甚至就連書中的邪派人物也往往迫於體面，不敢公開違反。如《笑傲江湖》中所言，「武林中人最講究『信義』二字。有些旁門左道的人物，儘管無惡不作，但一言既出，卻也是絕無反悔，倘若食言而肥，在江湖上頗爲人所不齒。連田伯光這等採花大盜，也得信守諾言。」（第三十五回）

如果說捨己爲人、不愛其軀、言出必信、已諾必誠，還只不過僅僅牽涉到如何爲人處世的具體細節問題，那麼爲國爲民，乃所謂「俠之大者」，則是更高一層的道德境界。就拿《射鵰》三部曲中的三個男主人翁——郭靖、楊過、張無忌——來說，雖然性格不同，但是歸根結柢，無不俯首於「爲國爲民」這條原則。郭靖曾諄諄告訴楊過：「經書文章，我是一點也不懂，但想人生在世，便是做個販夫走卒，只要有為國為民之心，那就是眞好漢、眞豪傑了」（《神鵰俠侶》第二十一回）。

不管怎樣狂放不羈，師心使氣，金庸筆下的俠或大俠絕不會游離於是非善惡的框架之外。像令狐沖笑傲江湖的自由自在，是不為幫派規矩和門戶之見所拘，不為迂腐騰騰的世俗禮法所限，不執著於名門正派和異端邪教之間的區分，但絕不是超越「俠士們必須遵行的倫理道德觀念」和是非標準。他的太師叔風清揚曾說，「大丈夫行事，愛怎樣，便怎樣，行雲流水，任意為之」，完全不用理會「什麼武林規矩，門派教條」。這一席話，說得令狐沖拍手稱快（《笑傲江湖》第十回）。但風清揚所斥責的，仍然只是「假冒為善的偽君子」，並不是仁善俠義的眞君子。超越世俗紛爭、任情任性而為的自由自在固然是令狐沖追求的目標，但是收束全書的意象，卻是那作惡多端的勞德諾，被任盈盈用鐵鏈和兩隻猴子拴在一起，既不自由，也不自在，跌跌撞撞地逝去。善良正直如令狐沖，固然得遂所願，笑傲江湖，但小說結局所呈現的，卻分明是一副道德裁決的慘厲畫面。再比如《射鵰英雄傳》裡的黃藥師，他號稱「東邪」，只不過因為他瞧不起世俗規範，看破了虛禮浮文而已。當西毒歐陽鋒為了迎合他的「邪氣」，殺了一個勉人做忠臣孝子的書生，將首級帶來送他的時候，他就當即臉上變色，說：「我平生最敬的是忠臣孝子。」並掩埋首級，揖拜盡禮。歐陽鋒譏他拘泥禮法，他回說道：「忠孝乃大節所在，並非禮法。」（第三十四回）作者稱黃藥師平生仰慕晉人率性放誕的風度，黃藥師的所作所為確實與魏晉之交的竹林七賢有神似之處。也就是如魯迅先生所說，「表面上毀壞禮教者，實則倒是承認禮教，太相信禮教。」❻此輩中人所反對的，只是拘泥不化的迂夫子；究其所作所為，乃是從反面維護更高意義上的道德。即使性情激烈

叛逆如楊過，曾經為了個人感情而起意暗害郭靖黃蓉夫婦，也還是不能泯滅善惡分界，最終被郭靖的人格力量所感化，成為救危扶困的「神鵰大俠」。

金庸先生曾說武俠小說的世界其實很不理想，因為它「只講暴力，不講法律」❼。武俠小說中的世界確實不講法律，因為唯其超越了國家法律，它才得以存在；但它並非「只講」暴力，恰好相反，它是一個由種種嚴格的道德準則支架起來的敘事空間。正是在這個意義上，可以稱之為阿多諾（Adorno）所謂的「社會的社會性對立面」。這個光潔完整的道德宇宙，與傳統世界觀價值觀動搖崩潰的現代社會形成了鮮明的對照。援舉一位金庸小說評論者的話為例，「在現實社會，尤其是現代社會，感情為重、利益為輕的人絕不多見，至於說為朋友而犧牲性命，為原則而放棄前途的人，那就更少了，可以說，現代社會，早已沒有人期望別人這樣做。然而，在金庸小說的世界裡，這種事經常發生……」❽因此，金庸的小說世界並不見得理想，但是卻絕對被理想化了。

瀟灑超脫和放意自恣，固然是使讀者對大俠們心生嚮往的一個重要原因，但我們不應忽視，金氏小說中那個理想化了的、被中國傳統道德文化所統治的世界，對於現代中國人所能產生的巨大魅力。鄭樹森教授在〈文類·敘事·大眾文學——武俠小說札記三則〉一文中提出的問題，十分富於啟發性：「武俠小說裡常見有傳統倫理、江湖道義，是否對某種舊秩序、舊倫理的眷戀和懷念？換言之，是否對現代工業文明社會帶來的心理焦慮及外在壓力的紓解方式？」❾

金庸小說，其流行始自五、六〇年代的殖民地香港，隨即傾倒了東南亞、台灣，乃至全世界海外華人，七〇年代末八〇年代初，又進入並風靡了文革之後的中國大陸。研究金庸現象，難以脫離金庸小說產生地香港獨特的地域性，更難以脫離海外華人讀者所特有的閱讀心理和飄泊意識。值得注意的是，「飄泊意識」不僅可以由身處異域他鄉造成，也完全可以由現代人的異化心理造成。漂流於家園之外的華人閱讀金庸小說時體會到的文化與歷史距離，和大陸讀者閱讀金庸作品時感到的文化與歷史距離，存在著種種相通之處。正是這種共同的文化懷舊情緒，增添了金庸小說的魅力及其在文化研究中的重要性。

三、反諷的消解

以上主要論述的是金庸如何借助對中國傳統文化的繼承以及對中國傳統道德精神的發揚，構建小說中國。這樣嚴整光潔的時空秩序，儼然超越了我們的實際生活，並不與現實人生重疊印合。唯其如此，才引得讀者如醉如癡。歸根結柢，一切文學都是現實的對立面，尤其長篇小說這種藝術形式，以其宏構巨製令人沉溺忘返，儼然就是一座與眞實人生相互對立又相互映照生發的迷樓。金庸小說發揮了長篇小說「模擬現實世界」（mimesis）的特性，透過建構一個獨立自足的道德文化框架，給傳統世界觀支離破碎的中國讀者，帶來一種心理上的穩定與滿足。我以爲，建立這個道德文化框架的最重要前提，就是反諷（irony）的消除。

irony 這個概念在文學批評領域有著豐富的含義。它的基本含義是語言的表面意義和內在意義之間的脫節。通常，irony 譯作諷刺，是指文學作品中一種非常傳統的藝術手法，但是本文中所用的定義，卻是這個詞語的衆多意義中比較不常用的一種，爲了和普通意義上的諷刺手法區別起見，我姑且稱之爲反諷。

I．A．理查茲（I. A. Richards）在《文學批評的原則》（*Principles of Literary Criticism*）一書中，把irony定義爲詩歌裡幾種截然相反的態度和價值判斷之間達到的均衡。羅伯特．華倫（Robert Penn Warren）、克林斯．布魯克斯（Cleanth Brooks）和其他新批評派學者發展了這個見解，聲稱如果在一首詩裡，詩人專門傾吐某種排除其他一切雜質的、單一而且純粹的感情，不管是愛情也好，是友誼也好，還是理想主義也好，都有可能遭到讀者的嘲諷和懷疑；但是，在偉大的詩篇裡，詩人本身對多重視角的存在有著清醒的意識，因此並不僅僅描寫某一種單一的態度和情緒，而是在詩中涵括了幾種不同的視角，如此一來，這首詩歌對讀者的諷刺性態度也就具有了免疫力。「在這個意義層面上，irony意味著把幾種完全相反的、可以互相補充的心態放在一起。」⑩

如果說新批評派學者強調一首優秀詩歌中反諷的必要，那麼在金庸小說裡，我們所遭遇的，卻恰恰是多種視角的瓦解，是對某種單一純粹的情感毫無保留的宣洩，也即對反諷的消除。試看金庸寫相思、寫豪情、寫恩義、寫正氣，盡寫得淋漓盡致，一往不返，純用正面筆墨。所謂「問世間，情是何物，直教生死相許」，這種往而不返的強烈不同的角色紛紛表達他們形形色色的思想情感，展示他們光怪陸離的個性，但是，小說敘事者以其全知視角和強大的敘事聲音統領了喧嘩的衆聲，使讀者對作者意欲褒揚或譴責的價值觀念沒有絲毫猶疑。可以說，在金庸作品裡雖然存在曲折離奇的故事情節，卻基本上不存在隱晦曖昧的空白。意義的模糊性和多元化在現代小說中乃屬常見，然而卻與金庸小說中嚴整光潔的道德秩序以及武俠小說這一通俗小說類型的特性難以相容。

《神鵰俠侶》第二十六回中有一段文字，寫楊過和小龍女在強敵圍攻、生死攸關之際兩情繾綣：

> 有道是「旁若無人」，楊過和小龍女在九大高手、無數蒙古武士虎視眈眈之下纏綿互憐，將所有強敵全都視如無物，那才眞是旁若無人了。愛到極處，不但糞土王侯，天下的富貴榮華完全不放在心上，甚至生死大事也視作等閒。楊過和小龍女既然不再想到生死，別說九大高手，便是天下英雄盡至，那又如何？只不過是死罷了。比之那銘心刻骨之愛，死又算得什麼？

這是一段出於全知敘事人之口的動情描寫，同時，也是一個非常富有象徵意義的場面。「旁若無人」這四個字用得很好：雖然旁邊實際上有很多人，但是他們無不三緘其口，默然無語，共同屈服於一個強大的聲音——楊過小龍女愛情的聲音。「人人一聲不響，呆呆的望著這對小情人。在這段時光之中，誰也不想向他們動手，也是誰也不敢向他們動手。」與這些旁觀者對楊過小龍女的反應相似，凡是愛好金庸小說的讀者，在閱讀的時候，其反應絕非帶有諷刺意味的懷疑，而是對書中描繪的情感世界全心全意、不由自主的投入。讀者這種感情上的投入，以及對書中道德文化價值的理智上認同，正是作者刻意經營和期待達到的效果。理查茲等人認爲，優秀的詩歌必須以內在的反諷對抗外在的反諷，以詩歌內部多重視角的兼容並存化解來自詩歌外部的諷刺懷疑，而我認爲金庸作品的魅力，卻正在於對內外反諷的雙重消除。

走筆至此，不能不提到《鹿鼎記》。前面曾談到過《鹿鼎記》很難歸入武俠小說的範疇，至少和金庸「以前的武俠小說完全不同」（《鹿鼎記．後記》）⓫。最根本的不同之處，就在於《鹿鼎記》是一部以諷刺爲結構的作品。因此，雖然《鹿鼎記》是金庸作品中最成熟最複雜的一部，卻不是最有代表性的一部。要眞正探討金庸現象，還是要把重心放在《鹿鼎記》之前的作品上。然則從另一方面來說，剖析《鹿鼎記》的諷刺性，也有助於我們更好地理解金庸作品裡那個消解了反諷的空間。

很多愛好金庸小說的人不喜歡《鹿鼎記》，認爲《鹿鼎記》無情無愛，更不喜歡《鹿鼎記》中的主人翁韋小寶，認爲他人格低俗，無恥下流。其實，《鹿鼎記》何嘗無情，韋小寶也絕非卑鄙小人。許多讀者之所以得出這樣的結論，只不過是因爲韋小寶這個人物形象，爲前面十幾部金庸小說所塑造的純粹光整的情義世界，提供了一個充滿反諷精神的視角而已。因此，若是把《鹿鼎記》放在金庸整體作品中閱讀，就更能顯示出它的複雜性和互文生義性。

比如說韋小寶躲在通吃島上，被康熙派來尋訪他的人馬發現一節。康熙命韋小寶回京，剿滅天地會。這一來韋小寶進退兩難。康熙與韋小寶的關係，有情有義，又有君臣之分，違抗康熙的意旨該算不忠；但是出賣天地會的朋友，又是大大的不義。類似的局面在金庸的小說《天龍八部》中也出現過，有意思的是，身處窘境的，卻是與韋小寶天差地別的契丹人蕭峯。

遼帝耶律洪基與蕭峯是結拜兄弟，他命蕭峯帶兵伐宋，蕭峯有這樣一段內心獨白：

我如堅不奉詔，國法何存？……我如奉命伐宋，帶兵去屠殺千千萬萬宋人，於心卻又何忍？何況爹爹此刻在少林寺出家，若聽到我率軍南下，定然大大不喜。唉，我抗拒君命乃是不忠，不顧金蘭之情乃是不義，但若南下攻戰，殘殺百姓是爲不仁，違父之志是爲不孝。忠孝難全，仁義無法兼顧，卻又如何是好？（第四十九回）

最後，蕭峯終因威迫遼帝取消南征，自認是「契丹的大罪人」，在雁門關外以斷箭自殺。

通吃島上，身處難境的韋小寶倒也似乎不是沒有想到過自殺以謝這個解決辦法：

韋小寶又道：「皇上待我恩重如山，可是吩咐下來的這件事，我偏偏辦不了。我不敢去見皇上的面，只好來世做牛做馬，報答皇上的大恩了。你見到皇上，請將我的爲難之處，分說分說。本來嘛，忠義不能兩全，做戲是該當自殺報主，雖然割脖子痛得要命，我無可奈何，也只好盡忠報國了。」

王進寶將心比心，自己倘若遇此難題，也只有出之以自殺一途，既報君王知遇之恩，亦不負朋友相交之義，急忙勸道：「韋都統不可出此下策……」（第四十五回）

王進寶是個「極講義氣」的實在人，自然聽不出話裡的機關：心明眼亮的讀者卻應該不會被瞞過。

韋小寶說，「做戲是該當自殺報主」，這句話的重心在「做戲」二字。對於韋小寶來說，自殺報主是戲台上才有的事情，在現實生活中卻仿效不得。在《天龍八部》的結尾，蕭峯以一死完成了他作為悲劇英雄的形象，而韋小寶卻終於一走了之，和他的七位夫人一起埋名隱姓，逍遙江湖。正因爲有了韋小寶，我們才可以更清楚地看到自殺報主是多麼戲劇化的行爲。借用一個英文詞來描述，也就是**larger-than-life**，意即大於生活。蕭峯之死，正是一幕大於生活的戲劇化場面。

韋小寶在自己的生活中，常常參考他看過的戲文、聽過的評書，常常改寫戲台上或書場上的英雄俠義故事，比如義救茅十八，是學「法場換子」、「搜孤救孤」中的做法，只不過人家是用自己的親兒子換人一命，他卻是用臨時現認的「乾兒子」（第四十九回）。韋小寶的參考和改寫，往往和原來的戲文或書段形成了一種極具諷刺意味的張力，而這種情景頗有象徵意義，因爲韋小寶的斤斤計較、精打細算，他的實用主義的價值判斷和行爲準則，也正好與以往金庸小說裡情感深摯、純粹、往而不返的敘事風格形成了張力。讀韋小寶，常常使我想起張愛玲筆下那個缺乏英雄主義與理想主義的境界。其實，韋小寶不僅絕非惡人，甚至還常做好事，但他即使做了好事，仍然不會被人視爲英雄，只因爲他的爲人「沒有一點慷慨激昂」。不過，這樣的一個人物，卻不幸是「較近事實的」⑫。

無論是在英雄了得的師父陳近南旁邊，還是在癡戀不已的情種胡逸之旁邊，韋小寶都爲讀者提供了一個極具諷刺意味的視角，而整部《鹿鼎記》也爲其他金庸小說提供了一個具有諷刺性的視角。《鹿鼎記》確實寫得好，但是如果每一部金庸小說都像《鹿鼎記》這樣，那麼整個金庸現象就要爲之改觀了。

現代西方批評家認爲在偉大詩歌中必不可少的反諷，在金庸小說裡不僅被消解，而且這種消解還構成了吸引華人讀者的一大因素，其原因何在，十分值得我們深思。

雖然長篇小說是一個衆聲喧嘩的世界，然而，正如宇文所安（Stephen Owen）教授所說，長篇小說這種藝術形式富有「極權性」(totalitarian)，它彷彿一個縮小的社會，「把一切個別特殊現象都統一在麾下，分別賦予它們相對價值，使它們在整體之中，各得其所。」[13]武俠小說更是最大限度地發揮了這種極權特性，把不同的視角統一於一個宏大的結構，使喧嘩紛擾的衆聲服從於一個更爲強大的敘事聲音。在充滿了多重視角，充滿了懷疑與諷刺、不安與焦慮，傳統世界觀支離破碎的現代社會，這樣的一種藝術形式給讀者提供了一個清晰穩定、使人心安的經驗空間。金庸的武俠小說，以「不失時代韻味又深具中國風格和氣派」的「金氏白話文」[14]，運用中國傳統道德文化精神，構建了一個極爲特殊的時空框架，一個已經失落了的文化中國。研究金庸小說的盛行這個意味深長的文化現象，也許能夠從一個側面，反映出我們這個時代究竟缺少了什麼，嚮往著什麼。

＊作者在參加柯羅拉多大學葛浩文、劉再復教授於一九九八年五月召開的金庸小說國際研討會後，曾對本文進行過修改。謹藉此機會，感謝陳墨、李陀、李以建、劉禾、劉劍梅、劉再復、沈雙、嚴家炎、趙毅衡等與會諸君的批評、建議和鼓勵。

注釋：

❶關於金庸小說的語言問題，李陀先生在〈金庸寫作中「言」和「文」——現代漢語發展中的一個新面向〉一文中，劉再復先生在〈金庸小說在二十世紀中國文學史上的地位〉一文中，均有精闢論述，本文不再贅言。

❷鄭樹森、周英雄、袁鶴翔主編：《中西比較文學論集》第一七一至一九六頁，引文見第一八三頁，台北市時報文化出版事業有限公司，一九八〇年版。

❸張愛玲：〈談看書〉，金宏達、于青編：《張愛玲文集》第四卷第二九七頁，安徽文藝出版社，一九九二年版。

❹金庸先生本人也說，「我相信自己在寫作過程中有所進步：長篇比中篇短篇好些。」見《鹿鼎記·後記》。

❺〈說俠，節略〉，劉紹銘、陳永明編《武俠小說論卷》（下）第七一五頁，香港明河社出版有限公司，一九九八年版。

❻〈魏晉風度及文章及藥及酒之關係〉，《魯迅全集》第三卷第三九一頁，北京市人民文學出版社，一九五八年版。

❼轉引自陳平原教授：《千古文人俠客夢——武俠小說類型研究》第一一一頁，台北市麥田出版有限公司，一九九五年版。

❽吳靄儀：《金庸小說的情》第一四頁，香港明窗出版社，一九九〇年第四版。

❾《武俠小說論卷》（上）第二六八頁。

❿I．A．理查茲：《文學批評的原則》第三十二章。

⓫其實，《鴛鴦刀》是《鹿鼎記》之外另一部具有諷刺精神的金庸作品，或者，依陳墨先生的說法，從某種程度上講甚至可以視之爲《鹿鼎記》的小小前奏。這是因爲其中太岳四俠等人的形象，是對傳統武俠小說中「俠」的形象的一種諷刺，富有鮮明的喜劇色彩。但是，諷刺性筆墨在《鴛鴦刀》中並不占據中心地位，不像《鹿鼎記》根本就是一部以諷刺爲結構的著作，是對整個武俠小說文類的一種反動。

⓬〈自己的文章〉、〈我看蘇青〉，《張愛玲文集》第四卷第一七三、二二八頁。

⓭《迷樓：詩與欲望的迷宮》第一五三至四頁，麻州劍橋市哈佛大學出版社，一九八九年版。

⓮分別引自劉再復先生〈金庸小說在二十世紀中國文學史上的地位〉一文和李陀先生〈金庸寫作中的「言」和「文」〉一文。

論金庸小說的民族共識

趙毅衡

金庸小說，宜作為寓言小說讀，這個問題不少論者已經談及❶。

但是推論的下一步，或許還可一談：正由於金庸小說不是一般的武俠小說，它們並不「反映」中國人的某種「民族性」，例如「好俠尚義」、「善惡分明」、「英雄崇拜」等等❷。——金庸小說並不反映，而是反思這種國民性，其武俠題材與寓言主題之間，有明顯的張力。

大多數金庸小說，可以讀成「成長小說」❸，書中的主人翁習武成俠，走向江湖，但是在經過各種高手威逼，捲入打殺報仇搶寶爭霸，歷遍武俠世界，飽經滄桑之後，走出江湖。

又是寓言小說，又是成長小說，如何理解？主人翁的成長標誌，是幡然徹悟，是取得一種超越——即從有限的人生經驗，體驗到一種無限性。

如果說金庸小說「反映國民性」或「表現民族性格」，就會有很多說不通的地方。國人雖然愛讀武俠，而俠義式的善惡分明，卻並非普遍的國民性。實際上中國人比起許多其他民族，善惡並不更分明一些，俠義精神恐怕也少些。

中國人的善惡觀或俠義觀，有其更根本的底蘊。而金庸小說，是這些民族性底蘊的深刻寓言。在這篇文字中，我稱這些爲「民族共識」，也就是說，中國人，無論善惡分明不分明、俠義不俠義，都多少贊同的一些更根本的想法。

一

我關於民族共識的討論，當然是受了哈伯瑪斯（Jungen Habermas）關於「共識」（consensus）理論的啓發。只是哈伯瑪斯談的是社會共識，探討的是當代多元社會中有待形成的共識。我想在金庸小說中找到的，卻是中國人作爲一個民族，無論屬於何種階層或集團，其思想方式的最低公分母，是已經存在許多世紀的基本思維方式。

哈伯瑪斯作爲德國詮釋學傳統的繼承人，強調人們透過語言進行的「交往行爲」（communicative action），互相作爲認識對象。「經驗的客觀性就在於，它是在主體之間分享的」❹。

民族共識由無數世代的文化積累形成，成爲一個民族不言而喻的判斷標準。一個民族的個體，思想千變萬化，但變異往往只能構成個人的特立獨行，或局部的小潮流。民族共識卻在民族共同潛意識的深部運作，它的變化極其緩慢，成爲紛亂起伏的各種思潮背後的「原範型」（arch-paradigms）❺。

哈伯瑪斯強調，現代性本身引發進步，同時造成反進步。當代社會的極端分割多元，各種利益集團必然衝突，導致行爲規範的「合法性危機」（legitimation crisis）。

行爲規範危機，在中國當代社會已經非常明顯。而且，我認爲，這會成爲中國面臨的最大危險：占世界人口四分之一的超大國家，沒有一個大致被認可的行爲規範體系，只有應付眼前問題的政策、方法、手段，只顧近慮不想遠憂，時間愈長隱患就愈嚴重。

這不是幾個知識分子的危言聳聽。近年來，我們看到聽到許多關於價值失範，世風淪喪，民族素質嚴重下降的驚呼，有識之士爲此扼腕，苦於找不到解決方式，甚至找不到基本的出發點。

曾經有幾個人提出「拉下面子比弄虛作假好」，引起爭論。但是爭論的另一邊，提倡「終極關懷」，陳義過高，也並非天天要算帳的小民所能接受。

有人提出宗教情懷，但是宗教的號召力，最終還是必須基於民族共識。

因此，我認爲哈伯瑪斯的論題，對於當代中國，甚至比對哈伯瑪斯自己的國家更重要。德國及其他西方國家，甚至大多數非西方國家，各有各的社會問題，但是其宗教／意識形態並沒有根本動搖。哈伯瑪斯的任務是如何以批判反思（critical reflection）改造再建交流原型，以促成社會的合理化（rationalization）。

而我們的任務不同。當我們面臨當代世界最大的，也可能是人類文明史上最大的一個意識形態眞空，我們的任務不可能靠反思合法性問題的規範來完成——我們面臨的是規範的幾乎消失。因此我們必須「找回」到更爲根本的、初始形態的民族共識上去。

哈伯瑪斯討論過這種比世界觀、道德觀、歷史觀等更爲根本的共識，他稱之爲一個民族的「背景共識」（background consensus）。而且哈伯瑪斯認爲，可以認爲背景共識是一個民族的潛意識，人們往往不會意識到它們作爲社會共識基礎的作用。

民族共識很難以統計或社會調查求得，社會的人受到政治、生計、習俗、時尚等的干擾影響，不得不作許多權宜的決斷，而這些權宜經常變成厚重的利益覆蓋，使民族共識被遮沒。在此，就需要更有穿透力的批判反思。

二

帶著課題讀金庸小說，是否會犯自我誘導而作「過度詮釋」的錯誤？金庸小說有沒有給我們提供這樣的「民族共識」？細讀金庸小說，我覺得金庸可能有這種意圖。他筆下的武俠行爲，可以讀成是在描述「社會交流」。

哈伯瑪斯把社會交流主要看作語言—行爲（speech-action）。武俠世界，交流的主要方式是打鬥，金庸筆下的技擊，遠遠不只是一種身體行爲。眞正的功力來自與某種典籍、某種講述。甚至，講述本身代替對鬥。《書劍恩仇錄》中藉論易、講穴位比武；《射鵰英雄傳》中演繹《道德經》比武。比武本身成爲交流，武打規範也就成爲交流規範。

正由於此，武功到天下第一，此人就把自己逼入絕境。《神鵰俠侶》中孤獨求敗（好個名字！）留下遺言：「生平求一敵手而不可得，誠寂寥難堪也！」「武無第二」之所以難受，是因爲斷了交流之路。

再例如，哈伯瑪斯認爲，由於現代社會的集團利益，交流原型受到「系統扭曲」，結果是被各種社會成見遮蔽。在現代中國，對交流原型干擾最大的因素，是「進步」與「現代性」。不是說這兩個概念應當對中國當下情況負責（不少學者如是觀），而是壓力來得太急，前景又被說得太好，爲了目的就不擇手段。

金庸小說有許多「系統扭曲」的妙例。《俠客行》中「俠客島」上刻石的「絕世武學」，只是貌似甲骨文。天下最高明的許多俠士，鑽研幾十年而不得解。「原來這許許多多注釋，每一句都在故意誘人誤入歧途，可是鑽研圖譜之人，又有哪一個肯不鑽研注解？」

金庸小說的武俠世界是現代前夕的中國。除了《越女劍》，全部作品鎖定在十七世紀前的中國，大部分在明清，部分在宋元。而且金庸相當自覺地排除近現代各種外來思想的干擾，甚至避免寫連《紅樓夢》都常寫到的西洋器物。金庸小說固然常寫炸藥，用法簡單，可以算作土產。可能《笑傲江湖》帶定時裝置的炸藥，是個例外。例外的定時炸彈最後沒有用得上，或許非例外。「進步」這個對現代中國思想干擾最大的因素，被暫時懸置，「現代性」推遲到問題之外。只有《鹿鼎記》寫到西洋人設計大炮，寫到與「羅剎」國的外交——中西關係史上最後一個沒有衝擊「國本」的事件——無怪乎這是金庸的封筆之作。

金庸小說，是一個多產的現代作家的一大批作品。這批作品的特徵之一是相當均質（可能《鹿鼎記》

是個例外）。金庸專家或許能夠判斷出前後作品文體的變化，或者價值觀的變化，或者討論各部作品藝術價值思想價值的演進。但是作品如此均質在其他現代作家中幾乎見不到。很多論者試圖分出金庸小說發展的幾個階段，就我的課題而言，可以把金庸全部作品，不區分前後期，作為一個文化學研究的對象。

更重要的是，金庸小說的讀者群，幾乎覆蓋全部「文化中國」。當代中國人文化分層，政治分割，地域分散嚴重，卻共讀金庸。二十世紀中國文學中，沒有可以比擬的例子。廣大的金庸讀者，除了迷戀故事情節，喜歡文筆描寫，不一定自覺地在分享某些最基本的、不以文化程度決定的交流範型。

因此，要從文學作品中尋找中國民族共識，沒有哪個作家比金庸更為合適。

作如此研究，並非沒有困難，金庸作品並不是現實主義文學，人物卻卓爾不群，很難當作社會典型。所以我做的並不是一個社會學研究，我的工作是仔細剝露情節與人物，在背後尋找中國思想的公分母。

三

作為武俠，金庸小說首先突出的共識問題，就是「什麼是成就」？此事牽涉到中國思想一個老題目，道與器，演化出體與用。只是到現代，這問題愈弄愈糊塗了。

對金庸小說世界，也一度成為問題，即《笑傲江湖》中分裂武林成兩大派的「氣宗」「劍宗」之爭。

氣宗講究以氣御劍，劍宗講究招式精妙。原因是百年之前，二派的宗師搶奪《葵花寶典》，各搶到一半，於是各傳一半，各有理論根據。二派不共戴天，而且對「二者都是主」的調和論也不假顏色。派內凡有出言懷疑者，作爲叛徒誅之。

劍氣之分，近乎外功內力之分。《笑傲江湖》讓三派打了幾輩子打不出個輸贏，以至於有金學家討論主人翁令狐沖是氣派還是劍派[6]。

其他金庸小說卻一貫宣稱「內力」爲練武成俠的至要，沒有人靠苦練招式成就出色的武功。《神鵰俠侶》中的小龍女靠沖虛寧靜，養生修鍊十六年成其武功；《連城訣》中的狄雲獨自在血封的山中練「神照功」，直到通任督二脈，內力渾厚，才破了血刀老祖之長期圍困；《俠客行》的白自在吃了異果而內力超人。總之，要成大俠，無論正邪好壞，都非靠內力不可。而內力充沛，或飽滿，或精到，是武功之本。內力一失，如《天龍八部》鳩摩智內功被段譽吸去，就毫無武術可言；《射鵰英雄傳》中，黃蓉與郭靖內力堅強後，就能抵禦丐幫長老的「攝魂大法」。

反過來，內功如果練得不得法，害了練功者。《笑傲江湖》的任我行，「用十分霸道的內功，強行化除體內的異種眞氣，大耗眞元」，實際上是內功自殺。

內力之獲得，照例是靠練氣，在金庸小說中，卻常是依靠讀書。《飛狐外傳》胡斐的功夫，來自聽行家講課；《天龍八部》中鳩摩智的拳法，稱爲「大《金剛》拳」、「《般若》掌」、「《摩訶》指法」。《倚天屠龍記》張三丰，靠修習《九陽眞經》兼讀《道藏》而成爲「武當派」宗師；《射鵰英雄傳》說黃裒細心校對五千多卷《萬壽道藏》成爲武林大高手。

由此看來，內力是一種文化修養，是文功，不是武功。

既然武功之武並非武，那麼武功的止境，須從器的層面上昇華爲對道的領悟，在技藝層面上卻「散去武功」。在金庸小說中，「至劍非劍」的故事很多。《神鵰俠侶》留下三劍，利劍、鈍劍，最後是木劍，「草木竹石均可爲劍」。

我想這是金庸小說對器道體用之爭的最後回答：至高之俠，主客觀合一，物我相融。《笑傲江湖》講氣劍二派爭鬥之愚蠢，本是有所寓意，而縱觀金庸小說，欲得最高武功，還是甩開此類之爭，以無爲爲本。《笑傲江湖》中，風清揚教令狐沖「根本無招，如何可破」。令狐沖「獨孤九劍」總訣三千字，卻「不相連貫」，使令狐沖終於得到武功的最高境界。

無怪乎獲得最高內力的人，幾乎全是愚拙之人，甚至文盲，如《射鵰英雄傳》之郭靖、《俠客行》之石破天、《連城訣》之狄雲等等。

因此，武功的層層提高，是從劍術，到修養獲得內力，到讀書得到文功，最後是跳出功利的器道觀，「散去武功」的無功之功，是「無爲」而得到的「無不爲」。

《倚天屠龍記》劍上銘言：「倚天不出，誰與爭鋒？」書中人物對此理解不同，金學家也各有自說。我的理解是，倚天之劍不用，是最超越的使用。正如《射鵰英雄傳》全眞派開創者王重陽，寧願把武學經典東之高閣，不練其功。

四

小說無法避免道德價值問題。中國俗文學的一貫傳統，是道德架構非常嚴格，局部性細節生動有趣。因此，傳統武俠小說，必須以正克邪善勝惡爲主要線索。結局時，一切都報。

金庸小說，善惡的處理，卻不循此格局。經常是滿江湖鬼魅魍魎無一個好人。《雪山飛狐》四個俠士的後代，累結互殺之仇，全是搶寶盜賊；《天龍八部》四大惡人公然追求遺臭萬年；《連城訣》的狄雲遇到的壞人，一個比一個窮凶極惡，殺戮無所顧忌，最後面對群凶亂鬥，主人翁只好長嘆而去。

正邪之分，更不存在。《倚天屠龍記》與《笑傲江湖》中，都有魔教或邪教[7]。「中原正派」稱爲正宗。魔教內部搶奪教主地位，政變迭起，陰謀互殺；但是正宗的武林五嶽，爲搶奪盟主地位，打殺更加慘烈。

中國人沒有至高神性的概念，各種人格神，來自英雄崇拜祖先崇拜，因此「功德」高的人物，容易產生自我神化的錯覺，部下競相以諛詞求寵，更加強錯覺。金庸小說中有許多此種自大成狂的人物。《俠客行》的白自在，覺得「上下五千年，沒一個及得上我」；《天龍八部》星宿派祖師丁春秋的門徒，藉尊師爲名，以互比諛辭爲能事。《鹿鼎記》神龍教主洪安通，在荒唐的崇拜儀式中，飄飄然自命神

仙；《笑傲江湖》左冷禪之輩，以搶奪霸權爲策劃幾十年的畢生事業。

在此類人物之下，「忠義」無從談起。一旦舊主失敗被殺，改朝換代，部下一樣阿諛成風。

忠於民族國家，應是大義所在。愛國主義是最起碼的道德。但是金庸小說質疑這個「絕對標準」。《倚天屠龍記》中的張無忌，立志「驅除韃虜」蒙古人，卻愛上蒙古公主趙敏，不理所有江湖豪傑不能娶「異族妖女」的警告；《鹿鼎記》中的韋小寶，盡在幫康熙消滅反清勢力。中國人的觀念是，一個朝代立足時間夠長，就獲得正統。後於康熙的乾隆，卻在《書劍恩仇錄》中成爲陳家洛「反滿抗清」的對象。正統眞是難說的事。

中國的倫理，常被解釋爲家庭中心，孝道本位。可是金庸小說中的武俠亂鬥，大部分理由是爲報家族門派之仇。孝道爲殺人提供道義。《笑傲江湖》中的林平之爲父復仇，修練「辟邪劍譜」，變得異常陰毒，殺人無數；《碧血劍》中夏雪宜爲父仇，用過分殘忍的方式殺滅仇家；《雪山飛狐》四個家族，百年積仇，互相無所不用其極；《天龍八部》中游坦之渾渾噩噩，報家仇的初衷卻是很清楚。

慈心母愛，是最絕對的善，過執後一樣可怕。《天龍八部》中的葉二娘，因失去兒子，竟然每天要殺一個小孩洩憤。

當然既爲武俠小說，就當打打殺殺。但是既爲俠客，打殺也要說出一個道義，金庸小說讓我們看到，任何無節制的殺人，都能說出一個堂皇的道義。各種人物以各種理由纏鬥不休，讓人開始懷疑依道義而行殺戮本身的道義。

金庸小說中唯一絕對正確的道義，不可能批判的道義，善俠的最高標準，是制武止爭。《倚天屠龍記》郭靖冒死懇求鐵木眞收回屠城之令，丘處機苦諫援兵止息干戈；《神鵰俠侶》的一燈大師，被打吐血而不還手，以功德化解恩怨。

金庸筆下最了不起的英雄是《天龍八部》的蕭峯，當慕容博再起宋遼戰端，蕭峯作爲契丹子弟，卻逼退遼兵，然後，爲贖對本民族「不忠」，自殺以謝罪。制止大規模戰爭，比愛國主義更爲高尙，是武俠精神的最大超度。

小說的結尾方式永遠是一種道德裁判。由此，我們又回到上一節的命題：至俠非俠——息爭之後，武功自廢。所以，金庸筆下的大部分英雄人物，終於歸隱。《碧血劍》中的袁承志去國離鄉，隱居海外；《神鵰俠侶》楊過與小龍女隱居於深山中的「活死人墓」；《笑傲江湖》令狐沖去作尋常百姓。上一節說散功是武功的最高境界，這一節我們發現止爭是俠義的最高境界。

五

上面討論的兩個問題，包含著一個更普遍的寓意：再好的道理道義道術，過於執著，不僅爲自己招禍，而且危害社會。

對武術過執，會走魔入火，爲武癡武呆子。《笑傲江湖》中所有練辟邪劍法者，無一善終；任我行

過於專心練「吸星大法」，給東方不敗鑽了空子推翻，然後東方不敗迷練《葵花寶典》、揮刀自宮、信用佞臣，又被任我行擊殺。《倚天屠龍記》梅超風練《九陰眞經》，竟然把「摧敵首腦」解爲用手指插入敵手頭顱，而且眞的實行此殘殺法。此種武功執著，實爲殺人成癖。

可能是因爲武俠題材，腐儒在金庸小說中並不多。一旦有人引用儒家倫理，往往是要做實在不講理之事。《神鵰俠侶》中楊過與其師傅小龍女相愛，郭靖要殺他們，因爲違反「禮教大防」。

對佛法過執，爲迂僧邪僧糊塗和尙，金庸小說中此種人物很多。在此我說一下金庸的民族觀問題。我們可以看到不少大惡人是胡僧：《連城訣》的吐蕃血刀僧、《神鵰俠侶》中的金輪法王、《鹿鼎記》中的吐蕃國師桑結等等。但是，另一方面，金庸從未讚美「夷夏之辨」之類的狹隘心理。除了反抗侵略是大義所在（如《書劍恩仇錄》），金庸的英雄人物經常是外族人❽。那麼，如何解釋那麼多凶惡胡僧？我想這是因爲盛於漢人中的佛教各宗，儀式大都求簡，相比之下，藏傳佛教的儀式就鋪陳繁複，看起來類似執著。所以《天龍八部》中的吐蕃聖僧鳩摩智，大智大慧的佛學大師，以精通佛典名於世，一旦修成武功，卻橫蠻無理，一意孤行，想稱霸天下。金庸寫的是胡僧，實際上說的是走魔入火的邪僧。

反過來，金庸筆下令人喜愛的和尙，常是不守清規。《天龍八部》三雄之一虛竹，無法抵禦誘惑：「被騙」吃酒肉，「被誘」與女人睡覺。他只是心地純厚，相處隨意，因此雖然長相不佳，卻深得女人喜愛，既成爲武林高手，又成爲天下神醫。

惡俠的一大特徵是執著，而適度、守中，是最後尺度，守此也能福澤天下。

一個最好的寓言是《倚天屠龍記》的張無忌修習「乾坤大挪移」的故事。練頭六層時無阻滯，第七層有十九句未練成。張本是一個適可而止的人，索性跳過，見好就收，卻恰好成就了他。原來那十九句正好是祖師想錯寫錯。全盤照練，就會全身癱瘓，甚至自絕經脈而亡。

六

總結上面的討論，或許可以說，金庸小說寓言了中國人思想的三條「背景共識」：以不爲爲成就至境，以容忍爲道德善擇，以適度爲思想標準。

以不爲爲至境，因此取得任何成就的最佳途徑，是不存機心，不切切於功利。

以容忍爲善擇，因此任何道德標準都不是絕對的，只是禮讓息爭是永遠的善。

以適度爲標準，因此任何思想不宜執著過分，唯有圓融守中，才不會墮入惡行。

回到本文開頭提出的課題——尋找中國人的民族共識。以上三條，或可當之。其他的中國民族道德——如忠孝節義，仁義禮智信；其他的中國民族性格，如勤勞苦幹，節儉自立；甚至中國人的民族實踐，如每過一段時間要均貧富，例如以仁政代暴政，例如幾乎從來不打宗教戰爭——都可以看成這些底蘊的推演，而且，理想上，應當以這些底線爲判斷尺度。金庸小說中，得到讀者同情的人物，多少具有以上品質；而令讀者難以認同的人物，都是明確違背這幾條共識。

進一步說，任何思想或宗教，要在中國人中站住腳，看來都要以此共識改造，淡化不盡對應的部分：儒家的中庸克己，道家的清虛修持，佛教的積德度衆，禪宗的活參無礙，民間宗教的泛神和適，都是如此。

這不是說中國人有此品格，從而高人一等，世界之最。李澤厚就認爲「不執著」是中國人的大缺點❾。一些中國人的「醜陋性」，中國民族性格中的弱點，也是從這幾條共識發展出來的。

例如，不少人認爲中國人缺乏「浮士德精神」，不能以追求眞理本身作爲人生目的，只作爲工具。在求知上過於實用，障礙科學思想的發展。的確，浮士德如果出現在金庸筆下，也是個武呆子。但是中國人拒絕泛科學主義，不能說完全沒有任何好處。

不少人認爲中國人本性非宗教，受限於工具理性，不追求人生或宇宙的根本至理與本體性，難以從有限中體驗無限性。因此文明古老卻神格不立，不僅無法建立一神教義，反而民間神愈弄愈散，思想家則把超越的要求愈降愈低，不是「良知爲本」，就是「我心即佛」。但是反過來說，超越性在基礎中，神性無所不在，不拘一格，因此任何宗教，只要不過執，任何上帝，只要能禮讓其他神格，都可以融入中國文化。如果某種宗教或主義的信奉者，幻想改變中國人的這些背景共識，最後總會造成災難。

我想，超越性落在基礎共識中，對中國文化構成的最大困難，是難以把超越的無限性，置於人生有限體驗之前方。由此，超越就無須追求，反而成了「退一步」才能取得的事。所以本文一開始說的金庸小說爲成長小說、成熟的標誌，就是退出江湖，退而得超度。

大部分過日子的老百姓不得不講功利，追求超越的自覺就相當低❿。崇道講的是延壽益年，禮佛追求現世報應。尤其是現代中國，常常由於「急起直追」，落入急功近利，不斷地從一個極端跌到另一個極端，「矯枉必須過正」，上述共識一時完全淹沒。

《鹿鼎記》中的神龍教讓人哭笑不得，卻是中國人不久前在做的事。而且此類狂風捲來，難以獨善其身。《笑傲江湖》的江湖奪霸風波，躲入音樂世界的劉正風，想逍遙而不得。於是金庸小說中有許多被拔離共識的悲劇人物，無奈捲入，無辜被害，甚至無心而殺人。

因此，說中國人思想中有這些共識，不等於說中國人本性已經超然，都能達成大善大德。反過來，說現代的中國人很少想到這些品質，也並不說明現代中國人已經不再具有這些共識。

哈伯瑪斯式的理想——對社會交流範式進行批判反思，追索規範的合法性，以建立社會的「合理性」——在現代中國人社會裡，有實現的可能。

注釋：

❶陳墨《金庸小說賞析》（南昌：百花洲文藝出版社，一九九六年版）一再指出，某一本金庸小說是某一種思想的寓言，但是他似乎並未作綜合的結論。

❷陳山《中國武俠史》（上海：三聯，一九九二年版）有專章討論武俠小說反映出來中國民族性中有

「俠義傳統」。他也看出新武俠有所不同，因為「打破了正邪分明的人物類型」，但是他沒有以此修正他的結論。

❸陳墨《新武俠二十家》（北京：文化藝術出版社，一九九二年版）指出：「金庸小說中的一個較為普遍的模式，是寫少年武士的成才之路。」（第五六頁）他又指出，歸隱是「金庸小說人物的一種共同的歸宿模式」（第六〇頁）。我加上的，只是成才與歸隱中間的關聯。

❹當代思想家中，反對哈伯瑪斯「共識」論者，大有人在。例如Luhmann認為當代社會分化已經無共識，也不需要共識，指責哈伯瑪斯的努力，是「老式自由主義」，不適合後現代社會。這個爭論恐怕與我們無關，因為中國後現代成分還太少。但是，哈伯瑪斯的理論方向，即是把人看作主體（而不是後現代諸家說的主體消解），主體之間應當有交流，有統合的意向，而理想的結果應當是個「合理化社會」。我認為他的討論指向，正是中國所需。

❺討論民族共識，是否重複了孫隆基名著《中國文化的「深層結構」》（一九八三年版）的思考路子？我覺得主要不同之處，並不在於孫隆基全書在剖析中國民族性格的醜陋，而我試圖找出一條建設性的路子。不同點主要在於，孫隆基用「結構主義」方法，試圖發現中國民族性之「文化密碼」，而這密碼「並非潛意識」。他認為密碼藏於中國人關於「人」、「身」與「二人為仁」等最基本概念中。本文討論的所謂背景共識，孫隆基會認為還是不夠「深層」。此外，孫隆基用的方法主要是演繹，而我的方法主要是歸納。

❻潘國森《武論金庸》（香港：明窗出版有限公司，一九九五年版）第三一至三六頁。潘國森最後的看法是令狐沖練成獨孤九劍後，「內力既強，劍術又精」。

❼金庸小說中的「日月教」或「明教」，是起源波斯，唐代一度盛行於中國的摩尼教，唐後期受壓迫，成爲秘密宗教。五代時改稱「明教」，宋朝官方誣稱之爲「魔教」，防範極嚴。到元明二代，漸漸消失。金庸小說中，江湖上也稱之爲「魔教」。但是《倚天屠龍記》的張無忌坦然做了明教教主（暗示繼蒙元而起的「明朝」得名於此）；《笑傲江湖》中明教雖爲「邪教」，至少不比正宗諸派壞。金庸在他辦的報上連載這兩部寫到「明教」的小說，不避諱「魔」「邪」，後來索性改刊名爲《明報》，或有深意？

❽陳墨《金庸小說與中國文化》（南昌：百花洲文藝出版社，一九九五年版）認爲，金庸「往往自覺或不自覺地褒揚少數民族，貶抑中原漢人」（第六〇九頁），金庸小說的一貫主題是批判「漢人政治及文化腐敗」（第六一三頁）。

❾李澤厚近作《中日文化心理比較試說略稿》，指出中國人看日本人，覺得「褊狹扭曲，有失自然」，日本人覺得中國人的不執「太滑頭」。相比之下，李澤厚還是欣賞日本人「極端認眞地講究技藝，千錘百煉，一絲不苟」（《明報月刊》一九八九年五月號，第七九至八〇頁）。

❿孫隆基也談到中國人「沒有超越意向」。他認爲原因是在中國「肯定一個人的節制因素，並不是來自一個超越的原理，而是來自他在社群關係中的表現」（《中國文化的「深層結構」》，第二八二

頁，一九八三年版）。我想說，超越本來就是一種「社群交流」。人類的宗教實踐，就是努力使超越變成「社群關係」。對中國人來說，「超越的原理」雖然不如宗教社會的神性那麼清楚，但是取得我說的底線超越性的人，還是得到「社群關係」的首肯。

論金庸小說與唐代豪俠小說

楊興安

一

近代的武俠小說、是最具中國傳統形式與精神內涵的小說。而其中表表者應首推金庸的作品。

我們在金庸的作品中，可以看到他典雅的文筆、古典故事的素材、唐人描述豪俠小說的筆法，和充滿中國傳統生活文化的敘述。金庸作品顯然受中國古典小說的影響極深。在一九六九年的一次訪問中❶，作者金庸有這樣的一席話：

> 在寫《書劍》之前，我的確從未寫過任何小說……，有時不知怎樣寫好，不知不覺就會模仿人家。模仿《紅樓夢》的地方也有，模仿《水滸傳》的地方也有。我想你一定看到。陳家洛的丫頭餵他吃東西，就是抄《紅樓夢》的。你（對林以亮說）是研究《紅樓夢》的專家，一定說抄得不好。

《紅樓夢》是我國公認的寶典，許多作者都會以之作典範來學習。金庸自己也說得明白不過。在金庸作品中，有如《三國演義》的借用歷史事件和歷史人物，如《水滸傳》中側重人物命運遭遇而成故事發展結構基礎，都運用頻常而了無斧痕之處❷，可窺作者對我國古典長篇小說寫法之圓熟，又對其影響之深遠。本文則著意於金庸作品與古典短篇豪俠小說的比較。以《太平廣記》卷一百九十三至卷一百九十六中二十五則豪俠小說作爲比擬對象❸。

二

在素材上，金庸作品與唐代豪俠小說頗有相近之處，虛構的小說中所出現的世界，充滿中國古代社會風貌。在金庸成名作《射鵰英雄傳》中，開場一幕郭嘯天、楊鐵心二人雪夜賞酒，見一個道人頭戴斗笠、身披蓑衣、背上斜插長劍在漫天風雪中大步獨行，氣概非凡。楊鐵心便邀之相飲禦寒。作者寫道人充滿猜疑，隨之有這樣的描述❹：

> 楊郭兩人細看時，只見他三十餘歲年紀，……他跟著解下背上革囊，往桌上一倒，咚的一聲，楊郭二人都跳起身來。原來革囊中滾出來的，竟是一個血肉模糊的人頭。包惜弱驚叫「哎唷」，逃進了內堂。楊鐵心伸手去摸懷中匕首，那道人將革囊又是一抖，跌出兩團血肉模糊的東西來，一個是心，一個是肝，看來不像是豬心豬肝，只怕便是人心人肝……

道人是丘處機，他的出場與豪俠小說中虬髯客出場氣勢極相似。李靖與虬髯客逆旅乍遇，邀之共酒。同坐一桌之後：

請取酒一斗，酒既巡，客曰：吾有少下酒物，李郎能同之乎？靖曰：不敢。於是開革囊，取出一人頭心肝。卻收頭囊中，以匕首切心肝共食之。曰：此乃天下負心者心也，銜之十年，今始獲，吾憾釋矣。

丘處機和虬髯客都是鋤奸後取人頭置革囊中，再以之示人，既標其人技藝與神秘身分，亦收寫作上令讀者慄異感覺。金庸作品中有寫一江湖神秘而令人聞之膽喪的盜夥首領，竟是美艷無倫的妙齡女子❺：

袁承志道：「五毒教是什麼東西？」單鐵生急道：「啊喲，袁相公，五毒教是殺人不眨眼的邪教，教主何鐵手，你沒聽見過麼？」……殿後走出一個身穿粉紅色紗衣的女郎。只見她鳳眼含春，長眉入鬢，嘴角含著笑意，約莫二十三歲年紀，甚是美貌，……膚色白膩異常。遠遠望去，脂光如玉，頭上長髮垂肩，也以金環束住。

上文引自金庸作品《碧血劍》中五毒教教主何鐵手的描述。唐豪俠小說中《原化記》載〈車中女子〉，也是記當時京中盜夥到皇宮偷竊珍寶，黨徒都是技藝高超之輩。但他們的首領也是色容艷麗的妙齡女子：

見一女子從車中出，年可十七八。容色甚佳。花梳滿髻，衣則紈素。二人羅拜。此女亦不答，此人亦拜之，女乃答。遂揖客入，女乃升床，當局而坐。

「車內女子」雖是妙齡少女，而氣派儼然，不失領袖氣度。此人手下「有於壁上行者，亦有手撮椽子行者，輕捷之戲，各呈數般，狀如飛鳥」，使「此人拱手驚懼」。妙齡女子而爲桀驁不馴亡命者首領，在小說中出現往往有意外驚異效果，掀起讀者求異好奇之心而追讀下去。〈車中女子〉小說文字不多，對女子描述不及《碧血劍》中細膩靈動。

《廣記》豪俠小說中，多有少女、婦人，傭僕、老人一類荏弱位卑之士，實爲身負異能之豪俠。如〈車中女子〉之少女盜魁，〈聶隱娘〉中大將聶鋒女兒，〈紅線〉中薛嵩青衣小婢，〈荊十三娘〉中女商人，〈崔慎思〉中只許求爲妾之女子，〈賈人妻〉中王立之妻，均先以弱質示人，及後方知爲凌悍人物。以老人姿態出現之異人有〈京西店老人〉中老木匠，〈蘭陵老人〉中之掉臂而行的里中老翁。以奴僕出現異人有〈崑崙奴〉中磨勒，有〈田膨郎〉中小僕等等。其中以〈京西店老人〉的教訓後輩而又深藏不露，寫得極具神采。原文：

……店有老人方工作。謂曰：客勿夜行，此中多盜。韋曰：某留心弧矢，無所患也。……須臾，韋驚懼，投弓矢。仰空中乞命，拜數十。電光漸高而滅，風雷亦息。韋顧大樹，枝幹盡矣。鞍馱已失，遂返前店。見老人方箍桶。韋意其異人也。

這故事說旅店一個貌若平凡的老人，實有驚人技藝，對後輩小子小懲大戒。金庸作品中亦有描述一毫不起眼老人之驚人武藝，令人咋舌。

眾人一齊轉頭望去，只見一張板桌旁坐了一個身材瘦長的老者，臉色枯槁，披著一件青布長衫，洗得青中泛白，形狀甚是落拓，顯是個唱戲討錢的。……卻見那老者緩緩將長劍從胡琴底部插入，劍身盡沒。……那老者又搖了搖頭，說道：「你胡說八道。」緩緩走出茶館。

……有人向那矮胖子道：「幸虧那位老先生劍下留情，否則老兄的頭頸，也和這七只茶杯一模一樣了。」……那矮胖子瞧著七只半截茶杯，只是怔怔發呆，臉上已無半點血色，對旁人的言語一句也沒聽進耳中。

上文引自金庸作品《笑傲江湖》❻。臉色枯槁的老人是莫大先生。莫大先生乃不可貌相之人，本領深藏不露，大有京西店老人之風。金庸乘長篇之便，再將之寫成淒楚無奈、外冷內熱的老人，人物的塑造，比〈京西店老人〉更成功。除了老人外，金庸作品中還出現不少唐代豪俠小說中愛用的人物和情節。例如妙齡少女技壓群雄的橋段便不少：如《笑傲江湖》中岳靈珊在爭奪五嶽派掌門時大露身手❼，

《倚天屠龍記》武林大會中周芷若技冠群英，奪得「武功天下第一」的名頭❽，《飛狐外傳》中程靈素以一盈盈少女，羞怯嬌小，卻令江湖豪客聞名色變，退避三舍❾。

金庸作品中技藝高強的奴僕在《倚天屠龍記》中有趙敏手下家人「阿大」、「阿二」、「阿三」❿。同書中殷天正家人殷無福、殷無祿、殷無壽三人，都是可以獨當一面的人物，但被叛離家庭的三小姐蛛兒戳傷一人，還是不敢跟她動手，只好抱了傷者而去⓫。同樣《笑傲江湖》中梅莊四友的管家丁堅、施令威，也寫成武林好手⓬，而甘為役僕，與唐人小說中身負異能之廝僕無異。

在人物方面，唐代豪俠小說多有僧人道人出現：如〈虬髯客〉中會望氣道人，〈僧俠〉中盜魁僧人，〈聶隱娘〉中聶隱娘之女尼，〈盧生〉中索天下妄傳黃白術之盧生，〈許寂〉中既有道人，亦有頭陀僧，〈丁秀才〉中圍爐之道士。小說中涉及寺院（如荊十三娘舍於支出禪院）、道觀（丁秀才寓之茅山紫陽觀）。金庸作品中亦不乏道人僧尼之描寫，成了武俠世界中不可缺少的人物。金庸除寫中土僧人外，尚寫胡僧番僧，如《神鵰俠侶》中之金輪法王與《天龍八部》之鳩摩智；寫有道之士如《倚天屠龍記》中張三丰；也寫淫邪惡道如《碧血劍》之玉眞子。金庸的作品中，幾乎都沒有忽略僧尼道人的存在。

在塑造人物上，唐人豪俠小說所偏愛寫的少女、老人、奴僕及僧道異人，在金庸作品中亦占極重要位置。在長篇故事精彩筆法之下，更有青出於藍之概。

三

唐人小說素受論者推崇，宋洪邁曾說「唐人小說，小小情事，淒惋欲絕，洵有神遇而不自知者」⑬，寫出唐小說之感人。在唐代豪俠小說中，我們可以察覺到小說的作者都愛用第二人稱敘事觀點的寫法。把要寫的人物，也由小說中人物介紹出來。寫出他們對此人的印象感受，這樣讀者看來，便親切得多，故事也感人得多。《太平廣記》二十五則豪俠小說中用此筆法有：

虬髯客——透過李靖和紅拂的視野交往而描述。

車中女子——透過入京應明經試吳郡士人所遇而描述。

崑崙奴——透過崔生遭遇而寫磨勒。

僧俠——透過士人韋生所見而描述。

崔愼思——主題寫崔妻，透過崔愼思而述。

京西店老人——透過韋行規所遇而描述。

蘭陵老人——透過京兆尹黎幹而描述。

盧生——透過好言善縮錫唐山人描述。

田膨郎——透過王敬弘而述小僕。

潘將軍——所述三鬟女子透過王超而描述。

賈人妻——透過縣尉王立而述其妻。

許寂——透過許寂而述劍客往來。

金庸作品雖然也寫古代人物，但愛用第二人敘事觀點之筆法不讓唐人專美。在《射鵰英雄傳》中穆念慈和楊康比武招親一場，便寫得最清楚：

> 穆易初見那小王爺掄動大槍的身形步法，已頗訝異。後來愈看愈奇，只見他刺、扎、鎖、拿、盤、打、坐、崩，招招都是楊家槍法。這路槍法是楊家的獨門功夫，向來傳子不傳女。在南方已少見，誰知竟在金國的京城之中出現，……只是他槍法雖然變化靈動，卻非楊門嫡傳正宗，有些似是而非，倒似是從楊家偷學去的……只見槍頭上紅纓閃閃，長桿上錦旗飛舞……

上文寫穆易（楊鐵心）爲女兒招親，引出小王爺（楊康）與郭靖較技。文中「只先他刺、扎、鎖……」是誰見了？——是穆易。「只見槍頭上紅纓閃閃……」是誰見了？——是穆易。「誰知竟在金國京城之中出現……」這個「誰」是哪人了？是穆易。誰心裡知道這門槍法是楊家獨門功夫？是傳子不傳女的？——也是穆易。這段打鬥的描述，完全是書中人穆易所見、見而所思的。作者把穆易眼睛、耳朵所接觸到的事物，全部都移借給我們讀者觀賞。穆易所見成了讀者所見，穆易所思成了讀者所思。穆易站在比武圈外看比武，我們也站在比武圈外看比武。能替讀者帶來這樣的切身感受，皆因拜這種第二人敘事觀點的小說寫作筆法所賜。

金庸常愛用這種筆法寫小說，將讀者直接帶入書中人物的內心世界，使讀者感受到虛構的古代人物的感受。在《笑傲江湖》恆山派女尼定靜師太帶領門徒涉足江湖一段，更把這種筆法發揮得淋漓盡致：

> 但見一家家店舖都是上了門板，廿八舖說大不大，說小不小，也有幾百家店舖，可是一眼望去，竟是一座死鎮，落日餘暉未盡，廿八舖的街上已如深夜一般……
>
> 她從大門中望出去，只見大街西首許多店舖的窗户之中，一處處透了燈光，再過一會，東首許多店舖的窗中也有燈光透出。大街上燈火處處，便是沒半點聲息。定靜師太一抬頭。見到天邊一鉤新月，心下默禱：「菩薩保佑……」
>
> 便在此時，忽聽得東北角傳來一個女子聲音大叫：「救命、救命！」萬籟俱寂之中，這尖銳的聲音特別淒厲……
>
> 隔了好一會，忽然那女子聲音又尖叫起來……于嫂躬身答應，帶六名姐妹，向東北方而去。可是說也奇怪，這七個人去後，仍如石沉大海一般，有去無回。

這段寫恆山派敵人早有布置，藉定靜師太驚疑莫測的感受，寫出詭異之極的氣氛，讀有看來恍如置身其境，也是這種第二人敘事觀點（有稱之爲旁知觀點）運用得心應手而致。

除了敘事筆法外，金庸作品尚有與唐代豪俠小說相擬之處。如〈虬髯客〉之借用歷史及歷史人物，利用歷史空檔。金庸作品與《三國演義》可說先後輝映。〈虬髯客〉的故事說因隨煬帝幸江都，命司空楊素守西京，因而引出李靖，再因李靖得劉文靖之引，得見「不衫不履」、「神氣揚揚」之李世民。小說寫得活靈活現，可使人信以爲史實。而宋人洪邁及今人饒宗頤早已言故事實爲虛構⑭。亦可由此見到作者借用歷史的手法天衣無縫。金庸作品中借用歷史人物比比皆是。更「創造」歷史人物（如郭靖爲成吉思汗金刀駙馬、韋小寶爲康熙至寵信宦官），栩栩如生、天衣無縫，不讓〈虬髯客〉專美。豪俠小說中有類仿事態所載的寫法，如〈聶隱娘〉中隱娘鬥精精兒之描述，與〈通鑑〉卷二五四之描述極近似⑮，當然在小說中再有文人之潤色。金庸作品中不乏歷史事態之描述，可見作者在這方面亦優而爲之。

此外，金庸作品中反映著強烈中國傳統生活文化氣息，與唐代豪俠小說反映中國傳統社會的步伐一致。由於金庸作品多是長篇小說，文字的數量比唐豪俠小說多出許多倍。所以作品中涉及中國人文化生活的筆觸頗多。例如在巨著《天龍八部》中所說的聾啞老人蘇星河，門人「函谷八友」各擅所長。大師兄康廣陵善音律，二師兄范百齡善圍棋，三師兄苟讀愛書、是位宿儒，四師兄吳領軍善丹青，五師兄薛慕華神醫，六師兄馮阿三巧匠，七師妹精於蒔花，八師弟李傀儡嫻熟戲曲。這八人所精之藝，都是國人文化生活精粹。金庸作品尚多有描述。

關於談及音律的尚見於《笑傲江湖》之曲洋與劉正風相交一段。任盈盈之操琴療病、黃鐘公之善律等。《書劍恩仇錄》中乾隆與陳家洛西湖相遇，亦有論琴音。至於說曲樂戲文的，可見《鹿鼎記》中韋小寶在雲南世子府及陳圓圓居處所說的欣賞曲樂。

金庸作品中書畫的描述，可見於《笑傲江湖》中梅莊四友出場時丹青生和禿筆翁的論藝。《鹿鼎記》中陸高軒教韋小寶寫字取媚洪教主，述及書法亦不少。至於棋藝的描述當首推《天龍八部》玲瓏之局，寫得至為精細。

金庸作品每有神醫出現，尤以《倚天屠龍記》中胡青牛行醫寫得最詳。關於人體經脈、氣功現象，多部作品中均有描述，使讀者認識到這種中國源遠流長的文化。使用毒藥則在《飛狐外傳》中寫得最多。

此外，尚有《天龍八部》中王夫人善種茶花，《神鵰俠侶》的小龍女愛養蜜蜂，《笑傲江湖》向問天和丹青生論酒，《鹿鼎記》中韋小寶在大小賭場都愛一展身手。

從上列例子中，可見金庸作品有極豐富的中國社會傳統文化生活素材。唐代豪俠小說中因礙於篇幅，難作如此等之詳盡描述。唯在同時期出現之其他武俠小說，在這方面亦未有如金庸作品描述之廣博精到。金庸作品與唐代豪俠小說之文字均精鍊優美，則毫無疑問了。

注釋：

❶見《諸子百家看金庸》第三輯（台灣遠景版）。

❷金庸作品與《三國演義》及《水滸傳》寫法上的比擬，本文作者將於《金庸小說十談》中論及。

該文在整理出版中。

❸《太平廣記》二十五則豪俠小說採用中華書局六九年九月初版之明嘉靖談愷刻本。

❹明河版《射鵰英雄傳》第二二頁。

❺明河版《碧血劍》第五四二頁。

❻明河版《笑傲江湖》第七二頁。

❼明河版《笑傲江湖》。

❽明河版《倚天屠龍記》第五五五頁。

❾小說中程靈素善用毒藥，可救人，亦可殺人於無聲無色之間。

❿明河版《倚天屠龍記》第九七六頁。

⓫明河版《倚天屠龍記》第七二四頁。

⓬明河版《笑傲江湖》第七八四頁。

⓭〔宋〕洪邁：《容齋隨筆》。

⓮饒宗頤：〈虬髯客傳考〉，《大陸雜誌》第十八卷一期。

⓯《通鑒》卷二百五十四：高駢與鄭畋有隙，呂用之謂有刺客來刺，夜擲銅器於階，灑彘血於庭宇騙駢事。

論金庸小說《鹿鼎記》與曹雪芹小說《紅樓夢》

呂啓祥

一

《紅樓夢》以一部言情小說而成爲中國文化的經典之作，研《紅》之學已蔚爲大觀。《鹿鼎記》是金庸武俠小說壓軸的一部，金庸小說創造了一個文化奇蹟，「金學」也正方興未艾。「紅學」和「金學」有緣分嗎？《紅樓夢》與《鹿鼎記》可以溝通嗎？回答是肯定的。二者的聯繫不在表象，而在深層。

《紅樓夢》如同一株大樹，餘蔭綿遠，澤被後世。人們熟悉的許多現代名作都或深或淺或隱或顯地受到它的影響，最著名的如巴金的《家》、《春》、《秋》系列，還有林語堂的《京華煙雲》、張恨水的《金粉世家》，張著曾被稱之爲「民國紅樓夢」；再如中短篇小說作家張愛玲、白先勇等都酷嗜《紅樓夢》。這些作品，多寫大家族，敘日常事，演兒女情，感盛衰變，讓人一看上去就覺得「像」，就似紅樓家數；儘管它們自成格局，各有千秋。

《鹿鼎記》卻不像，它的題材、場景、人物都與《紅樓夢》相去甚遠。如果要尋找二者有什麼瓜葛的話，那麼它們寫的都是清初故事，或如《鹿鼎記》卷末所云，康熙六下江南，信用《紅樓夢》作者曹雪芹之祖父曹寅，是爲了尋訪韋小寶的下落……，可這是小說家言，當不得眞。

這裡我們不妨借用金庸小說的武學術語來說明二者的關係，我們的著眼點不在招式套路，而在內功修爲；不在劍招，而在創意。也就是說，《鹿鼎記》在抒寫人生和人性，在對人的認識和理解這個作家最基本的內功修爲上，同《紅樓夢》相契貫通。正因爲要寫出「眞的人」，才有了藝術創新的勇氣，才有別開生面的人物，才有耐人品味的境界。

在《鹿鼎記》的〈後記〉中，金庸明言這部作品不同於他以前的武俠小說，針對讀者慣於將自己代入書中的英雄而不滿於韋小寶其人說了這樣一段話：「小說的主角不一定是『好人』。小說的主要任務之一是創造人物；好人、壞人、有缺點的好人、有優點的壞人等等，都可以寫。在康熙時代的中國，有韋小寶那樣的人物不是不可能的事。作者寫一個人物，用意並不一定是肯定這樣的典型。哈姆雷特優柔寡斷，羅亭能說不能行……林黛玉顯然不是現代婦女讀者模仿的對象。」「小說中的人物如果十分完美，未免是不眞實的。小說反映社會，現實社會中並沒有絕對完美的人。小說並不是道德教科書。」可見，創造人物，寫出眞實的人，乃是金庸自覺的美學追求；也正同大家熟稔的魯迅那句老話相合，說《紅樓夢》所寫的是「眞的人物」，「並非好人完全是好，壞人完全是壞」。這不是什麼作文秘訣或武功絕招，已成了盡人皆知的常識；然而，就如一種最平樸無奇的招式套路，在高手那裡，卻能得到最佳的以至超常的發揮，決定的因素在於作家的內功修為，在於作家對人的認識和把握。高明的作家深知僅僅從好壞善惡的角度是很難洞察人性奧秘領悟人生眞諦的，要理解人物須從人性本身入手，所謂人性包含著人的本能和人的理性兩個方面，相互矛盾又相互制衡，隨著人自身的生命律動和社會環境的發展而變化，是一個動態的複雜過程。許多人物從道德禮義看往往都有這樣那樣的缺陷，然而從人性的角度看則是可以理解的。我們不僅可以理解好之所以為好，壞之所以為壞，而且可以理解正邪兼備、善惡泯滅的人性奇觀。

在中國，古之君子包括文人作家歷來「明於禮義而陋於知人心」，善於教化而缺少理解，正是在「知人心」這點上，金庸得了《紅樓夢》的眞傳。

二

先從主人翁說起，《鹿鼎記》的主人翁韋小寶和《紅樓夢》的主人翁賈寶玉可以說天差地遠，無論是出身教養還是氣質稟性都不搭界，不必強作比附。然而如果從藝術創作的角度來看，他們又都堪稱作家的一個傑作、一種創新，是以前同類作品中未曾有過、令讀者感到耳目一新的藝術形象。對於賈寶玉這個人物，有一段為人熟悉的脂評，道他是「古今未有之一人」，「聽其囫圇不解之言，察其幽微感觸之心，審其癡妄委婉之意，皆今古未見之人，亦是未見之文字；說不得賢，說不得愚，說不得不肖，說不得善，說不得惡，說不得正大光明，說不得混帳惡賴，說不得聰明才俊，說不得庸俗平凡，說不得好色好淫，說不得情癡情種，恰恰只有一顰兒可對，令他人徒加評論，總未摸著他二人是何等脫胎、何等心臆、何等骨肉。」（第十九回〈脂評〉）這一連串「說不得」，正表述了對人物把握不定、捉摸不透的一種新奇感，「恰恰只有一顰兒可對」，是說只有林黛玉與他相契，是他知己。

現在不妨將這段評語活剝一下，用以表達我們對韋小寶即小桂子這個人物的感受。這也是「古今未有之一人」，「聽其粗鄙無文之言，觀其歪打正著之行，察其身不由己之境，亦古今未見之人，未見之文字。說不得忠，說不得義；說不得武，說不得俠；說不得善，說不得惡；說不得聰敏機靈，說不得狡猾無賴；說不得貪財好色，說不得重義輕財；說不得官高祿厚，說不得尷尬無奈；……總未摸著是何等脫胎、何等心思、何等骨肉，恰恰只有一小玄子可對。」小玄子（康熙）和小桂子（韋小寶），一個是小皇帝，一個是小無賴，一個在天上，一個在地下，由於二者在不明對方身分的孩提時代摔跤扭打而結下了友誼。這份總角之交包含的平等和眞誠，使韋小寶以康熙親信和替身的角色，經歷了擒鰲拜、救順治、救太后、屢次以身救護皇帝脫險、破神龍教、削弱吳三桂羽翼，以及與羅剎國較量和締約等一系列少年皇帝親政之初的風風雨雨，立下殊勳，步步高升，封爲「一等鹿鼎公」。小桂子不學無術，卻福星高照，小玄子對之瞭如指掌，不愧爲小桂子的唯一「知己」。上面那段套襲脂批的「評語」乃筆者杜撰，謹供當今評點《鹿鼎記》的方家參考。

韋小寶這樣一個極其獨異的古今未見的人物出現在文學畫廊裡，幾乎不可思議，我們爲作家敢於突破「禁區」的創新膽識所折服，更爲人物的文化內涵和人性內涵所震撼。這種效應，類乎二百多年前賈

寶玉形象出現在文壇上，驚世駭俗，前所未見，「寶玉之爲人，是我輩於書中見面而知有此人，實未曾親睹者」（第十九回〈脂評〉）。曹雪芹特立獨行的藝術魄力鼓舞和啓示著後世作家，不論他們是否自覺地意識到。

上述的那一連串「說不得」，也反映了傳統的觀念、現成的規範於這新鮮獨異的人物都不適用，哪個框子也套不下，哪頂帽子也戴不上；或者說單是一種觀念、一個框子已遠遠不夠用了，要用多重的多元的多維的新眼光來觀察和審視了。總之，人物已經不那麼純而又純、一目了然、正邪分明，《紅樓夢》不是已經提示賈寶玉是兼正邪二賦所生之人麼；那麼韋小寶呢？他當然不是仁人君子，亦非大凶大惡，用他自己的話說，「英雄做不成，那也罷了」；「大白臉奸臣是決計不做的」；「韋小寶良心雖然不多，總還有這麼一丁點兒」。的確，從道德禮義看，人物缺陷很多，如果說偏僻乖張的賈寶玉不過是不肖子弟，不足爲訓，那麼韋小寶簡直可以說是無聊小丑、社會渣滓。然而，倘若換一個視角，從生存環境、生存欲望、生存策略諸多方面透視描摹之，則人物變得可以理解可以容納，甚至在某種意義上可以認同。作家似乎冒天下之大不韙涉此險地，人生和人性的眞面本相藉此得以展示凸顯。

韋小寶究竟是個什麼樣的人？眞一言難盡。

韋小寶不學無術、目不識丁，連自己的名字也認不全，書信諭旨都靠別人給他講解；就是這個韋小寶卻銜領內廷、統率武將、位尊權重，一直做到「一等鹿鼎公撫遠大將軍」。

韋小寶油腔滑調、刁鑽無賴，具有營私舞弊的天賦奇才。諸般作官訣竅，一點即通，尤其對「千穿

萬穿，馬屁不穿」的拍馬之術，運用自如到了爐火純青的地步。這個韋小寶在官場之中焉能不如魚得水、左右逢源。

韋小寶天性懶惰，賭性極重，從揚州到北京，從宮中到兵營，無處不賭，無事不賭。他把人生際遇也看作壓寶下注，雖時有風險卻也有趣得緊。就是這個本來一無所有的小賭徒，卻成了人生賭場的大贏家。

看看韋小寶，令人不能不生出「黃鐘毀棄、瓦釜雷鳴」的嘆息與憤懣，不能不感到小丑扛大梁式的滑稽與荒誕。

一個人物包孕如此豐厚的文化內涵已足夠使人警省和深思，然而韋小寶這一形象最爲令人震撼的在於其人性內涵，即他那被沉埋、被壓抑、被扭曲的個性中，所未曾泯滅的眞誠和善良。

如上所述，韋小寶是個小賭徒、小無賴、小滑頭。他生長於妓院之中，混跡在市井之間，自幼被呼來喝去，充耳是小畜生小烏龜小叫化的罵聲，吃的是嫖客的殘羹剩飯，挨打受辱，污言穢語，習以爲常。正是在這樣一個出身低賤、氣質不佳、毫無教養的小人物身上，不僅有強烈的求生本能，而且閃現著人性的亮點，猶如渾江濁流中的金砂，雖則駁雜不純，卻難能可貴。

我們看到，慣會撒謊的韋小寶當他初次接觸到陳近南之時，在這位神色和藹、英氣逼人的天地會總舵主面前，只覺說謊十分辛苦，還是說眞話舒服得多。正是近朱者赤近墨者黑，陳近南的凜然正氣彷彿一種無言之教，此刻小寶滿腹大吹法螺的胡說八道霎時忘得乾乾淨淨，把自己的出身經歷和盤托出，加

入天地會的發誓也是真心誠意，並不搗鬼。以後，每當見到師父陳近南總會真情流露，師父憔悴他心中難過，師父受屈他滿腔不平，師父被害更像失去父親一般悲切，傷痛之淚如洪水決堤傾瀉而出。這些地方令人感動。韋小寶對九難神尼也有類似的感情，九難原爲大明長平公主，自有一種高華貴重的氣質，加之武功高超，小寶對之敬愛侍奉，出於至誠。

我們看到，慣會耍滑的韋小寶，在至急至難的緊要關口，會表現出一種出人意表的機敏和扭轉局面的智巧。爲了保全自身和救人困厄，他常常不擇手段，灑石灰、下迷藥、移花接木、偷梁換柱、賭咒發誓，樣樣來得，就是用這些君子不齒的手段，歪打正著，幹出了一樁又一樁驚天動地、快意恩仇的大事。他的相助茅十八，手刃鰲拜，屢次使小皇帝、總舵主、九難師徒轉危爲安，莫不如此。特別是救出天地會群雄，免遭一網打盡的浩劫，韋小寶確有殊勳在焉。可見在節骨眼上，韋小寶毫不含糊，難怪陳近南誇獎他「緊要關頭，居然能以義氣爲重，不貪圖富貴、出賣朋友，實是難得」。

即在平時，韋小寶雖愛錢，卻出手大方；雖滑頭，但坦率，並不城府深嚴；雖無知，總帶幾分幼稚，他還是個少年呢。

韋小寶的一切都是僥倖得之嗎？都可以用偶然性來解釋嗎？恐怕不能。他的心靈深處還是有善良眞誠的種子在。有的論者以爲作家在他的小白臉上塗了太多的油彩，總在感受韋小寶的可愛。應當說人物的光彩不是從外面塗上去的，而是人物本性中就有某些亮點，作家發現了，於是我們便眞切地感受到了。

當然，韋小寶不是英雄，並無以天下爲己任的心胸，沒有憂國憂民的使命感。所以說他不明大勢，只明小勢；不懂大義，只懂小義。他只憑直覺樸素地感到小皇帝是好的，天地會衆兄弟也是好的，「人家眞心對我好，我不能對不住人」，如此而已。一個凡人、一個小人物，能居心如此，也就可以了，我們不必苛求於他。

把人物寫成英雄，對於金庸這樣的作家並不難，金庸筆下的英雄豪傑早已夠得上一整個系列了。就在《鹿鼎記》中，陳近南便是一位人品高尚的君子、正氣凜然的英雄。作家不僅從師徒二人的強烈反差中凸顯了陳近南的正氣和英氣；同時深刻地揭示了英雄人物身外與自身的矛盾。陳近南所獻身的反清復明大業，由於清室的日漸穩固和義軍的矛盾紛爭而前途渺茫，更爲可悲的是，凌駕於陳近南這樣有膽有識的君子之上的，竟是狹隘、專橫、殘忍的小人，他最終不死於正面敵手而爲小人陰謀所害。變遷了的時代環境和個人的道德操守注定了這個英雄的悲劇性質。相對而言，韋小寶扮演的是喜劇，他不像師父那樣拘執，不再從一而終，他信奉的是實用主義，韋小寶「成功」了。喜劇的反諷較正劇的悲壯更耐人尋味，也更難於把握。

金庸不願意重複自己，不再以陳近南式的英雄而以韋小寶這樣一個人物作小說的主人翁，是作者有意的即自覺的選擇。倘若寫前者，眞是駕輕就熟；而寫韋小寶這樣的人倒要冒風涉險、難度很大。這正體現了作家的自信和成熟，體現了作家對人性的理解和開掘的新高度。

三

小人物、卑微的人，其對面是大人物、至高無上的人，兩者在社會地位、權威財富和氣質修養等等方面，可以有天淵之別；然而在特定條件下卻能溝通、認同，以至於達到「忘機相對」的境界。這是《鹿鼎記》爲我們展現的一種人性和人生的奇觀。

封建社會最大的人物莫過於帝王，歷來被神聖化、偶像化，稱作眞龍天子、萬歲爺。現在讓他走下龍椅走下聖壇，還原爲一個常人、一個少年、一個小男孩。於是在誤闖宮禁的韋小寶和初登大寶的康熙帝之間，在小太監小桂子和小皇帝小玄子之間出現了奇蹟，他們成了伙伴，成了朋友。眞是匪夷所思而又合情合理。

帝王后妃是人不是神，也有常人一樣的喜怒哀樂，這在《紅樓夢》裡已有動人心弦的描寫。賈元春雖則不是全書的主要人物，但歸省的情節耀眼奪目、催人淚下，其著力處在於將元妃還原爲賈家女兒。元春是貴妃，更是賈府的大小姐、賈母的孫女、賈政的女兒、寶玉的長姐，父母兄弟的親情被割捨，生離猶如死別，鑄就了人性對皇權控訴的一幕，深深嵌入了讀者的心中。正是在把帝王后妃當作普通人來寫這一點上，《鹿鼎記》極大地拓展發揮，自出機杼，妙不可言。在《鹿鼎記》中，康熙帝是僅次於韋小寶的第二號人物，就封建帝王而言，不論是暴君還是明君，其殘忍乖戾或雄才大略，以至於宮廷內闈

的手鬥傾軋、驕奢淫亂等等，都很容易進入作家的視野；而像《鹿鼎記》那樣，把目光傾注於皇帝的少年時代，從童心、天趣、契友的角度來觀察，表現一個成長中的小皇帝，的確十分獨特，也可以說是一個「得天獨厚」的視角。

韋小寶是在一種完全自由放鬆的狀態下進入康熙的世界的。他在桌底看見康熙同皮袋摔打，便鑽出來道：「我來跟你玩」，何等自然！玩鬧遊戲，乃是上天賦予少年兒童的本性，也是他們的權利，韋小寶全身心投入，盡情扭打，肆無忌憚，彼此翻了十七八個滾。他哪裡知道，對打的這個小男孩是當今大清皇帝。韋小寶的無知無識糊里糊塗造成了他身在深宮而不知，面對天子而不識，他有的是打架的經驗。正是這韋小寶習以爲常之事，使少年皇帝感到前所未遇的新鮮有趣，頭一遭有人跟他「眞打」。此前他還未曾有過眞正的比武打架的對手，侍衛也好、太監也好，一到與皇上比試，不是戰戰兢兢就是死樣活氣，不打自倒，了無趣味。對手的意義首先是人格和心態的平等，宮廷之內乃至普天之下，天子到哪裡去找這樣的對手！如今冒出個天不怕地不怕的懵懂頑童韋小寶，使康熙在「眞打」中體驗了生機和樂趣，找回了一個普通少年的感覺，重新發現了自我。

不打不成相識，兩個少年的友誼在眞打中結下。「眞打」之時，相互不明身分、不計利害、不懷機心，這就是所謂「忘機相對」吧！忘機相對是人生很難得的一種境界，是超越於必然王國的自由王國。

少年康熙當然不願輕易失去這個對手，不願過早洩漏自己的身分，因而在回應小桂子的詢問時，童心一起，隨口回道：「我叫小玄子」。

「小桂子」和「小玄子」成了有特定意義和感情內涵的符號和代碼。在以後的歲月中，儘管小桂子很快知道了小玄子就是皇帝，但有了這份交情墊底，伴隨他倆經歷了一系列生死攸關、禍福難測的人生風雨。這期間，固然有小桂子屢次捨命護駕和不辱使命所建奇功不斷地強化這份交情；另一面，又因小桂子成了天地會的香主，隱匿欺君，使這份交情經受了空前嚴酷的考驗。對韋小寶來說，逼他去加害總舵主、殺滅天地會衆兄弟，是「萬萬幹不得」的，他陷入了兩難境地，「天地會衆兄弟逼我行刺皇上，皇上逼我去剿滅天地會」，不能兩全時，「只好縮頭縮腦，在通吃島上釣魚了」。正當韋小寶在海島避禍隱居之時，康熙終於沒有加罪於他，而是派了船隻，苦苦尋訪小寶的下落，使者奉了聖旨，跋涉數月，挨次找來，上了八十多個小島，每上一島便依旨呼喊：「小桂子，你在哪裡？小玄子記掛著你哪！」韋小寶聞之不禁眼淚奪眶而出，彷彿被攝了魂魄，回應道：「小玄子，你找我麼？小桂子在這裡！」這一呼一應只有當事者才能會心默契，如同密碼，如同符咒，它是一段永不磨滅的往事，是一股心靈溝通的電流，是一片相互信賴的眞情。在此前或此後，不論小桂子有何種過失、天大罪愆，只要一用「小玄子」這個稱呼，康熙即使在盛怒之下，也會長嘆一聲，不再追究。足見少年友誼刻骨銘心。

對於小皇帝而言，這段友誼的價值，不僅在於獲得對手的難能可貴，更加在於對方作爲替身所帶來的心理滿足，作品在這方面有十分獨到的揭示和發揮。皇帝自幼便受嚴格管教，沒有半分自由，殊乏人生樂趣。其實被嚴加拘束的貴胄子弟都有這類苦悶，賈寶玉不就發過這樣的牢騷：「我只恨天天圈在家裡，一點兒做不得主，行動就有人知道，不是這個攔就是那個勸的，能說不能行。雖然有錢，又不由我使。」（《紅樓夢》第四十七回）不過寶二爺的自由比康熙爺大多了，寶玉還能出口抱怨，小皇帝至多只能在心裡想想，私心羨慕小桂子。每當康熙派給韋小寶一件差使，心裡往往想，「只可惜我是皇帝，否則的話，我真想自己去幹一下子。」「小桂子年紀和我相若，武功不及我，聰明不及我，他辦得成，我自然也辦得成……，雖然不能親歷其境，但也可想像得之。」（第十三回）內心深處，都是以韋小寶為自己替身之意。在韋小寶這一面，則心領神會，全力以赴，從不使康熙失望。主奴關係中的這種「替身」成分，也可在茗煙寶玉間窺見一二，大抵寶二爺不便出手、不便出口之事，便以茗煙小廝代之。比如衆頑童鬧學堂，茗煙大打出手，正是寶玉礙於身分想幹而不能幹的事，又如私祭金釧，井台邊茗煙代為祝告，難道不是緘默無言的寶二爺心中所想麼！比較而言，韋小寶這個替身的天地可廣闊多了，先說名分就是堂而皇之，名正言順的，他是奉旨出家，作為皇帝的替身來到少林寺，終於促成了康熙父子相會。在康熙，不論是宮闈秘事還是軍國大事，不論是走南還是闖北，派遣韋小寶出去總脫不了這一層心理上的原因，事畢歸來，韋小寶不無誇張地敘述種種驚險際遇，康熙聽了常常「悠然神往」，滿意之中透著幾分羨慕，童心一起還和小桂子比個頭高矮，龍心大悅時也會衝口說句「他媽的」。這「國罵」把皇帝俗化、人化了，也可以看作是被韋小寶這個替身的「同化」。

少年共有的好奇、好強、好動、好勝的天性，善模仿、喜冒險、可塑性大等人生成長時期的特徵，在這對朋友身上體現得生動細膩。因而儘管故事情節是虛構的，但人物的行動特別其心理依據則是眞實的。「小皇帝小大臣，一塊兒幹些大事出來，讓那批老官嚇得目瞪口呆，有趣得緊」。這一切雖則未必有，但可能有，少年皇帝小玄子性格的人性內涵由此得到了很有深度的揭示，足可與小桂子並舉，亦如雙峰對峙，二水分流，各極其妙，莫能相下。

值得注意的是作家並沒有將這種友誼抽象化、絕對化，筆下是有分寸有節制的。小桂子和小玄子的友誼不可能地久天長，不可能陶醉其中而使之凝固。

首先是這種友誼只能在人生的一定時段即少年時代存在，隨著年齡的增長將逐漸疏遠、褪色以至變質。小說不止一次地寫到「小皇帝年歲漸長，威勢日盛，韋小寶每見到他一次，總覺親暱之情減了一分，畏懼之心加了一分」（第四十三回）。這個趨勢是必然的，從除鰲拜起，少年皇帝開始眞正親政，感受到了爲君的權威，意識到了大位的重要：在韋小寶這一面，也日益清晰地懂得了「他是皇帝，我是奴才，這朋友總是做不久長」。不單朋友之情，便是親子之情也同樣受到權力的剝蝕，小說擬寫康熙的內心活動，謂其幼時「只覺人間最大恨事，無過於失父失母，但這些年來親掌政事，深知大位倘若爲人所奪，那就萬事全休，在他內心，已覺帝王權位比父母慈愛爲重，只是這念頭固然不能宣之於口，連心中想一下，也不免罪孽深重」（第四十二回）。康熙作爲一個理性清明、宅心仁善之君潛意識中尙有此念，何況那些昏聵暴戾的帝王！再則，這種友誼只能在一定範圍內，即小桂子爲小玄子所用的前提下存在，前者永遠爲後者駕馭和控制。我們看到，少年皇帝即使還未臻成熟，也自有一股英氣、一種定力、一副內在的凜然之威和運籌之機。韋小寶再精也精不過康熙，總也跳不出如來佛的手掌心，小寶不過是小聰明，康熙的聰明則是大智慧。從一開始打架比武便是小寶落敗居多，最後在加封鹿鼎公的誥命中，康熙親筆添上了韋小寶「擒斬」陳近南這莫須有的「功勞」，這是一記撒手鐧，爲的是逼他和天地會一刀兩斷，不再「腳踏兩隻船」，足見身爲人君的殺伐決斷，正所謂臥榻之側豈容他人酣睡。

可以看出，作家在刻畫這一對少年朋友時，儘管極有膽識地展現了他們認同和相通的一面，同時一刻也沒有忘記他們的差異和懸殊。世俗之見、利害之心、權力之爭必然使少年友情不斷受到侵蝕、變異以至斫傷，這同賈寶玉的「男濁女清」及作爲其補充的「魚眼珠」理論，倒是遙相貫通的，其實質都是人性的異化。

四

作家著力於寫「眞的人」這一美學追求，貫串在整個創作中，不論是主要人物還是次要人物，不論是所謂正面人物還是反面人物，不論是男人還是被視爲禍水的女人，不論是世俗人還是出家人，無一例外。

《鹿鼎記》中，除去韋小寶和少年皇帝之外，從朝野到江湖，從京城到邊疆，還寫了形形色色衆多人物。有的雖著筆不多，或以群像出之，或以序列出之，都注意到相近人物的區別映照，使之各具稟性。有的則用力較多，給人留下了深刻的印象和有益的啓示。這裡想提出來略加評說的有大權臣鰲拜和大漢奸吳三桂，不單因爲他們是對「二小」直接構成威脅的「龐然大物」而引人注目，更因爲對這樣的「惡

人」、「奸人」寫來有深度、有層次，不啻於《紅樓夢》的刻畫賈雨村。

比之《紅樓夢》的寫賈雨村之流，《鹿鼎記》多了一重限制，即面對的是歷史人物，不能任意虛構。但這並沒有難倒作者，而仍本著寫人、寫出人性的內在脈動這一基點，使已有定評的歷史人物鮮活起來、豐滿起來。

小說寫鰲拜的篇幅十分有限，其驕橫跋扈和勇武威猛兩大特點卻躍然紙上。他對少年皇帝的蔑視、僭越、擅權，對百姓和政敵的屠戮、濫刑，對漢人漢官漢文化的仇恨和褊狹，確已達到了十惡不赦、民怨沸騰的地步。但就是對這樣一個惡貫滿盈的權臣鰲拜，作家並未忽略他「滿洲第一勇士」的本色，不僅寫了小皇帝翦除鰲拜十分艱難，幾乎出於僥倖，而且著力寫了鰲拜就擒之後硬挺到底的倔強。他身在鐵窗之中還「雙手舞動鐵鏈，荷荷大叫，亂縱亂躍」，如同籠中猛虎，困獸猶鬥，餘威猶在。他在囚房中罵皇帝那口氣頗有焦大之風：「你奶奶的，老子出死入生，立了無數汗馬功勞，給你爺爺、父親打下一座花花江山，你這沒出息的小鬼，年紀輕輕，便不安好心……」（第七回）由此可以折射出清朝以馬上得天下的往昔，鰲拜確實功莫大焉。然而打天下和治下天是兩回事，野蠻的統治和野心的膨脹使他走向反面。作品以寥寥幾個細節就使人物有了立體感和歷史感，也使康熙親政的最初一幕更加有聲有色、驚心動魄。

相比而言，萬衆唾罵的大漢奸吳三桂這個人物要複雜得多、城府深嚴得多。作爲小說，理應較史傳更多地讓讀者看到人物的內心，呈現那隱秘的心理活動，這是作家的權利也是作家的難題。吳三桂身爲重兵在握、久經征戰的平西王，當然不是一個草包莽夫，他馭下極嚴、治軍得法，根本沒把小皇帝放在眼裡，他兒子吳應熊說過，「你大清的江山，都是我爹爹一手給你打下的」。然而當時機尚未成熟，野心還須藏斂之時，老謀深算的吳三桂絕不會輕舉妄動。在他內心深處有兩個最大的忌諱：一是忌人說他謀反，對大清不忠，怕皇帝先下手爲強；再是忌人揭他老底，爲大明罪人，怕漢人切齒無從利用以自擁。這兩塊心病恰恰碰上了韋小寶這麼一個胸無點墨、口無遮攔的「欽差」，以其特有的邏輯和直白的語言給捅了出來。韋小寶當著平西王府的文武百官，接過吳三桂爲自己辨誣表忠的話，說道：「是啊，我想你要造反，也不過是想做皇帝。可是皇上的宮殿沒你華麗，衣服沒你漂亮。皇上的飯食向來是我一手經辦，慚愧得緊，也沒你王府的美味。你做平西王可比皇上舒服得多哪，又何必去做皇帝？待我回到北京，就跟皇上說，平西王是決計不反的，就是請你做皇帝，您老人家也萬萬不幹。」（第三十回）一席話嚇得大廳上一片寂靜，百官噤聲，吳三桂臉上一陣紅一陣白，乾笑幾聲，以爲遮飾。又一次韋小寶在吳三桂書房中賞鑒兵器，發問道：「當年王爺鎮守山海關，不知用的是哪一件兵器？」山海關是打滿人，吳三桂心知譏刺自己，倏地變色。韋小寶又指著牆上一張弓道：「聽說明朝的永曆皇帝，給王爺從雲南一直追到緬甸，終於捉到，給王爺用弓弦絞死……不知用的是不是這張弓？」當年吳三桂害死永曆帝，是爲了效忠清朝，內心畢竟深以爲恥，此事王府中誰也不敢提起，不料韋小寶竟當面直揭他的瘡疤，一時怒不可遏。眞所謂一物降一物，韋小寶那似笨拙實犀利的話鋒，猶如探測儀，伸入吳三桂的內心深處，抉其隱秘，發其罪愆，讓人洞見這野心家心底的波瀾。而吳三桂居然未爲所激，在盛怒之中，急轉直下，收色改顏，談笑自若，大表忠心，當得上「老奸巨滑」四個字，這才是大奸雄，一次又一次的心理較量，煞是好看耐看。

在金庸筆下，即使是神龍教洪教主這樣狠毒的魔王，當衆叛親離、自相火拼、末日將臨之際，得知洪夫人所懷不是自己的胎兒，「霎時之間，心中憤怒、羞慚、懊悔、傷心、苦楚、憎恨、愛惜、恐懼諸般激情紛至沓來」，彷彿他一生所做的惡、所造的孽都要在人性和良知的天平上受到拷問和報償，這遠比「殺人如麻」、「殺人不眨眼」一類泛泛之寫更加眞實、更爲令人震撼。

不論是作爲武俠小說還是歷史傳奇，《鹿鼎記》的人物都是以男性爲主，這裡沒有大觀園，沒有女兒國。即便如此，在極其稀少的女性形象中，人們還是感受到了與《紅樓夢》女性意識的一種呼應，而且是一種強有力的現代呼應，這可以從陳圓圓這個人物的再創造中窺見消息。

作者將明末清初大詩人吳梅村的〈圓圓曲〉嵌入小說之中，或說將〈圓圓曲〉作爲情節的一根支柱擎起了陳圓圓其人。由於吳梅村取重大歷史題材入詩，其歌行體素有史詩之稱，〈圓圓曲〉正是這樣一首歌行體長詩，所以小說中不僅可以將其入樂，使陳圓圓自彈自唱，而且還可以使曲主邊唱邊講、夾敘夾議，不但聲情並茂，更兼一唱三嘆、議論風生。陳圓圓自嘆身世，回顧當初怎樣被從妓院裡買了出來，送入宮中，又轉到吳三桂手裡，明亡「李闖把我奪了去，後來平西王又把我奪回來。我不是人，只是一件貨色，誰力氣大，誰就奪去了。」「吳梅村才子知道我雖然名揚天下，心中卻苦。世人罵我紅顏禍水，誤了大明江山，吳才子卻知我小小一個女子，又有什麼能爲？是好是歹，全是男子漢作的事。」（第三十二回）陳圓圓稟絕代姿容，卻受盡天下人的唾罵，這千古不白之冤、抑鬱不平之氣，藉著〈圓圓曲〉的彈唱敘訴，滔滔汩汩，傾瀉而出。

吳梅村生當明清易代之際，稍早於曹雪芹，揣想〈圓圓曲〉等詩作，曹雪芹很可能接觸到，大約因爲時代相距太近，《紅樓夢》中的〈五美吟〉並未及於陳圓圓。但可以肯定的是，曹雪芹和吳梅村對於「紅顏禍水」都是不能認同的，〈五美吟〉藉林黛玉之口，有感於古來有才有色的女子遭際的可嘆可悲，是翻新古人之意的寄慨之作，〈圓圓曲〉其嘲諷吳三桂之意甚明，對陳圓圓是理解的。金庸是現代作家，其認識自然遠在吳曹之上，他合理地虛構了這段故事，寫陳圓圓對吳梅村才子十分感激，引爲知己，並讓她推己及於歷史上的美人，「西施、楊貴妃，也都是苦命人」。

十分有趣的是此曲的唯一聽衆正是韋小寶。韋小寶涉世未深、不學無術，對他彈唱此曲猶如對牛彈琴；然而正因爲他幼稚少文，所以也少有偏見和迂論，陳圓圓的傾訴和不平在他那裡得到了眞率熱烈的回應。「『紅顏禍水』這句話，我倒也曾聽說書先生說過，什麼妲己、什麼楊貴妃，說這些美女害了國家。其實呢，天下倘若沒這些糟男人、糟皇帝，美女再美，也害不了國家。大家說平西王爲了陳圓圓，這才投降清朝，依我瞧哪，要是吳三桂當眞忠於明朝，便有十八個陳圓圓，他奶奶的吳三桂也不會投降大清呀。」（第三十二回）無怪陳圓圓要「多謝韋大人明見」，將其與吳才子並列了。

這樣抬舉韋小寶自然是作家的調侃，韋小寶渾身沒有一根雅骨，他是個大俗人。但應當看到，韋小寶雖「俗」卻並不「惡」。論者或謂韋小寶是嫖的產物，但這不是他的過錯，他並無「原罪」，妓女的兒子也是人，生長妓院並不等於生就嫖客的惡習。也許他的確不知情爲何物，但他對美麗姑娘的好感和追求不乏眞誠，戲弄對方常出於少年的惡作劇，爲對方效力倒是甘心情願。在他的年齡還有很大的可塑性，眞善美的芽種並未完全泯滅，如上文述及每每靠近英雄人物、面對人間眞情，便會有所感應和萌發。因此，當他面對陳圓圓，在美的容色、美的音樂、美的曲詞、美的氛圍之中，他雖則不能欣賞，但卻有所感應，被美所震懾、所濡染、所征服，得以同傾國傾城的陳圓圓對話和溝通。

陳圓圓這個人物的意義還不止此。上述對「紅顏禍水」這一歷史冤案的剖解固然是題中應有之義，但這主要是對這一人物本身而言：在小說中，作家以陳圓圓爲軸心，對她周圍的人物進行了一系列的虛構，營造了驚心動魄的藝術場景和進行了剔骨追魂的心靈探秘。作家起李自成於地下，使之成爲陳圓圓的情人，並生有一女阿珂，而吳三桂毫不知情；大明長平公主不僅尚在人間，且已成爲武功高手神尼九難；九難爲報家國之仇，劫持阿珂行刺吳三桂，阿珂被擒後陳圓圓救女心切，求助於韋小寶……

於是這些人物之間的恩怨情仇呈現出極爲複雜的局面，爲了各自的目的鬼使神差地聚集在一起，「一個古往今來第一大反賊，一個古往今來第一大漢奸」，「一個古往今來第一大美人，一個古往今來第一大武功高手」，還有「古往今來的第一小滑頭」（第三十二四），各種矛盾聚焦於此，形成一個極大的張力場。九難既出身於明室正統，在她眼中李自成與吳三桂自是「半斤八兩」的大漢奸大反賊；但九難又已是武林高人，要教對手死得明明白白，便讓他二人先拼個死活。這樣，就出現了李自成吳三桂二者仇敵兼情敵的殊死惡鬥，和陳圓圓精神極度緊張陷入幻覺的場面。此處作家用了十分現代的意識流手法，

一面是兵刃撞擊險象迭生的鏖戰，一面則插入陳圓圓下意識中一幕幕的「閃回」，崇禎帝、吳三桂、李自成逐一登場。這些做了皇帝和想做皇帝的男人們，借助陳圓圓的感覺，呈現出各自的本相。崇禎帝那「一張沒絲毫血色的臉」、「眉頭皺得緊緊的」、「忽然向我大發脾氣」、「說我是誤國的妖女」；李自成「這個粗豪的漢子」，敗了也不在乎，「他本來什麼也沒有」，「他對我的眞情，要比吳三桂深得多罷？」吳三桂聽說把我搶了去，便向滿洲人借兵，「人家罵他是大漢奸，可是爲了我，負上了這惡名也很値得」……心中的幻覺和眼前的惡鬥既驚險絕倫又惝恍迷離，陳圓圓無力阻止也無所適從。當吳三桂險被李自成擊斃之時，她忽然縱身撲救，心裡卻對李自成說，「他如果殺你，我也會跟你同死」。此際這個女子性格中深刻的矛盾，她的優柔、軟弱、依附的一面，得到了充分的揭示。

不錯，陳圓圓是弱者。在男權社會中，女子歷來是弱者，即便有傾城之貌、詠絮之才，也只能依附於人，成爲權勢者爭來奪去的對象，她自身的意願和人格的尊嚴從來無人過問。當改朝換代兵荒馬亂之際，帝王將相尚不能維護其疆土臣民，手無寸鐵的平民百姓尤其是弱女子，又何以要承擔亡國引禍的罪名？中國歷來看重強者的事功霸業而忽視弱者的生存權利，道德倫理文學藝術亦多爲強者的說教而鮮有弱者的聲音。《鹿鼎記》中陳圓圓的內心呼喊正是弱者的聲音，這個人物的塑造充分表明作家對弱者的理解，對其生存權利和個體人格的尊重，這是一種博大深沉的人文關懷，較之一般意義上的愛國主題更富人性內涵，即此而言，就較《桃花扇》等作品高出一籌，而與尊重理解女性人格的《紅樓夢》相通。

五

《鹿鼎記》和《紅樓夢》都是長篇小說，所寫人物都不在少數，作家結撰全書必定有一種內在的機制，就如流貫人體的血脈一樣，使之完整有序而又靈動自如。筆者在論及《紅樓夢》形象體系的構成時曾談到，處於這一形象體系之中樞的賈寶玉，與衆多女兒之間的關聯綰結全在一個「情」字，包括親暱之情、愛戀之情、手足之情、關切之情等等，所謂「通部情案，皆必從石兄掛號」（第四十六回〈脂批〉）。披閱《紅樓夢》，不必說釵黛湘妙與寶玉之間的感情糾葛，也不必說元迎探惜與寶玉之間的手足親情，只看那些與寶玉並無血緣關係、日常起居也並不常在一處的諸女兒，她們的故事如平兒理妝、香菱換裙、鴛鴦抗婚、齡官畫薔、藕官燒紙等等，這類事件無論鉅細，從事理上說與寶玉均無干係，但由於透過寶玉的眼睛和感受或謂經寶玉的情的投射，而成爲作品有機體中的一肢一節，不僅沒有游離瑣屑之弊，反而從各方面充盈和豐富了主人翁的感情天地和精神世界。

如果說賈寶玉重的是「情」，那麼韋小寶講的則是「義」。在《鹿鼎記》中，主人翁韋小寶和上下三等、四面八方、各種各色的人物發生關聯和糾結的紐帶，全在一個「義」字。「義」是韋小寶憑藉他的全部教養所能理會得了並在行爲方式上所能實踐做到的。聯結他和小皇帝的實質上並非是臣對於君的忠，而是朋友之間的義，維繫他和陳近南的師徒之誼實際上是天地會的義。

韋小寶的結義兄弟之多堪稱一種奇觀。古往今來沒有哪一個人像他那樣與不同年齡、不同個性、不同社會地位、不同政治勢力以至不同民族的人義結金蘭。不妨舉其要者開列一個單子：首先是天地會群雄皆爲兄弟不消細說；再就是朝廷顯貴索額圖與之拜把子，多隆、張康年等一干御前侍衛與之稱兄道弟；又有雲南沐王府好漢搖頭獅子吳立身；還有平西王府中高手楊溢之；更有昔年威震江湖於今退隱的美刀王胡逸之；復有蒙古王子噶爾丹和西藏喇嘛桑結……這些人當中，有的武功比韋小寶不知要高出多少，有的身分不知比韋小寶要顯貴多少，有的萍水相逢，有的化敵爲友。這些「兄弟」分屬不同的政治勢力，天地會與清廷之間、天地會與吳三桂之間、吳三桂與清廷之間，都是勢不兩立的死對頭，即使同爲反清復明的天地會、沐王府、鄭王府，內部也充滿了矛盾紛爭。就在這錯綜複雜的情勢中，韋小寶不僅安然無恙，而且左右逢源，其原因當然與他的特殊身分有關，也同他講求義氣愛交朋友的心性有關。他的到處與人結義，固有出於利害的一面，也有出於眞心的一面，常常敬佩對方是一條漢子，或看重人家對自己的情義。小說屢寫韋小寶雖然油腔滑調，「但生性極愛朋友，和人結交倒是一番眞心」（第十九回），不僅對俗家朋友如此，對出家人也是一樣，他與少林寺十八羅漢共度劫難，相處日久，一旦分別，竟然掉下淚來。茅十八是韋小寶所交的第一個朋友，稱爲「老兄」，到末了，不管有多少闊別阻隔、怨仇誤解，韋小寶一力承擔，把他從死囚中救了出來。韋小寶的不負朋友，是貫穿始終的。

上文提到，韋小寶之於康熙，起支配作用的不是臣對君的忠，而是朋友間的義。當他得知順治出家這個大秘密時，想到「皇帝對待自己，眞就如是朋友兄弟一般」，若不告知「也太沒有義氣」（第十五回）；當康熙遇刺，「他情急之下，挺身遮擋，可全沒想到要討好皇帝，只覺康熙是自己世上最親近的人，就像是親哥哥一樣，無論如何不能讓人殺了他」（第二十五回）。正因此，他的事君就不能是無條件的，就不能損害更多更大的朋友之義，韋小寶說得再直白不過：「皇上，他們要來害你，我拼命阻擋，奴才對你是講義氣的。皇上要去拿他們，奴才夾在中間，難以做人，只好向你求情，那也是講義氣。」（第四十三回）為使天地會群雄免遭滅頂之災，韋小寶拋卻功名富貴，不顧斷絕同小皇帝的交情，講的仍是一個「義」字。

從長篇小說總體構成的角度觀之，在以韋小寶為中樞的形象體系中，「義」是一條紐帶，聯結各色人物和各種故事，頗類「情」在《紅樓夢》藝術機體中的功能。不論是情還是義，都屬於作品構築形象體系敘述人生故事的層面；《鹿鼎記》的高明之處在於，它也如《紅樓夢》那樣，在敘述形而下的人物故事的同時，探究著形而上的人生奧秘和人性奧秘。也就是說小說具有形下和形上的二重建構，有一種潛在的哲理意蘊。

蘊藏在《紅樓夢》生活故事中的哲思妙諦，愈來愈被人關注和領悟。賈寶玉是玉也是石，風月寶鑒可正照也可反照，大觀園在人間也在天上，繁華綺旎的生活是真也是幻；舉凡一飲一饌一語一詩的關合隱喻，到大荒、太虛、還淚、補天的整體寓旨，無不使讀者受到啓悟，經由從經驗世界到超驗世界的提升，進入對人生和人性的形上思索。正因此，《紅樓夢》也便具有某種現代意義。我們知道，象徵寓意是現代藝術最顯著的特徵，本世紀的許多名作都是這樣，如現代派文學代表作《推銷員之死》裡的甲殼蟲，就是卡夫卡創造的寓意深刻的象徵意象，即便不屬現代派的優秀作品，也必有深層的哲理內涵，如錢鍾書的《圍城》，「城外的人想衝進去，城裡的人想逃出來」，正是一種人生困境的絕妙諷喻。在金庸的小說裡，固然有十分講究的生活細節和十分浪漫的誇張虛構，更有十分深刻的象徵寓意，作爲一個現代作家，爲了表達較深的人生境界，對後者較古代作家有更多的自覺。

《鹿鼎記》，顧名思義，問鼎逐鹿，便是爭權奪位，在這權力之爭的漩渦中，恰恰是一個出身低賤、品性頑劣、不學無術的小傢伙成了極其活躍、暢行無阻、功業烜赫的大人物。這本身便是一種極強的反諷，寓意深長。主人翁韋小寶本人，他的身分實在撲朔迷離、眞假難辨。他冒名頂替小桂子，成了小太監，本來是假的；可「桂公公」無人置疑，一路升遷，上下奉承。他不由分說地被立爲天地會青木堂香主；同時又備受寵幸成爲皇帝的親信近臣。他對沐王府好漢有救命之恩；而沐王府的死對頭吳三桂又感激他的辨誣之德。九難收他爲徒，少林僧尊他爲師叔，陷身神龍島反成了白龍使……。這多重身分要求他不斷地變換角色，往往弄得他自己也糊塗了，一次假太后在宮中意外地捉住了他，驚問，「是你？」韋小寶惶急間莫名其妙地答曰：「不是我！」是我又不是我，我是誰？一切都亂了套、錯了位，我和非我、眞我和假我，難辨難分，這是人生的悖論，也是人性的悖論。對韋小寶而言，究竟做大官是眞的？還是做香主是眞的？抑或兩者都是眞的？弄假成眞，假作眞時眞亦假，眞作假時假亦眞，由此生發出種種倒錯、種種荒誕，而荒誕之中，卻包孕了最大的眞實。韋小寶這樣的人竟能飛黃騰達，是荒唐的；然而在這樣的文化背景下他步步高升是眞實的，即這樣的官場遊戲規則是再眞實不過了。揚州麗春院「群雌大戰」拆牆抬床招搖過市可謂荒唐到家了，可韋大人如此行事又有何不可！緊接著的下一回則入於嚴肅，變生不測，名士罹難，韋小寶當機立斷，移花接木，懲罰了告密的狗官，解救了舉義的諸賢。讀者不禁浩嘆，百無一用是書生，緊要關頭還得仰仗韋小寶。荒誕和嚴肅，眞是難解難分。小說中的某些細節，更有巧妙的雙關寓意，比方吳三桂人稱大烏龜，人人切齒，討吳之會謂之殺龜大會，其子吳應熊招爲駙馬，卻被公主一刀閹了，成了名副其實的「小烏龜」。阿珂被斥爲「認賊作父」亦屬機帶雙敲，似是而非。全書中到處都有隨機而生的調侃之筆、諷喻之旨，充滿了喜劇意味，但這只是外殼，骨子裡則是深沉的憤懣和痛切。

韋小寶似乎是幸運的，然而換一個角度看，他又是不幸的。作爲一個獨立的人，他從來沒有按照自己的意願去做什麼事，他從來都身不由己、不能主宰自己的命運，總是歪打正著、種豆得瓜。這種人生境遇其實是非常尷尬、非常被動的，想得到的東西得不到，從未想得的東西卻不期而來。這種人生體驗恐怕是人人都可能有、曾經有的，大約也屬於作家想要抒寫的人生境界之一種。雖則如此，韋小寶終究還有他自己的個性，有他在生活的擠壓和環境的薰染下，所產生的看似畸形卻不失機智的想頭和話頭，作家常常透過韋小寶之口說出一些「至理名言」，諸如：做官的要訣是「報喜不報憂」、「瞞上不瞞下」，「小丈夫不可一日無錢，大丈夫不可一日無權」，要造反成功，便須攪得天下大亂，「搶錢搶女人」乃古今中外暢行無阻之「五字眞言」，如此等等，言簡意賅，警策明瞭，眞可編一本「韋小寶語錄」通行於官場和江湖。

有時候韋小寶居然能以他幼稚的識見和淺俗的語言駁倒有道高僧的禪理機鋒。為了說服行癡（順治帝法號）趨避凶險，他接過行顛「世人莫有不死，多活少活，沒有分別」的話頭，以言相激，道是「什麼都沒有分別，那麼死人活人沒分別，男人女人沒分別，和尚和烏龜豬玀也沒分別？」行顛對曰，「眾生平等，原是如此」。小寶怒道：「什麼都沒分別，那麼皇后和端敬皇后（即董鄂妃）也沒分別，又為什麼要出家？」這一下果然擊中要害，行癡終於開口說話，詢問端底。當少林寺陷入喇嘛重圍之際，韋小寶用計突圍，為說服眾和尚假扮喇嘛，便合什宣諭：「世間諸色相，皆空皆無。無我無人，無和尚無喇嘛。空即是色，色即是空。和尚即喇嘛，喇嘛即和尚。諸位師侄，大家脫下袈裟，穿上喇嘛的袍子罷！」眾僧先是愕然，繼之大悟，一齊改裝，以假亂真，衝出重圍，且少殺傷，合乎佛家好生之德。甚至小寶與對手爭辯鬥嘴急中生智脫口而出的俚言直語，亦有常識至理包含其中。比方他聽見噶爾丹王子「狗屁不如，一錢不值」的辱罵，並不生氣，笑道：「殿下不必動怒，須知世上最臭的不是狗屁，而是人言……。至於一錢不值，還不是最賤，最賤的乃是欠了人家幾千萬幾百萬兩銀子，抵賴不還。」無怪在一旁的禪宗高僧晦聰方丈說，「師弟之言，禪機淵深」了。

這一切不禁令人想起《紅樓夢》中形容那破廟智通寺對聯的話，「文雖淺近，其意則深」。《鹿鼎記》是歷史傳奇，演誇張離奇的情節故事，現逼真鮮活的人情世態，它是道地的通俗小說，卻有耐人尋味的玄思哲理寓焉。

哲理之外，更有詩情。這是我們不能不涉及的又一話題。此處指的不是廣義的等同於藝術虛構的詩，只是指將古典詩詞化入小說場景的那樣一種藝術手段，和由此而來的詩的氛圍和韻味。在這方面，《鹿鼎記》也有與《紅樓夢》十分相近之處。人們已經熟知《紅樓夢》中融入《西廂記》、《牡丹亭》等曲詞意境，對塑造人物發展情節的重要作用，有時僅以一個成句便可營造場景點染氛圍，如「隔花人遠天涯近」（第二十五回）、「綠葉成蔭子滿枝」（第五十八回）均爲佳例，《山門》中一支〈寄生草〉令賈寶玉若有所悟，反覆體味，渾不知身在何境。應當說，《鹿鼎記》的作者亦擅長於此，作者「喜愛古典文學作品多於近代或當代的新文學，那是個性使然」（《金庸作品集》三聯版序）。這種對古典文學的長期愛好和深湛修養，必然給金庸小說以深刻影響，不是三言兩語可以評說的，這裡僅就引入曲詞使小說充滿詩情略加申說。前文述及的〈圓圓曲〉是最顯豁的例子，篇幅最長，與情節的關係也最重大，不消贅述。茲再舉一例，即第三十四回暴風雨中吳六奇中流放歌一段，其豪邁悲壯足可驚天地泣鬼神，是全書中十分精彩的章節。其時正當激戰之後，柳江小船之上，風雨驟至，忽聽得吳六奇放聲唱道：「走江邊，滿腔憤恨向誰言？老淚風吹，孤城一片，望救目穿，使盡殘兵血戰。跳出重圍，故國悲戀，誰知歌罷剩空筵。長江一線，吳頭楚尾路三千，盡歸別姓，雨翻雲變。寒濤東捲，萬事付空煙。精魂顯大招，聲逐海天遠。」同舟人正喝采，忽聽得遠處江上有人朗聲接道，「千古南朝作話傳，傷心血淚灑山川」。應者正是陳近南，並點出「吳大哥唱的是《桃花扇》中〈沉江〉一齣」。在這裡，曲詞內涵與人物性格、環境氛圍、情節進展完全融爲一體。首先，它突出了吳六奇的豪情壯志。吳六奇官居廣東提督，手握一省重兵，卻志在反清復明，暗中加盟天地會爲洪順堂紅旗香主，位尊任重，身分隱秘，非有膽有識者不能當此風險極大的重任。值此風雨大作，他偏主張把船駛到江心，「天下的事情，愈是可怕，我愈是要去碰它一碰」。其次，它渲染了英雄人物的悲憤情懷。反清復明大業，其志可嘉，其事難成，猶如大江中的一葉小舟，面對滔天白浪、沒頂風雨，顛簸萬端，險象環生，心中不能不籠罩著不祥的預感，所謂「歌罷剩空筵」、「萬事付空煙」，抒盡滿腔憤懣，無盡悲涼。復次，它推進了情節，轉接自然，了無痕跡。總舵主在此際出現，至洽至妥，唱者聲調高亢入雲，應者音遠內力深厚，風狂雨暴也壓不倒這唱和之聲。陳吳二人平生抱負相同、意氣相投、惺惺相惜，小說安排他們在這樣一個場景相會相知，看似奇兀，實則順理成章。總之，這一幅「聲逐海天遠」的圖景，宏闊、豪放、悲涼，給人以十分強烈的震撼和感染。全書中，洋溢著詩情的場面和境界所在多有，由上舉例子，足以想見其餘了。

六

本文開頭曾經說過，要探尋《鹿鼎記》和《紅樓夢》的關係，應當著眼於內功修爲，而不在招式套路，這並不是絕對的，不等於在具體的招式套路上完全無跡可尋。許多研究者乃至普通讀者早就指出《鹿鼎記》中的個別段落簡直就是從《紅樓夢》中套用來的，如第四十二回韋小寶寫字一段，胸無點墨的韋大人來到平日半步不進的「輸房」（書房），那親隨「在一方王羲之當年所用的蟠龍紫石古硯中加上清水，取過一錠褚遂良用剩的唐朝松煙香墨，安腕運指，屏息凝氣，磨了一硯濃墨，再從筆筒中取出一支趙孟頫定造的湖州銀鑲斑竹極品羊毫筆，鋪開了一張宋徽宗敕製的金花玉版箋，點起了一爐衛夫人寫字時所焚的龍腦溫麝香，恭候伯爵大人揮毫。」這完全是巧妙套用秦可卿房中陳設的描寫，「案上設著武則天當日鏡室中設的寶鏡，一邊擺著飛燕立著舞過的金盤，盤內盛著安祿山擲過傷了太眞乳的木瓜……」這段文字大家十分熟悉，不再全引。對於從不執筆的韋小寶，這樣的遊戲筆墨其調侃意味十分顯豁。在金庸最早的一部武俠小說《書劍恩仇錄》中，寫到乾隆送給陳家洛一塊晶瑩熟糯的溫玉，上面鐫著「情深不壽，強極則辱」八個字，這同賈寶玉那塊鐫有「莫失莫忘，仙壽恆昌」八字讖語的通靈寶玉是否有些相似呢！

就從這一鱗一爪一招一式也透露出消息，金庸對《紅樓夢》是十分熟悉和喜愛的，何況，在內功修爲上，以《鹿鼎記》爲代表的一系列傑作，已超越了形跡，而與《紅樓夢》呼吸相通。或許可以這樣說，金庸之爲金庸，只有《鹿鼎記》以前的那一系列武俠小說還是不完全的；待《鹿鼎記》出，敢於並善於塑造韋小寶這樣獨異的人物，正標誌著作家的成熟，金庸不僅成爲俠壇之聖，而且成爲文壇大師，其上乘之作可入於古今來以《紅樓夢》爲翹楚的優秀作品之林而無愧。

＊本文所據《紅樓夢》為人民文學出版社一九八二年版，所據《鹿鼎記》為香港明河社一九八一年修訂版，為避繁瑣，文內不再一一贅述。

論金庸小說中的女主角——趙敏與周芷若

鄺健行

趙敏和周芷若是《倚天屠龍記》中兩名女主角。趙敏是元室郡主，本來跟以驅逐元人爲職志的明教教主張無忌爲敵，但她愛上了張無忌，終於拋捨個人的位勢和家庭，隻身跑到張無忌身邊。經過種種波折，她如願以償，和張無忌結成夫婦。周芷若原是船家女兒，自小認識張無忌，及後兩人分散，各自拜師學藝。周芷若對張無忌很有好感，但由於師門的壓力和趙敏的出現，使得她和張無忌的感情道路變得崎嶇難走。她爲了要得到張無忌，用過好些可怕和不正當的手段。最後她儘管自承不該，同時也得到張無忌的寬宥，但書中始終沒有像許多武俠小說那樣，讓她和趙敏同事一夫，只作出個「不了了之」的結束❶。

金庸在《倚天屠龍記．後記》中說：「周芷若和趙敏都有政治才能，因此這兩個姑娘雖然美麗，卻不可愛。」具備政治才能，足以取得政治上成功的條件，〈後記〉提出三項：忍、決斷明快和極強的權力欲。

作者對作品中人物的評論無疑最具權威性。金庸既然這麼看趙敏、周芷若兩人，兩人應該就是像他所說那樣的品性才具。不過在文學評賞的過程中，讀者和作者意見不盡一致並非絕對沒有的事。讀罷全

書，總覺自己對趙敏和周芷若的看法，在一定程度上有偏離作者指引的傾向。具體來說，〈後記〉中提出的三個條件，周芷若大抵已不完全具備，趙敏欠缺的更多。如果拿政治才能去衡量，周芷若即使合格，已屬勉強；趙敏更是難說了。總之，兩人都不可能是〈後記〉所說的「成功的政治領袖」。以下試就以上的看法略加說明：

趙、周兩人同具「決斷明快」的長處，如果指的是對付跟感情無關的諸般事項，自是事實。書中無數例子都可說明。譬如趙敏接二連三安排綠柳莊、武當山和萬安寺的陰謀，企圖挫敗或消滅仇視自己的群豪力量❷；又譬如周芷若堅決不交還峨嵋派掌門鐵指環❸，設計盜取倚天劍和屠龍刀❹；便是其中幾項事例。說到權力欲望，周芷若無疑有過。書中第三十四回❺寫周芷若和張無忌從盧龍南下，張無忌向她表明心曲，說驅逐胡虜以後，便跟她「隱居深山，共享清福，再也不理這塵世之事了」。可是周芷若並沒有隨聲附和，還轉過來鼓勵張無忌磨練才幹，學習掌握天下大事：

> 你是明教的教主，倘若天如人願，真能逐走了胡虜，那時天下大事都在你明教掌握之中，如何能容你去享清福？
>
> 你年紀尚輕，目下才幹不足，難道不會學麼？

她同時補充說即使自己也身受師父囑託出任掌門，有光大峨嵋派的責任：「就算你能隱居山林，我卻沒這福氣呢。」同章另外寫到兩人在大都時，張無忌一名手下韓林兒想像張無忌日後會登位做皇帝，周芷若會做皇后娘娘。周芷若聽後的反應是「眉梢眼角間顯得不勝之喜」，待得張無忌搖手制止，發毒誓表明絕不當皇帝，書中寫道：「周芷若聽他說得決絕，臉色微變，眼望窗外，不再言語了。」❻凡此見出周芷若心中確有權力的欲望，或者要憑自己的力量建立達到，或者想憑藉張無忌的關係建立達到。不過她的權力欲似乎還不算「極強」，後來在情感的沖刷下逐漸減退不冒現，就是不「極強」的證明。

但是趙敏則肯定是個沒有權力野心的人。她初出場時❼，原是率領大批效忠元室的高手的領袖。且看她率領衆人到武當山時的派頭：她獨個兒坐在椅子上，「她手下衆人遠遠的垂手站在其後，不敢走近她身旁五尺之內，似乎生怕不敬，冒瀆於她」❽，地位權勢，可謂極高極盛。然而她爲了追求愛情，甘心捨棄一切，到了張無忌身邊，最後連明教中瘋瘋癲癲的周顛也跟她胡說亂道，拿她跟大壞人圓眞相提並論：

> （張無忌）心想圓眞深謀遠慮，今日這英雄大會，也正是他一力促成的，其中定有奸謀，便道：「敏妹，你猜圓眞有何詭計？」趙敏道：「圓眞此人極工心計，智謀百出……」
>
> 周顛一直在旁聽著他二人低聲說話，終於忍不住插口道：「郡主娘娘，你也是極工心計，智謀百出，我看不輸於圓眞。」趙敏笑道：「過獎了。」❾

趙敏權勢極盛時，有誰敢跟她這般講話？在武當山上，如果有人這般講話，趙敏即使沒有即時表示什麼，她手下的人也會把講話的人宰了。但是周顛胡說亂道時，她已無絲毫權勢可言；不過她似乎不介懷，還帶笑回答周顛的話。

兩位美麗姑娘最欠缺的是個「忍」字。其實也不是整體欠缺，只是欠缺了當中也許是重要的部分。據〈後記〉說，「忍」可再細分爲三個方面：克制自己之忍，容人之忍，以及對付政敵的殘忍。周芷若沒有政敵，只有情敵和跟自己過不去的人。對付這些人，她倒是不大能容讓，採用的手段倒是相當狠辣的。她在殷離臉上劃了十幾劍⑩，準備用九陰白骨爪插死趙敏⑪，都是例子。一般說來，趙敏對人包括情敵在內，比周芷若寬容些。好像張無忌帶手腳上了銬鍊的小昭到大都，借趙敏的倚天劍把銬鍊削斷；趙敏借出了。小昭下拜道謝時，趙敏微笑道：「好美麗的小姑娘，你教主定是歡喜你得緊了。」⑫她沒有不快，表面看來，起碼見出不無「容人之量」。儘管這樣，她在萬安寺時，還是斬去不歸順她的人的手指和威嚇要用劍劃花周芷若的臉蛋的。

兩人在「克制自己之忍」一點上表現最差，特別在牽涉到情愛的時候。好像趙敏，她跟張無忌本來是政治上的生死對頭，也承認確曾打算殺死對方。但自從綠柳莊一役以後，她開始不大能自我克制，感情逐漸蓋過理智了。她絕對應該擺脫私情，跟張無忌劃清界線的，但是日後她這樣向張無忌表白：「不錯，從前我確想殺你，但自從綠楊（柳？）莊上一會之後，我若再起害你之心，我敏敏特穆爾天誅地滅，死後永淪十八層地獄，萬劫不得超生。」⑬這固然是最誠摯的愛的宣言，同時也是不能克制自己之忍的最明白宣示。

那麼周芷若怎樣？張無忌和周芷若婚禮進行之際，趙敏前來攪局，引得張無忌逃婚隨她而去⑭。婚

結不成，周芷若所受的羞辱，莫此為甚。她心中憤恨，即使要跟張無忌誓不兩立，設法報仇，那是完全可以理解的。然而事實上她沒有能夠截盡對張無忌的情意，也就是說她沒有能自我克制。群雄大會少林寺時，她故意公開她和宋青書的婚事，用意也只是惹氣張無忌，不能說她已抱有和張無忌恩斷義絕之心。因為她和宋青書只做一對假夫妻，而後來張無忌是親眼見到她臂上的處女守宮砂的。這便極有情愛專一之意。宋青書重傷之後，張無忌夜間到峨嵋派居停的房子求見。周芷若最初不要見他，後來還是讓他進內。張無忌表示希望和她聯手合鬥少林三僧，她當時雖不置可否，第二天卻是照辦了。這樣看來，周芷若雖然好像比較堅強，稍能克制自己；到頭來實在還是把持不住的。正因這樣，她後來便向張無忌坦白承認自己的過失，和在很大程度上擺落或消滅對趙敏的敵意，並且直言對張無忌的愛慕了：「我心中實在自始至終，便只有一個你。」「我對你可也是銘心刻骨的愛。」[15]

以上是我對趙敏、周芷若具有「政治才能」的一些看法。總的意見是：趙、周兩人即使有政治才能，充其量也只能是部分的政治才能。她們具備的條件，夠不上成為政治領袖，更不要說是「成功」的政治領袖了。

上引《倚天屠龍記．後記》的話，還可以進一步探討。

我們應該注意和咀嚼「因此」二字。尋繹文中幾句話的意義，可以作如下理會：「美麗」是一個人客觀的外在容貌；「可愛」是一個人品性才能和外在容貌結合以後，使他人產生的一種高興舒服和願意親近的感受。〈後記〉說趙、周兩人美麗而不可愛。所以不可愛，因為兩人都有政治才能。這就等於說：就年輕的姑娘言，她們的「政治才能」和「可愛」不能並存，而是相互排斥的：這可以從文中用上「因此」二字作轉折詞推出來。同時我們似乎還可以反過來說：沒有政治才能的姑娘是可愛的，起碼存有這樣的可能。

假如上述的推論能夠成立，那便不免使人有這樣的一種感覺：作者的意念是相當傳統，而且是跟現代人想法不甚接合的傳統。現代人很少認爲婦女政治活動或社會活動對她們的「可愛」起排斥作用，然而古人卻是有這樣的觀點的。傳統上要求婦女要溫順嫻靜，要以男性爲主，要安於本分，不宜冒露頭角。傳統婦女的美或可愛，要在透過遵循傳統的種種規範而呈現。江湖俠女被認爲可愛的形象，往往也在不偏離此原則下而塑造的。章回小說《兒女英雄傳》的俠女何玉鳳（十三妹）就是例子。書的前半部寫何玉鳳大鬧佛寺，立志報仇，行事乾淨果決，英風颯爽。書從中部以後，寫她嫁了儒生安驥，自此便收斂起以往的放縱任性，變得和世間的柔順女子沒有兩樣。她出酒令不願居丈夫前頭，說是「女子，從人者也」[16]。她於是成爲了一個完全不顯露本領才幹的女子，然而卻是作者肯定的正面形象。

再說趙敏和周芷若，作者雖認爲她們兩人都有政治才能，但作者似乎又逐步把她們引向傳統的道德倫理規範之中。描述趙敏的時候，不管是有意或者無意，這樣的情況尤其明顯。

趙敏雖說是蒙古人，可是根據書中的描述，漢化已經很深。她最初在綠柳山莊接待張無忌等人時，大廳之中便懸掛了一幅她的字，筆勢縱橫之中又帶嫵媚之致[17]。到了後來她跟張無忌相好，父兄逼她回家，她用匕首抵著胸口，以死示志，說：「爹爹，事已如此，女兒嫁雞隨雞，嫁犬隨犬，是死是活，我

都隨定張公子了。」⑱這幾句話深深流露出漢人道德觀念的影響，所謂「之死矢靡它」⑲。而周芷若臂上的守宮砂，其實也是女子傳統的堅貞不二美德的表現。

書中許多細節的描寫，往往傳達出趙敏對張無忌一往情深的心意，也傳達出她對張無忌的遷就迎合。譬如第三十二回寫張無忌和趙敏在客店見面後，趙敏出去買衣服。張無忌以為她買的是蒙古人華服，大是不悅；哪曉得她買的是尋常漢家女子衣服⑳。又譬如她最初曾經擒過各大門派的人，用藥物抑住各人的內力，派人和各人比武，勝了以後，便把各大門派的人斬去一根手指㉑。這時她對張無忌已生好感，由於張無忌出身武當，武當派人的手指不但不截，反而受到敬禮㉒。這般細節所以寫出，恐怕是傳統觀念在作者心中有所影響之故。

總的說來，金庸對婦女的觀點似乎不算「新」。正因這樣，我們才理解為什麼他在《倚天屠龍記．後記》中清楚表示：「我自己心中，最愛小昭。」小昭是個怎樣的女孩子？讀過本書的人都知道：她向來甘心自居丫鬟之列。後來為了救張無忌等人，才勉強答允波斯人回去波斯做明教總教的教主。她和張無忌分別時，理論上張無忌已是她的下屬，但她仍堅持盡平日做丫頭的本分，服侍張無忌更衣，並且說：「公子，咱們今天若非這樣，別說做教主，便是做女皇，也不願意。」㉓小昭全無權力欲望，甘居下陳，是個傳統眼光中認為美好的形象，卻也是金庸喜愛的一個女子。

趙敏和周芷若的形象，一些武俠小說評論家不很欣賞。吳靄儀說趙敏「令人心寒」，說周芷若「邪惡陰毒」㉔。而倪匡則說周芷若是「金庸筆下最不可愛的女人之一」㉕。倘使從她們兩人的一些行事觀

察，上述的推定不能說全不合理。趙敏騙明教群豪入綠柳莊，暗裡下毒㉖；又派人冒認少林僧人，到武當山出其不意向張三丰偷襲㉗；都是例子。她還可以在受傷的下屬阿二阿三身上塗上有毒的膏藥，不管二人痛苦呻吟，爲的要引張無忌上當㉘。這見出她爲了達到目的不顧一切的狠心腸。她又可以在張無忌、周芷若成婚，天下高手雲集之際，混入禮堂攪局，卻又神色自若，「笑吟吟站在庭中」，最後把張無忌引走。這又見出她的膽色和氣度大非常人所及，「令人心寒」之評，當之無愧。就是張無忌手下的周顛也說：「一想到她便汗毛直豎，害怕得發抖。」㉙

周芷若和趙敏同屬「心中有數」的厲害腳色。論心思的深沉細密，周芷若甚至勝過趙敏。譬如張無忌化名曾阿牛，結識了蛛兒，並遇上分別已久的周芷若。由於多年不見，周芷若一時記不起眼前的青年人是張無忌。在此之前，蛛兒打傷了周芷若的師姐丁敏君，丁敏君便吩咐周芷若拿下蛛兒，好替自己報仇。兩個女孩子拆了二十餘招，周芷若便「眉頭深皺，按著心口，身子晃了兩下，搖搖欲倒」，退出搏鬥，搭著丁敏君的肩膊離去。實則她全不曾受傷，只因她知道師姐丁敏君氣量褊狹，她既敗在蛛兒手上，自己倘使取勝，一定招來丁敏君的嫉忌，所以裝成被打敗的模樣。她有沒有受傷，對手蛛兒最清楚。蛛兒事後對張無忌冷笑說：

> 你不用擔心，她壓根兒就沒受傷。我說她厲害，不是說她武功，是說她小小年紀，心計卻如此厲害。㉚

蛛兒的話，道出周芷若的爲人。

可是話說回來，儘管金庸說兩人不可愛，事實上卻又讓兩人逐漸「改邪歸正」。前面說過，方法是逐漸把她們拉回傳統道德的路上，這就等於逐漸加重了兩人的「可愛」成分了，所以說「加重」，從金庸的立場看，應該是說得通的，因爲縱觀金庸所有的作品，傳統女性的言行觀念，他無疑是抱肯定的態度的。我們知道，女子的堅貞不二是人們對傳統女性要求的首項美德㉛。有了這項美德，則其他缺失都屬次要。如果從這樣的角度去思考，那麼趙敏和周芷若兩人儘管有譎變甚至狠忍的缺點，還是不能說一無可取、一無可愛的。

趙、周兩人經歷的「改邪歸正」過程，個人認爲，趙敏的過程比較自然圓滿，見出漸變的軌跡；周芷若的過程則不免顯得急遽突兀；因而趙敏也就容易獲得讀者更大的接受和同情。試想趙敏經過種種波折掙扎，終於背離父兄朝廷，來到張無忌身邊。張無忌跟元人對抗，她也不加攔阻，只有站在一旁喟嘆：

次晨張無忌一早起身，躍上高樹瞭望，見山下敵軍（元軍）旌旗招展，人馬奔馳，營中號角聲此起彼落，顯是調兵遣將，十分忙碌。張無忌道：「敏妹！」趙敏應道：「嗯，怎麼？」張無忌微一遲疑，道：「沒什麼，我隨口叫你一聲。」他本想與趙敏商議打退元兵之法，以她之足智多謀，定有妙策。但轉念一想：「她是朝廷郡主。背叛父兄而跟隨於我，再要她定計去殺自己蒙古族人，未免強人所難。」是以話到口邊，又忍住了不説。趙敏鑒貌辨色，已知其意，嘆了口氣，説道：「無忌哥哥，你能體諒我的苦衷，我也不用多説了。」[32]

站在漢人讀者的角度説，這是棄暗投明，是大是大非的原則性辨別，這樣的人絕對值得接納和肯定。

另外，趙敏雖然見事明白，謀略過人，一派理智型的樣子；可是她面對愛情，顯得感性和軟弱。她愛上其實不該愛戀的張無忌，甘心捨棄尊榮，離開至親；這該是極大的犧牲。只是犧牲以後有什麼收穫？初期換來的只是中原豪傑對她的猜疑。好像武當七俠張松溪便認定她是「豺狼之性」，要張無忌千萬小心[33]。就是到了後來，明教等人還是放不下心中芥蒂和疑慮：

在明教、武當派、峨嵋派群俠中，均盼周芷若與張無忌言歸於好，結爲夫婦。各人於趙敏的昔日怨仇固難釋然；又總覺趙敏是蒙古貴女，張無忌若娶她爲妻，只怕有礙復興大業。[34]

其實就是張無忌本人對表妹殷離臉上的劍傷，最初也是算到趙敏的帳上去的。到了這時，讀者不免覺得她付出太大，委屈太多了。這時的趙敏已由強者變成弱者，處於被動和無可如何的境地，於是容易得到讀者的諒解與同情。

周芷若直至全書快要結束、在少林寺技壓群雄、贏了「武功天下第一」的名頭時，仍以負面人物姿態出現。在此之前，她隨意殺人、點謝遜的穴道，以及盜取倚天劍和屠龍刀。她還偷學九陰眞經的功夫。爲了速成，不循正途下手，以致身手詭異邪僻。譬如她持鞭和殷梨亭比武，「身子忽東忽西，忽進忽退，在殷梨亭身周飄盪不定。」她的身法鞭法，「如風吹柳絮，水送浮萍，實非人間氣象」㉟。這時的周芷若邪氣十足以外，還堅決狠忍，無所顧忌。然而就在兩三天之後，卻因爲見到她以爲已被自己殺害而事實上還不曾喪命的殷離，嚇得失魂落魄，昏了過去。她最初吃驚，自然可以理解。可是她始終相信殷離的鬼魂前來纏繞，弄到要給殷離供奉靈位，下拜禱祝，絕不稍稍思索，那便跟周芷若爲人頭腦清醒冷靜的事實對不上了。作者這樣處理，大抵想逼出周芷若自覺「命不長久」，於是向張無忌傾吐一向壓藏在胸中的心事㊱。這般處理不是不行，但最好有一個較長時間的逐漸轉變過程，使讀者覺得自然合理。人物形象轉變過急，讀者的信服程度容易減弱。這樣看來，作者塑造周芷若這個形象的藝術手法，以及由此手法所能達致的成功程度，不算十分理想；而周芷若的「可愛」程度比起趙敏的「可愛」程度，應該有所不及。

注釋：

❶以上敍述，據修訂本《倚天屠龍記》，香港明河社，一九七六年十二月初版、一九八五年十月六版。後文引文均據此版。

所謂「不了了之」，書末趙敏要張無忌給她畫眉，算是張無忌履行應允過的第三項事。兩人調笑之際，忽聽得窗外有人格格輕笑，原來是周芷若來到窗外。周芷若提醒張無忌也曾答允她做一件事。這件事暫時想不到，但「那一日你要和趙家妹子拜堂成親，只怕我便想到了」。跟著是全書的最後幾句：「張無忌回頭向趙敏瞧了一眼，又回頭向周芷若瞧了一眼，霎時之間百感交集，也不知是喜是憂，手一顫，一支筆掉在桌上。」這樣的結尾，似對周芷若的將來稍有暗示，又好像全未暗示什麼。

❷分見第二十三、二十四、二十五及二十六回以下。

❸第二十七回第一一二七頁。

❹第三十一回以下。

❺第一三六九頁以下。

❻第一三八〇至第一三八一頁。

❼第二十三回。

❽第二十四回第九六七頁。

❾第三十七回第一五一五頁。

❿「臉上劃劍」，殷離親口說出（第四十回第一六五〇頁）。張無忌最初誤會此事是趙敏幹的，指責趙敏時，說趙敏「斬」了殷離十七八劍，則不免是氣憤誇張之詞（第三十二回第一二九八頁）。殷離在島上受傷時，張無忌目中所見情景是：「殷離滿臉是血」、「臉上被利刃劃了十來條傷痕。」

（第三十回第一二四八頁）。大抵周芷若在殷離臉上劃了十幾劍，比較接近事實，第四十回中殷離再次出現時，臉上「傷痕斑斑」（第一六三九頁）、「縱橫血痕」（第一六四八頁），足可證明。至於殷離說周芷若只在她臉上「劃了這幾劍」，則是在原諒了周芷若以後，口氣寬鬆的話。

⓫第三十六回第一四七五頁。

⓬第二十八回第一一二二頁。

⓭第三十二回第一三〇一頁。

⓮第三十四回以下。

⓯上述情事，見第三十七回至第四十回。

⓰第三十回〈開菊宴雙美激新郎，聆蘭言一心考舊業〉。

⓱第二十三回第九二六頁。

⓲第三十四回第一四一一頁。

⓳《詩經．鄘風．柏舟》。

⓴第一三〇四頁。

㉑第二十六回第一〇三三頁以下。

㉒第三十二回第一三二〇頁。

㉓第三十回第一二三七、一二三八頁。

㉔見吳氏：《金庸小說的女子》第一二〇、七九頁，香港明窗出版社，一九九二年版。
㉕見倪氏：《再看金庸小說》第一六九頁，台灣遠景出版事業公司，一九八六年版。
㉖第二十三回第九二四頁以下。
㉗第二十四回第九五六頁以下。
㉘第二十五回第一〇〇五頁。
㉙第二十五回第一〇一五頁。
㉚第十七回第六六二頁以下。
㉛宋以後有所謂「餓死事小，失節事大」一類的話，正能反映出這種觀念。
㉜第四十回第一六二一頁。
㉝第三十二回第一三三〇頁。
㉞第四十回第一六三三頁。
㉟第三十八回第一五四九、一五五〇頁。
㊱第四十回第一六三二頁以下。

華山論劍——

名人名家讀金庸（上） Cultural Map 9

主　　編／王敬三
出 版 者／揚智文化事業股份有限公司
發 行 人／葉忠賢
執行編輯／于善祿・洪千惠
登 記 證／局版北市業字第1117號
地　　址／台北市新生南路三段88號5樓之6
電　　話／(02)2366-0309 2366-0313
傳　　眞／(02)2366-0310
E-mail／tn605547@ms6.tisnet.net.tw
網　　址／http://www.ycrc.com.tw
郵撥帳號／14534976
戶　　名／揚智文化事業股份有限公司
印　　刷／偉勵彩色印刷股份有限公司
法律顧問／北辰著作權事務所 蕭雄淋律師
初版一刷／2000年12月
定　　價／新台幣250元
I S B N／957-818-208-2

國家圖書館出版品預行編目資料

華山論劍：名人名家讀金庸. 上 / 王敬三主編.
-- 初版. -- 台北市：揚智文化, 2000 [民89]
面： 公分. -- （Cultural map ；9）

ISBN 957-818-208-2（平裝）

1. 金庸 - 作品研究 2. 武俠小說 - 評論

857.9 89014800